天津市文史研究馆馆员著述系列

碎 思 录

杨大辛 著

天津出版传媒集团

天津人民出版社

图书在版编目（CIP）数据

碎思录 / 杨大辛著. --天津：天津人民出版社，
2017.3
（天津市文史研究馆馆员著述系列）
ISBN 978-7-201-11438-5

Ⅰ. ①碎… Ⅱ. ①杨… Ⅲ. ①杂文集－中国－当代②
随笔－作品集－中国－当代 Ⅳ. ①I267.1

中国版本图书馆 CIP 数据核字（2017）第 031923 号

碎思录
SUISILU

出　　版　天津人民出版社
出 版 人　黄　沛
地　　址　天津市和平区西康路 35 号康岳大厦
邮政编码　300051
邮购电话　（022）23332469
网　　址　http://www.tjrmcbs.com
电子信箱　tjrmcbs@126.com

策划编辑　沈会祥
责任编辑　赵　艺
装帧设计　汤　磊

制版印刷　高教社（天津）印务有限公司印刷
经　　销　新华书店
开　　本　880×1230 毫米　1/32
印　　张　10.625
插　　页　1 插页
字　　数　300 千字
版次印次　2017 年 3 月第 1 版　2017 年 3 月第 1 次印刷
定　　价　48.00 元

编委会名单

主　编：刘志永

副主编：阎金明（常务）　　南炳文　　王宝贵

编　委：（以姓氏笔画为序）

王宝贵　　王振德　　刘志永　　阮克敏

张春生　　张铁良　　陈　雍　　罗澍伟

郭培印　　南炳文　　阎金明　　崔　锦

韩嘉祥　　温　洁　　甄光俊　　樊　恒

自 序

我 1925 年出生于天津一个工人家庭。身世卑微，励志上进，对文学产生兴趣，试笔写作，向报刊投稿，陆续发表了多篇小说，皆取材于社会底层劳苦大众的生活境遇，一时文名鹊起，因此中学毕业后就业一路顺风，先后受聘报社、杂志社编辑，从此起步毕生的笔耕生涯。

我虽是以写小说步入文坛，但自知涉世不深，缺乏历练，遂停笔小说创作。基于对鲁迅先生的敬仰，不时会写些愤世嫉俗的杂文，讥讽社会不良现象。多年来，虽然时代风云多变，个人职守几易，却始终视写杂文为"文化副业"，笔耕不息，乐此不疲。

晚年重读历年发表的杂文、随笔等旧作，约五六百篇，反映不同历史时期个人对国事、民生、社情、文风的思考，明辨是非，针砭时弊，以表达一个知识分子的忧国忧民之情。

岁月倥偬，寿登耄耋，回顾笔耕生涯，冷眼看世界，热血著文章。纵然人微言轻，毕竟时代呼声；崇善诛恶，忆往鉴今。故此刻意从中选录若干篇章，辑为一册，题曰《碎思录》，以期在苍茫文化原野留下些许屐痕。是为序。

目录

狂潮篇 （1945—1948）

春华篇（1950—1963）

奋蹄篇（1981—2006）

夕阳篇（1995—2015）

附录　早年短篇小说

初萌篇（1942—1944）

关于祀孔

早晨，走到东门脸，被警察阻住了去路。"唔！又祭孔了。"我悟会到。

在某一次座谈会里，记得女一中陈荫佛校长曾提出祀孔的问题，说是我们遵循孔子的精神，只不过是在春秋两季的祀典一点浮面的表示而已，而且这祀典民众还不得参加。

是的，有同感。

民众对祀孔的意识是甚么呢？十人有九人未必想得出说得出，只不过走在东门内戒了严，尝到一点警察老爷的威风而已。

细想，果真了解孔子思想及精神的又有几人？当然更不能苛求一般民众了。祀孔若仅成了一幕"表演"，想来是最可悲的。

（九月六日）

附记：

这是我在《银线画报》工作期间写的一篇短评，在送伪新闻检查所后被禁止刊登，由此可见敌伪政权钳制言论之一斑。

伪新闻检查所禁止刊登的批语

割股孝行有感

　　看报得知北京发生"割股疗亲"的事，这种风气实在近乎残忍，古老的传说迷炫了无知人的心窍。孝行可风，但近于野蛮了。

　　现在是科学昌明的 20 世纪，我想请科学家论证一下，人肉果能治病吗？在我们这个古老的国家，无处不是愚痴的人，仍在追恋过去的风气。中国是被称为文化古国，惟其如此才发生这种忘却了时代发展的糊涂事，我不敢想中国要保守到何等地步。

　　割股疗亲的事不但不应该表彰，却应看到中国民众的思想危机。对这种愚民应该进行唤醒的工作，切莫把历史上这种不开化的"美德"视为"孝行"而啧啧不已。

　　古老的文化害人，原也是不浅的。

（署名鲍风，1942 年 9 月）

而今识尽愁滋味

每读到辛弃疾的《丑奴儿》词："少年不识愁滋味，爱上层楼。爱上层楼，为赋新诗强说愁。而今识尽愁滋味，欲说还休。欲说还休，却道天凉好个秋。"就立刻涌起无限的惆怅。

所惆怅的并不是别的，只是人活在世上，很难合乎自己所想象的那样生活。譬如说，文人是各阶级中最高尚的人，士农工商以士为先，差不多没有人不羡慕文人的。可是呢，一当了文人也就厌倦了这种生涯，何尝不是"而今识尽愁滋味，欲说还休"呢！

就如同说，我们读《看云楼小品》，真真羡慕那种轻逸爽快的意境，更不期而然地对那发掘自然界美妙的江寄萍先生怀着崇高的羡慕与景仰之情，然而又怎能深知其中愁滋味呢？（注：天津的知名作家江寄萍于 1942 年 11 月在贫病交迫中离开人世，年仅 35 岁。）沈悠之曰："早知穷达由命，悔不十年寒窗。"正是文人的一种自忏。

记得读过一篇文章，述说一个女人嫁了一位作家，有人便非常羡慕而说：

"你真是幸福的女人啊！"

"为甚么？"

"嫁了那样的大作家，很愉快吧！"

"作家这种人，与其和他接近，远不如读他的著作来的有趣哩！"

令人有凄然之感，真是一针见血的话，在表面上文人仿佛值得羡慕，其实在他心里却尝尽了世间一切愁滋味！

（署名轻舟，1942 年 11 月）

阎罗殿一幕

一个指着写文章生活的穷作家死了，去见阎王老爷的故事。

"谢谢阎王老爷，使我脱离了人世苦海。"作家如捣蒜似的磕头。

"咦！你怎么死了？"阎罗惊讶地翻开生死簿："你不该死的，你的罪行还没受够呵！"

"饶了我吧！我真不能再在生活线上挣扎了。"

"不行！"阎罗怒了："你不能死，文人是应该受尽人世一切最大惩罚的，你竟如此卸了责任，岂可饶恕！牛头马面，把他带走还阳，他的罪还没有满。"

"您高高手吧！我这次死真不容易呵！"

"不行，你怎能这么早就死了，你这种人还得受上几年罪！"

"您叫我还阳，可是我没有饭吃啊！"

"可是我们这儿根本不养活文人的。"

"那么您让我再投胎吧！"

"你想变个甚么？"

"中央公园的五色鹦鹉，行不？"

"呸！你也配！"阎罗唾了作家一口，又说："当个小学教员行不行？"

"可别着，小学教员也是饿肚子的。"

"你除了写文章还能干嘛呢？"

"唉！天哪！"作家苦吟着。

"快说，别啰嗦，审你们文化人最倒楣，没有一点油水。"

"您能不能把我留在阎罗殿，抄写公文，录录口供，有口饭吃就行，我再也不想回阳世了。"

"少废话，你在阳世胡说八道，跑到我这里还是如此的巧言令色，真是罪恶已极！小鬼们，把他拖下去，把舌头割下来！"

左右一声应诺，五六个小鬼把作家拖了下去。

（署名杨永，1942 年 11 月）

死有轻于鸿毛者

人命在今天已经是太不值钱了，并不是说花不多的钱就可以买一条人命，乃是说人们把"死"看得太容易了。

前天报纸上登了这么一段事：

北京和平门外公和聚砖瓦铺，铺长季天荣，妻魏氏，生有一女名南红，年十七岁，素喜修饰，欲做新衣服致与其母发生口角，该女一时气愤，竟吞服鸦片多量，毒发殒命云云。

为了一件新衣服，竟连性命也牺牲了，其毅力甚可钦佩。就季南红而言，唯有一死才算争得胜利，但死后新衣服究竟仍未着身，所谓胜利其实正是失败。

一条性命竟不如一件新衣服值钱，这该从何说起呢！而且才不过十七岁，就如此好虚荣了，甚至连性命都能牺牲，真有点"后生可畏"啊！

记得又看见过一段新闻，说是某青年因为做事要求其父亲做件新衣服未允，竟也吞服鸦片自杀，真可谓无独有偶了。但某青年乃是基于"面子"问题，怕不穿新衣服去上班会被同人轻视，宁肯自杀也不肯丢"面子"，真是把生命看得太轻了。

人活在世上，责任重大，不能是轻轻地来轻轻地就走了。如果随便的就了此一生，对人类的生存意义，就看得过于简单了。

（署名鲍风，1943 年 7 月）

人死了以后

隔壁邻居死了人，呜呜的诵经声扰得我头痛。因为邻居很阔绰，经忏活动相当热闹，直令活着的人也在羡慕死者了。

于是我就想，死后的场面如此有威严，死者总会瞑目了吧！其实死去的人是没有不瞑目的。但为了安慰死者，仿佛只有这样做才对得起死者。其实，死后的事是不可知的，但中国的事，大多是因为"不可知"而存留下来的，所以对超度亡魂之类的事也只好姑且认为是件有意义的事了。

人死了以后热闹一番，如此哀荣，死得很值当。但无论何等哀荣，死者究竟不会再坐起来了，哀荣的场面自然也不能娱目。所以热闹隆重的经忏活动多么有排场，其实是给活着的人们看的。中国人就连在这种大悲哀的时候，仍没有忘记"面子"问题。

（署名轻舟，1943 年 7 月）

教育的劣品

十月十七日上海一家旅馆中，发生了一富孀被其所恋的男友惨杀事件。被害者拥有巨资，害人者是个拆白，富孀的钱被拆白全部挥霍完了，就把她骗入旅馆，先勒死又削去鼻子，然后又跑到南京去诱骗富孀的十七岁的美貌女儿。

此人贪心不足，终坠法网。下面是凶手的略历：

吴文，三十六岁，广东中山县人，日本大学法学士，东京帝国大学传染病研究所卒业，美国芝加哥大学医学博士，巴天摩大学哲学博士，擅长日、英、法文。曾任西南政务委员会专门委员，国立交通大学、中山大学教授，立法院立法委员兼秘书，外交委员会委员长，内政部医师甄别委员会委员，安徽省教育厅长兼安徽省立模范中学校长，教育部顾问，内政部视察，暂编第一军第二师少将、秘书处处长等职。

吴某之才识及身价很是骇人所闻，但这却是中国人才之不幸，多年教育的结果竟培养成为一个狠毒的拆白党。我想，吴文倘无这些荣誉的经历，那位富孀恐怕是不会上钩的，这些博士、厅长、教授、少将等头衔，竟成了他害人的阶梯。

教育的结果如此，不禁令人唏嘘之至。

（署名木鱼，1943 年 11 月）

题"不"定草

不是告帮

文艺青年的伎俩已经到了穷途之地，好多人在如何逢迎编者上费心机了。投稿总要附上一封给编者的信，其措辞甚至强过稿子，恨不能一封信便打动编者录用之心。信的措辞自然各有千秋，已为人所称道的是"编者先生，我是个不满二十岁的女孩子……"，稍俏皮一些的是"以一个十八岁孩子般的热诚向您祝福……"，手法高明的如："我和您的朋友张三过往很密，和他常谈到您……"，若实在打听不出编者的朋友有谁，就无妨"编者先生，贵刊上期编排很得法，我钦佩您的天才……"等等。

我想起跪在水门汀上乞求慈善者慷慨解囊的乞丐的地状："仁人君子台鉴：受难人张王氏，山东人……"原来文艺青年取材自"十字街头"。

不是打发

一月里刊出的文章，四月间稿费才交到作者之手，在如今文场并不稀奇，四月里能拿到已是很幸运了。人们只说如今没有职业作家，却不想等了四个月取稿费，肚皮瘪成如何！

出版者对文人多是吝于给稿费的。故此文人索取稿费时，出版权威者就像打发一个穷亲戚因为过不去年来借当的一般。甚至有寄生于文人身上臭虫一流人物之强硬吮血，将稿费抽头或吞没皆非鲜见，所遗憾的是文人之皮包骨相并没有多大油水。

不是恫吓

对于写作，好多文人都像是"票演制"，好似这种活计很轻而易举。其实，成为一个善良纯正的文学家并不比科学家容易到哪里。科学是有法则定律的，潜心研究便有所得，而且可以学理来证事实；文学则是无界限的，奋斗一生也不能断定其作品是否达到最高峰，必得书读得多，生活经验多，思想正确，眼光敏锐，光有天赋还在其次。长于写作的人，在感动读者上要具有音乐天才，在描绘景物上要有绘画天才，仅是艺术家还不够，还得是社会运动家，应该具有政治眼光和科学、哲学、心理学上的一切知识。

写作不是消遣，不是写几个方块字加进几个标点符号而已。

不是作艺

看见一些写作的人各处应酬周旋的情形，就好像一个唱大鼓的艺人怕上不了满堂座一样，所以种种卑鄙相就露了出来。

有的人心机耗费在应酬上，试看我们所熟悉的名作家，仅见其人而不见作品，成为善于活动、能应酬、能胁肩媚笑逢迎贵人的人，写文章的事似乎和他无干了。

年纪老一点的固然无论，已被封为"名士"之流了，年纪轻的就去讨"名士"的欢心，就像唱大鼓的小妞把过房爷摆弄得顺心一样，不时捧捧"名士"如何如何，或和"名士"合拍张小照制版刊登。这风气也传给年纪轻的一代，哪里有个什么会就想办

法挤进去，成了"准名士"或"冒牌名士"，造就出一批"文场
生意人"。

不是商场

文场可不是商场，但有些文人却要藉"广告"把自己的名声
扩张出去，却不觉得难为情。"同行是冤家"指的是买卖人，文
人究竟高人一筹，就是大家互相恭维，彼此吹捧，绝对不会批评
自己朋友的文章不好。不过也有例外，若是双方不是站在一条线
上的，或伤害过自己的自尊心，批评过自己的文章，那就成"冤
家"了。

这也不是，那也不是，还是算了吧！肯定这不是某些"作
家"高兴看的杂文。

（署名马不走，1944 年 1 月）

随感随写

在一本杂志里读到一句令人诚惶诚恐的话："鲁迅之所以有成就，完全靠他有肺病之关系"。这该是医学上不朽的发现吧？

在中国，如今的中国，有肺病的人并不难找，鲁迅是满天下都是了。

得，又一成为文学家的捷径。

在一本杂志的编后记里，介绍文学家柳雨生，曰："凡识柳雨生先生者，皆称其态度谦和，国语流畅……"

这是"作人"，与文学无关，看了这个介绍想象中或许是一位生意人哩！

又看到一篇文章，题曰《装饰》，有云："作家柳雨生，谦虚和蔼，彬彬有礼，这礼貌的装饰是模仿学者……"。

"模仿学者"而"装饰"，也是人间常事。

想和文学接近的青年，万勿上了论客的当，就如同态度谦和、国语流畅、彬彬有礼或有肺病等等。

世道"庸医可杀"，因为下错了药治死了病人，但我们倘一留心文坛周围，则无处不被"庸医"包围着。

说话的自由任何人都有。当然，无论发怎样怪诞、别致的议论都可以，但最好在自己的宅子里说出来骗骗自己，或骗骗情人也好；倘行之为文再变成铅字，就委实是老实人的不幸了。

产生几篇有血有肉的文章和几位能与生活搏斗反抗的作家吧！

文坛虽然表面火炽，却只是些"文场市侩"在跳跳，他们甚至连小丑的资格都不够的。

讴歌祖国，发扬民族，争取解放自由，激励国民向上……所以我们需要文学作品。

茶余酒后的消闲文字，姑且不论其存在的价值，但现在不是那种时代。

在战争弥漫各地，以热血刷洗耻辱的时候，每天有多少男儿在前线拼死活，而我们的作家却写他的"妻子一气不理丈夫了""丈夫管他太太叫转盘""谁都喜欢恋爱，都要结婚"……

现在不是有人提出"乡土文学"吗，作家们倘真切地把自己透视一下，不会不感到脸红吧！

所谓"老"作家，该怎样解释才好呢！指年岁？指修养？还是指在文坛上的把戏？

又怎样断定，是以"老"自居呢，还是叫后生们抬轿子？

"老"了又怎样？去做青年们的导师？写绕脖子的文章？玩骨董？或者痰迷心窍？

后生又怎样？记录老作家的生活起居？拿老作家的鼻涕当果子露？奉老作家为过房爷？还是当面奉承而背后攻击？

结果怎样？到底怎样？说不清楚。

（署名牛膝，1944 年 3 月）

即景而感

一

只讲耕耘不问收获是好的，但倘若种在盐碱地里，其所支出的血汗便要大打折扣。

喊建设文坛的现今大有人在，而文坛荒芜已成公认。好多人已在灌溉，已在耕耘，是可喜的，但要认清，倘似点缀植树节般的动一动锄，铲一铲土，则嫩苗仍在遥遥期待中。

二

践踏嫩苗的人应该诛掉，但砍除荆棘野草的人则应尊重。文坛肩锄头的人很多，切勿把后者看作前者。

指出文坛的疮疤，揭开阴暗层，善良可嘉，最低也强似给文坛的秃疮脑袋罩上礼帽的人。

展开战斗是需要的，虽然曾被人斥责为没有君子之风。

三

固然，干净的手无须乎洗，但就怕给已经脏就了的手戴上白手套。

战斗者总会把手套摘下来。一旦脏了的手被发现立刻去洗干净，自然说明这战斗还是有意义的，若厚着脸皮嘟嘟囔囔地说："我有脏的自由"，则文坛成了垃圾一堆。

无赖子不是战斗者的敌手。

四

狂抡板斧不是战斗。战斗者应重在论战，即讲道理。

文坛有批评大将，总是很威风的，然其所谓"战斗"不过是叫嚣一通而已。倘无人理睬，则"老子天下无敌了，哇呀呀！"

板斧虽已耍得昏天暗日，却没有察觉自己原来陷在泥沼里。

五

文艺创作是基于爱的；因爱而有憎恶，所以创作也基于憎。

倘无爱无憎，便一无创作，因为他把这世间已看成光滑滑的如一个琉璃球。

无爱无憎算什么创作呢？试看如今有些货色不过是旧礼拜六派借尸还魂，曲折缠绵的故事，不过为了迎合文化商人而写，当然也有洋场恶少之流为之捧场，但不过是一群"文化耗子"在耍闹。我嫌他们讨厌。

（署名鲍风，1944 年 4 月）

还得进化

　　五四运动的爆发，是历史发展的必然结果。时代的进化反映出社会矛盾，冲破旧封建传统势力而迎接新时代的到来，它面对着恶势力反抗，要进化，革命就要产生。

　　运动已是二十五年前的事了，但其精神却是永恒的，其活动是无限止的，时至今日，还是需要的。它的气息应存留在每个人的体魄里，倘民族仍在被压迫着，仍在旧势力手腕下残喘着的话。

　　如今，生活在文明都市里的祖国儿女们是在怎样浪费着自己的生命呢？尽情地享乐，就所谓"世纪末悲哀"而颓废吗？"烈女殉夫""割股疗亲"的腐朽美德仍为名士之流颂扬着，残害无知的愚民。而朴实善良的小市民呢，还在污吏之下讨生活。试看烟馆依旧林立，彻底地加以禁止应该不是实行"烟民登记"吧！就是五四运动中最灿烂的新文学革命，至今也已是皮包着骨头，充斥在文场里角逐着。

　　倘揉一揉辛酸的眼睛，看看自己是生活在怎样的环境，便感到"还得进化"。

（署名辛暮，1944 年 5 月）

漫画的性格

漫画和杂文是属于同一性质的，即讽刺，又都是被抛到了正统以外的东西。这两者我都喜欢，原因是真实。

漫画是从现实生活里汲取的，但并非全然写实，赋予漫画不泯灭的光芒是夸张。虽说夸张，并非狂想，它与事实有着并不悖谬的感觉与思想，是借了夸张而能更深刻地给人以启发。如李白的"白发三千丈"是夸张的名句，要是用科学的头脑来计算，这三千丈的长距离大概也要两三个钟头才能走完吧！"白发三千丈"之所以不失其艺术价值是后面必须跟着一句"缘愁似个长"，才能衬出其夸张的深刻，而且头发在人们的心目中究竟是个可以长起来的感觉，也就是和理想相近，如果说"汗毛三千丈"，这诗句就太可怕了。也就是说，夸张之中还要有真实感。

若是给漫画分类，就是暴露与讽刺两种吧！这两类的出发点则是一个，是教导，也就是对人生改恶从善的工具。我是这样想，漫画家必应是热情的，即或他的作品是冷淡的。唯有对人生热爱的人（因而也有憎），他才能拿起画笔画出有欣赏价值的作品。

漫画必须以教导为出发点。它暴露了冷酷的人间苦难，并不是为了惩罚人们的感情，而是引导麻木享乐的人对受苦人的同情及博爱；它暴露了丑恶的行径，并不是使人们去欣赏或效法，而是促使某些人反省乃至改正；它讽刺卑鄙的勾当，并不仅使人看了痛快，而是引导某些人必须检点自己的作为；它讽刺虚伪的丑态，并不只是引起人们的嘲笑，而是一面照见自己嘴脸的镜子。因此必须强调漫画的教导功能，所以漫画家永远也不能脱离生活、脱离民众。

如果按照这样的指导思想审视一下漫画原野，那些颓废意识的没落漫画，色情狂的性欲漫画，不可捉摸的形而上的漫画，以及无端谴责泄愤的攻讦漫画等等，应该被打倒的吧！

以上我所谈的似乎把漫画解释得狭隘了些，是围绕民众生活来分析的，忽略谈的还有政治漫画、滑稽漫画、抒情漫画等等，也应该以教导为出发点，就不具体说了。

总而言之，漫画家与杂文家是同类的，都应该是匕首或扫帚，刺破虚伪的行径，扫尽腐恶的垃圾。

（署名孟隼，1944 年 6 月）

随　感

北京文坛被称过沙漠地带。譬如，当年爱罗先珂到过北京，给北京的雅号是："寂寞的城呵！"

年代不同了吧！如今，这里一个文化团体产生，那里一个文化团体筹备，开会、聚餐、演讲、座谈、津贴、车马费……

大半都很火炽，我只觉得他们闹腾！

写文章要讲求技巧，但若只在字面上下功夫，甚至以虚丽的外衣粉饰着丑陋的骨骸，而去诱惑读者的呢？只好称之曰："文艺妓女"。

人是懂得悲哀的动物。文人写出自己的悲哀去换取别人的悲哀，委实是悲哀中的悲哀。

其实，禽兽也有悲哀，只不过它们很不幸，没有一种文字罢了。一只小鸡被宰之前要挣扎呼叫，便是表示有了丧命的预感，也算是悲哀吧！

文人如果故意廉价出卖悲哀，则使人感到厌烦，甚至可羞。

"君子远庖厨"，也许是君子之所以成为君子的道理吧！

但是庖人是为君子才杀生的。甚至鸡鸭牛羊盛在碟子里的时候，又要发一番议论，甚么"割不正不食""不得其位不食"……。

正人君子有时还不如强盗直爽。

爱喊口号的大半也是正人君子的把戏。忽而"文学报国"，忽而"文人团结"，忽而"重建文化"……喊过口号以后依旧是不进厨房直接去餐厅吃大餐的。

我们希望产生对生活无畏惧去搏斗的作家。当然仅是希望，不能强求，就如同强求限定写某某主义、某某文学，或限定体裁的明朗性或建设性之类。我们仅希望不对半眠状态的读者再注射麻药麻醉。

礼拜六派的小说的兴起，有何话说。

可惜如今的礼拜六派的作家们低能得很，转弯抹角地要讨读者的欢心，委实说连礼拜五都不够格。

又出来某些善于抬轿子的文坛小丑，大肆歌颂，甚么"某某先生写作二十多年"呀，"某某先生经验多"呀，"得了奖"呀……之类。

拿肉麻当有趣！

（署名牛马走，1944 年 6 月）

由捕蝇谈起

苍蝇是讨厌的，一找不到垃圾堆便要嗡呀嗡的，像是在喧嚷着什么大道理。它是在污浊中长大的。

有人这样对我说，杂文就是文坛的捕蝇工作，我想了想像是有几分道理。倘文坛果然有苍蝇，总还是要捕捉的吧！捕蝇这个词有点委屈了苍蝇，应把地位提高，就是所谓"论战"。

一个写杂文的人，不要以为自己写了杂文便感到荣幸。论战不是以一己好恶为出发，他的心胸应该是群众者的心胸，他是一个奋勇领导着人们向市侩、宵小、恶势力投枪的。

我偶尔也写点杂文，据说有人很不满。绅士一点的，背后对我疵评一番，自然我也不会因为这种疵评而气馁。其次的呢，不过对我射几支毒箭或挖苦辱骂一番，甚至出版特辑向我讨伐。倘若是正确的论战，用不着特辑我也要敬陪两三回合的，以示尊重对方。如果是血口污人，我对之也只好沉默了，因为人们自然会看清其中的是非，至于狂吠疯咬，我只好观其发生，任其灭亡，如此而已。

关于论战，今年我知道好多事。譬如在上海，不知怎的打了一场关于诗人路易士的笔仗，攻击路易士的人说"他穷得很，而且连居住也没有屋子"；而路易士的回答呢，却是"我虽没有居住地方，但书总比你们多"。这样的论战打得还相当起劲，而双方都自以为是了不起的战斗者，不知道他们是否感到难为情。

去年我和某人有一点论争，因为他年龄长我几岁，便对我教训起来，其根据就是"我吃盐比你多几年"。我真想不到吃盐也有这么大的效果，那么打笔仗就各自较量吃盐好了，又何必动笔墨呢！以为吃多了盐便令对方折服，老实说我是鄙视的。

及至最近，却看到更哭笑不得的事，《蒙疆文学》出了个"出土特辑"对我围攻，但张冠李戴弄错了人将我误攻了。（注：在我编辑的杂志上，刊发一篇署名巴克的杂文，批评《蒙疆文学》，该刊误认为是我写的，便出版特辑，对我进行人身攻击。）其中一位诗人指责我是"真是吃屎的孩子，不必理他好了"。这种话顺嘴说说倒也无妨，不过出自一个歌颂月呀海呀的诗人之口，就有污他的烟丝皮里纯（注：英文 inspiration 的音译，即灵感之意），而且堂堂不惭地登出来，真令人匪夷所思。我呢，现在自然不"吃屎"了，当年是否吃过，不曾有记载，其实这也不过是生理现象，那位诗人当年从他娘肚子里爬出来的时候，也未必就是西服革履、手拿诗篇的男子汉，也要从"吃屎"长大的。我真不懂"吃屎"也和论战沾上甚么关系，这种口吻若也算是论战的话，我也只好挂出免战牌任其吆喝"胜利"而去了。

更有趣的是，一位先生把别人的文章错认为是我写的，对我大加攻击，还要劝我去医治"色盲"症。认错了人进行误击，其实他已经患了色盲而不自省，既可笑又可耻。

还有一位可爱的论战者，用劣箭胡射一通外，竟诬蔑我是不是英国人，这使我莫名其妙起来。固然现在是"击灭英美"的时候，又何必向我投来这样一枚炸弹？我认为，此等论客正是忘了自己的祖先及种族，甚至忘了同胞。（注：《蒙疆文学》是日寇扶植的傀儡政权即蒙疆自治政府的出版物，故出此言予以训诫。）

文人自然要写文章，如果借此进行谀媚、巴结等卑鄙勾当已经是可耻的了，若是连陷害、告密也无所不为，就是文人的生命劫了。如果这些都算是论战，实在是论战的大不幸；如果这些东西都算是杂文，杂文早就不应存在了。

　　苍蝇总是讨厌的，不但使人呕吐，甚至可能丧命，委实加以捕灭为妙。

（署名鲍风，1944 年 6 月）

海外随感

一

中国人的辫子，已是在世界成了被嘲笑的东西，称它是"猪尾巴"。

新奇的外国人，恒以为这辫子是中国的国粹，一谈到中国事情倘不挂上辫子问题，仿佛他的论著就毫无声色似的。其实这哪里是什么国粹，在中国也早已是被嘲笑的东西了。若真有一位外国学者遥远地跑到中国来见识这种国粹，一定会让他大失所望而归。近年来这种现象很少了，想必是外国人的进步吧！

读大林重信的《中国文明史物语》，其中也谈到辫子问题。其中有一段有趣的记载，是在民国十六年，北京附近有二十九名未剃辫子的乡民，据他调查不剃辫子原因是：

因为不到外面去…………9人

有辫子好干活…………6人

剃不剃一样…………5人

没有辫子不雅观…………3人

省了不戴帽子…………2人

脑袋冷…………1人

因为邻居不剃…………1人

总不忍剃掉…………1人

因为习惯了………………1人

当年剃发辫时，百姓曾认为是一种浩劫，真有拼死不剃的，所以至今在僻乡还留有带发辫的人。根据前面的统计看，每个人不剃辫的原因很有趣，其中最无出息的是"因为邻居不剃"。"因为习惯了"倒也勉强算个理由，"总不忍剃掉""剃不剃一样"应该是在革命中打倒的；"有辫子好干活""脑袋冷""省了不戴帽子"都不能算是理由，"因为不到外面去"那就让他终老在贫苦的家乡吧！唯有这"没有辫子不雅观"倒是个像理由的理由，但这理由也站不住，因为同胞都已经剪成短发，你还留着辫子反而使人难以入目，这雅观又从何说起呢？外国人不是嘲笑为猪尾巴吗！

无论怎么说，人不应该被头发所支配。每天早晨对着镜子把头发梳的花一样，真是浪费时间；至于任凭理发师在脑袋上做功夫又无疑是一种刑罚。

头发虽小节，也可以看出国家的兴亡。

二

我是怕理发的，原因是理发师都过于任性了，剪发的时间反而没有吹风、擦油、摆弄得时间长，我是很不耐烦的。因此我总是被别人一再督促才硬着头皮进理发馆的。但这习惯也吃过亏，前年中秋节有点事去见一位名流，就因为头发长被门房老爷误以为是告帮的，硬给挡驾了。

在日本理发比较好，价钱公道，没有额外小费，看不到理发师的白眼。而且仅给剪头发，若要洗头还得自己带肥皂来，更休想甚么擦油、吹弯了。

三

洗澡的时候，一个中年的日本人听见我说中国话，他很和悦地说：

"支那语不如朝鲜语容易听懂。"

"中国话完全不了解吗?"我反问他。

"支那语一点也不懂。"

"中国话难学吗?"我又反问他。

"支那语！支那语！"他一边说着，很兴奋而喜悦地走了。从他的态度上看来对我还是比较客气的，就是反复强调"支那"也不像有侮辱的成分。

我该说，他表现出一种强悍而习惯的样子。

四

还是在大林重信的《中国文明史物语》一书中的最末一节写道：

"中国人很讨厌'支那'的称呼，这正像外国人不称呼我们Nippon而称呼Jabon同样感到不愉快。但是，支那这个称呼并没有甚么可不愉快的；毕竟在战国时代把天下统一了的秦国的国名，传到外国讹音为支那了。"

这种说法据说是比较可靠的。但无论怎么说，中国人的不愉快并不是"支那"这两个字，而是说这两个字的态度，就是轻蔑和侮辱。对一个国家的国名必须有庄严及高贵感，而且必须尊重。中国称外国为意大利、德意志、法兰西等堂皇译名就是很敬重的。中国既然有了"中华民国"的正当国名，那么"支那"一类的名字就应被统一，于邦交也是体面的。日本近年来在这一点似乎已经注意了，譬如大林重信这本《中国文明史物语》就避免了"支那"两个字。这现象自然是好的。

（署名马大可，1944 年×月）

关于民间文学

在北京《新民声》三日刊第十四号的"文艺战线"里有一篇题为《国货与洋货》的文章，是针对我提出提倡"民间文学"而发的，作者署名胡华。

且引一段胡华先生的理论：

（一）纪念征文当然是一种隆重的仪式，编者既不想有碍现实，又不甘寂寞，所以提倡古典的"民间文学"。

（二）根据现实文坛的主潮，有人喊出"乡土文学"和"国民文学"以及"大众文学"的口号，倡导者颇引起一般人士的注意。于是在过度羡慕与嫉妒之下就有"国粹学家"自命"效果主义"的"民间文学"。

（三）由于"复古癖"的复燃"新第三种人"的出现，一些自命不凡的文人，才提倡使人们头脑急想单纯化、信任鬼神腐朽的"民间文学"。

胡华先生一口咬定民间文学就是古老的传说，而硬强把民间文学封上"古典"的头衔。其实古老传说仅是民间文学中之一种而已。而且，传说也不一定就是腐朽，如果灌注了新意识的话。"有碍现实"这四个字下得有趣，不知道这"现实"该如何解释才好，是大东亚战争乎？是击灭英美乎？……哎呀，有碍现实是要蹲黑屋子的。

"乡土文学"或"国民文学"如今仍是首倡者解说其性格及时代要求的时候，是一部分人的呐喊，而非全文坛的机遇。就是说运动尚未十分成熟，若称为主流恐为时尚早。而且即或是主流，也不是"有人喊出口号"的事。倡导者的精神是可钦敬的，因为并不是喊口号，而是去努力实践，因为他们对文学有"热"的燃烧所以才如此努力的。既经倡导而引起人们的注意，是因为一般人士也都在关心着文学道路，胡华先生却妄指"倡导者颇引起一般人士的注意"，变成了风头主义，实在污沾了倡导者的灵魂。而且这又有甚么可羡慕与嫉妒的呢？这是严肃的工作，又不是置房产或讨小老婆。

提倡民间文学不是"复古癖的复燃"，因为民间文学不是缠足或麻花大盘头。以事实来说，本刊提倡民间文学收到近三百篇的来稿里，竟没有一篇谈论鬼神的。这倒使我奇怪起来，难道头脑腐朽、思想单纯的就是胡先生本人吗？

附带说一说所以提倡民间文学的理由。

（一）神话、童话、寓言、传说都是文艺的灵魂，在中国被冷视很久了。其实这些都是发挥最透尽教育力量的文学作品。

（二）很多人隔膜或忽视真实的民间生活，所以文坛充斥着很多沉闷的东西，如虚构的、伤感的、梦幻的、呻吟的。我们希望看到记叙真实生活的文字。

（三）提倡通俗的形式，解开新文艺腔的锁链，憧憬着能朗读的文字。

想法是好的，做起来就很困难。但想不到中途就杀出来胡华先生之流的论客来，我深深感到周边的人这么冷漠。

（署名若言，1944 年×月）

狂潮篇 (1945—1948)

不念旧恶

这是鲁迅先生的话，他在回忆起辛亥革命的往事时说：

"待到革命起来，就大体而言，复仇思想可是减退了。我想，这大半是因为大家已经抱着成功的希望，又服了'文明'的药，想给汉人挣一点面子，所以不再有残酷的报复。"

这话仍要应用到今日的，但情形自然稍有出入，公式仍是旧的，代进去便是："待到和平到来，就大体而言，复仇思想可是减退了。我想，这大半是因为大家已经抱着胜利的希望，又服了'强国'的药，想给中国人挣一点面子，所以不再有残酷的报复。"

于是不得不想到：世界倘有最讲和平的民族的话，就是中国人了吧。但和平往往误事。辛亥革命后的宽大，留下溥仪始而"复辟"，放走溥仪继而"称帝"。斩草不除根，春风吹又生，至理明言。今次呢！是否又要"吹又生"？那是后话，未能预卜，但要拿起报纸，便可以找到"报答"了。仅就中央社重庆二十三日来电看：

> 湖南方面日军，九月十四日至十七日间，由湘潭仙女乡永嘉何家桥向长沙撤退，沿途奸掠烧杀，宁乡日军撤集长沙，军用品完全毁坏，沅江益阳日军撤至白马寺时，掠去大批猪牛及民用物品，南阳日军撤退时，焚毁军用品四百余车，枪毙马八十余匹，并毁枪炮弹药甚伙。

战败时国民所受到的是奸掠烧杀，战胜时国民所受的仍是奸掠烧杀。事实不同，结论一样，这和亡国奴一变而成"胜利奴"的原则是毫无差别的。但无妨，奸掠烧杀而后仍是无妨宽大，圣人在老早就已经告诉我们以德报怨。倘用洋圣人的话便是：有人打了你的左脸，你再给他右脸。但可惜生殖器只有一个，难道奸了前面再给后面吗？

"不念旧恶"从千余年前是我国的美德。直到现在，不，甚至未来，如果不因为这美德亡国灭种的话。

（署名辛大，1945 年 9 月）

附记：

这是我为北平某报写的一篇杂文，被国民党新闻检察机关勒令删去后两段文字，该报编辑便以排成空格的方式以示抗议。

编者把勒令删除的文字排成空格

改变世界

"中国，在那里躺着的一个巨人"。拿破仑曾经这样说过："让他睡吧！因为等到他醒来的时候，他就要改变世界了。"

正如他所说的中国是睡着的"一个巨人"，他预言中国的"醒来"，并相信着"改变世界"力量。我惊讶这位野心大政治家的智慧，并且受到感动。记得我在读到这句话时，我们尚在喘息地过着别人低篱下生活，同时也在憧憬着蜕变的奇迹到来，也就是"醒来"，吸收那晨曦的新鲜空气。

无时可稍减我对祖国的深挚的爱情，关心着它胜过关心自己那薄弱的生命。我说不出当我看到完整的祖国的版图时的喜悦，现在终于能温习重新描绘整个海棠叶地图形状的心情。这心情使我落了泪，因为我记忆起十余年的侮难与痛苦。

拿破仑的话只不过是预言，或许他并没有想到促成中国"醒来"的会是一场战争，而且是一场外侮的战争。过去的中国诚然是躺着，而且是睡着。经过"醒来"这个阶段以后，该奔向"改变世界"的未来了吧！我尚不能十分理解拿破仑所说的"改变世界"的深层次的意义，但愿不是制霸的意思。我们从历史得到许多教训，无论是过去还是目前，就是：正义的人间不容许强暴者的存在。就如拿破仑，纵然叱咤于欧洲大陆，甚至远征到莫斯科，怎样呢？结果仍没有逃开像放逐强盗似的被遣送到圣赫勒岛的大悲剧。

中国已不再睡了！"他就要改变世界"。我不曾忘记祖国远古的年代与锦秀的山河，它就该向世界投出它的力量了。在历史或地理上，它都并不次于任何民族与国家。

这"醒来"是十分珍贵的！

（署名阮幸生，1945年9月）

纪念鲁迅先生

九年前我们悲痛于鲁迅先生逝世，九年以来，我们秉承先生的激励而搏斗；而九年后的今天，我们得以捧献"胜利"，遥祭先生的在天之灵。当年先生的呼喊仍在鼓舞着我们，先生的热情仍然使我们温暖，而先生的战斗我们仍在继续。跟着先生走，我们确信必能脱离黑暗，走向青年一代的光明。先生一生，为了青年和第二代而活、而斗、而死，我们无从表达我们的敬与爱。我们只有继续着先生而活、而斗、而死，最后必有胜利，这就是我们的报答。

"叫他屈服，要不然，就消灭他。"

我们牢记着先生的话，誓献身于先生二十多年之反封建、反道学、反复古、反皇帝、反法西斯、反帝国主义、反哈巴狗、反汉奸……的战斗，直至他们被消灭。真理使我们奋起，责任不容许我们妥协，而成为我们战斗力源泉的是先生留下的十六册杂文集。敌人使我们在恐怖中过活，而先生的激励指引着我们冒着恐怖去杀戮敌人。

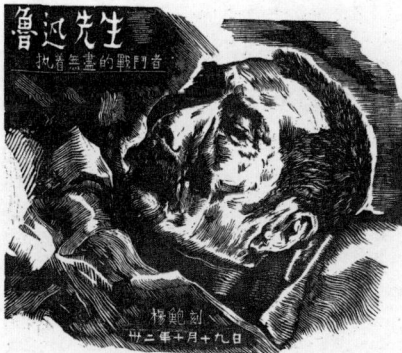

鲁迅先生遗容（木刻）

我们纪念先生是表达我们的感激，追悼先生是我们的誓师，而祭祀先生则是我们取得的战绩。鲁迅先生死去不过九周年，可纪念的日子却是遥远的，必然与民族共存。

（署名阮幸生，1945 年 9 月）

"我爱我师，我尤爱真理"

教育在敌人八年统治的毒手下苏醒过来，所呈现的是疲惫和无力，但热情的青年学生们却活泼得像冲开狭涧的激流一般，发起种种运动来表达他们对真理的热爱，用他们赤子之心，企图去温暖这冷酷的世间。青年人所幻想的往往都很美丽，并且有坚强实践理想的信心。二十七年前五四运动的开花，结成中国革命历史的一个奇葩。

今年的"五四"节日到来的时候，天津广大学生发动了"敬师助学"运动，说明了学生们之爱老师，也说明了他们爱真理。目前是非常艰辛的时代，由于政府支出的拙窘，学校经济能力的薄弱，使诲人不倦的老师们过着难以维持的最低生活。这对于中国的教育事业是很大的致命伤。终于学生们出动募款了，而凡有余力的人就该予以支援，因为这不是为一两个人受惠的问题，乃是为了发扬祖国的教育事业。从今天教育事业的贫困颓败，便可以看出十年后国家的不幸。必然的，我们会荒废了许多优秀的人才，没有把他们造成国家的栋梁。

这一点，又不得不涉及可敬的老师们，我衷心希望老师们能尽大的力量完成神圣的使命。学生们此次募款行动，是令人感动的，对于师长们，不仅是一种援助，甚于可以说是对现实的教育状况的一种控诉。以此为契机，我相信师长们必不会对学生为"敬师助学"的奔走而有所辜负。金圣叹写过一副对联："不敬师长天诛地灭，误人子弟男盗女娼。"这话未免有些过于苛薄，但对于教育界之败类，我们还是应该毫无所恕。

五四运动使中国历史芬芳起来。可敬的青年们，你们应该有继承五四运动的自信，你们的行动会得到社会人士的同情与支持。你们知道希腊大哲学家亚里士多德吧？他说过一句话："吾爱吾师，吾尤爱真理。"你们没有理由忽略这句话的深刻意义。

（署名艾礼，1946 年 5 月）

走过天安门

　　五年前的春天，我第一次去北平。当我走过天安门的时候，历史的阴影遮住了我的心。在岁月中天安门变得苍老了，那褪色的墙皮，那失修的瓦脊，那御河桥，那华表，那石狮，都像是在风沙中控诉。

　　我无声地走过，二十几年前的血迹呢？仅有墙皮上的"反共建国"、"击灭英美"的标语，在露着邪恶的嘲笑。

　　此后，每当我去北平的时候，都设法经过天安门，去温习当年那段可歌可泣的战争的史诗。我的心底在暗泣，用它灌溉着一个希望，一个青年的希望。

1919 年 5 月 4 日，北京 13 所学校的三千多名学生，集会于北京天安门前，高呼："外争国权，内惩国贼"等口号，会后举行游行示威，五四运动爆发。

战争结束时我在北平，匆迫地跑到天安门，我憧憬着天安门在抗日战争胜利时，应该显得年轻了。我伫站在那里痴望，"消灯灭火，防空救国"的标语已被油漆成"还我河山"。但此外一切并没有变化，天安门依旧在那里向风沙控诉。我怅惘地离开了。

其后青年学生每次游行的时候，在那里贴标语，喊口号……但天安门似乎不为所动，它默默无闻，总是悲哀地、孤独地站在那里。

天安门，那封建君王无上权威的仪表，标志着吾皇万岁的钤记，一砖一瓦都染着人民的鲜血与骨浆。从那深渊似的门洞，进去的是陛下的臣子，走出的是百姓的"恩官"。它是人民的血建成的，总应该由人民自己还它纯朴的颜色吧！天安门应该是青年一代战斗的出发点。

回忆二十七年前的故事，天安门显得光荣了。二十七年前的五月四日，在天安门站满了青年人，他们不畏牺牲，游行示威，天安门再也不是暴君、王权的装饰品了。年青的一代在它面前用鲜血写就了历史的宣言：

现在日本在万国和会要求并吞青岛，管理山东一切权利，就要成功了！他们的外交大胜利了！我们的外交大失败了！山东大势一去，就是破坏中国的领土，中国领土的破坏，中国就亡了！所以我们学界今天排队到各国公使馆去要求各国出来维持公理，务望全国工商各界一律起来，设法开国民大会，外争国权，内除国贼，中国存亡就在此一举了。今与全国同胞立两个信条，道：
中国的土地可以征服而不可以断送！
中国的人民可以杀戮而不可以低头！

国亡了，同胞们起来呀！

此时，天安门显得骄傲了。广大的中国人民用血实践了这个宣言，土地并没有被征服，人民也没有被杀戮。

天安门似应在人民的歌颂中微笑吧！然而没有。在春天的风沙里，我听见它仍在哭泣，但我也隐约听到它的愤怒的咆哮，似乎在它下面正喷放着黎明的异彩，孕育着中国新生的源泉。

（署名孟驰，1946 年 5 月）

如此“爱国”

　　其实，我们应该看得很清楚了，纳粹德国的例子。对于那些杀人魔王的被判绞刑，真是罪有应得，人心大快。但那些罪魁们在死之前，还大言不惭地说是为德国而死，自封为一个伟大的爱国者。自然，天下乌鸦一般黑，林逆柏生、褚逆民谊、陈逆公博等的“爱国者”，从此不再寂寞，有了知己了。

　　爱国，谁能说他们不爱国呢？他们所爱的国，是属于他们那个集团的国，不是全体人民的国。这样的爱国，其实是祸国。希特勒这个狂暴的大流氓，纠合了戈林、赫斯等一批党羽，以最卑鄙的各种手段夺取了德国政权以后，德国的优秀文化传统就给断送了，从此德国不再是歌德、悲多芬的德国，德国人民的自由、和平的生活被剥夺了。而且，希特勒这个战争的赌徒，一下子就把整个德国的筹码都押在了战争的赌盘上。是的，他赢得了中欧很多小国，赢得了巴黎，赢得了斯大林格勒。但看吧！酒鬼必死于酒，色鬼必死于色，赌鬼也不例外，一下子希特勒就把整个德国赔了个精光。所有赌徒的下场是一样的，搪债乏术，一死了之。但苦的是德国人民，多少人死在战场，未死的都活在饥寒颤抖之中。是谁害了他们，是希特勒的“爱国主义”。

　　在中国，也能欣赏多少“爱国”杰作。已判死刑的那些伪权贵们，及尚在羁押的那些伪权贵们，莫不在堂皇地说“爱国”，及至死时还要说是“为了国家，死而无憾”。其实，他们比希特勒等辈还不如，希特勒爱的是自己集团的那个德国，而汉奸们爱的却是敌国。他们剥夺了中国人民的自由，迫害真正的爱国分子，真不清楚他们有何脸面来对自己的同胞。

在抗战期间，更有所谓失败论者的爱国主义。这种人主张：中国土地广，不怕失；中国人有一种韧性，不怕亡国。于是把历史搬出来了——五胡灭不了中华，金人灭不了中华，满清灭不了中华，如此如彼，日本也一定灭不了中华。所以，尽可失守，尽可亡国，这样的亡国其实也就是爱国云云。这样的失败论者，有何资格谈论爱国，不过是已经被人强奸了，还要谈论贞操而已。

再如周作人（看在他是五四时代的英雄，我真不忍给他加个逆字），也自称爱国，大谈其曲线救国。既然曲线也能救国，所以也就莫怪乎他乖乖地就钻进敌人的怀抱里了。

这些"爱国杰作"，我们自然已经全无兴趣了，但我却啰里啰嗦这么一大篇，无非是因为担心在未来的中国历史中，再嗅到这种腥臭的味道。

（署名辛吉，1946 年 10 月）

同命运之感

　　一匹马拉着一车很重的铁板，正走在马路拐角的地方，不知是由于负荷过重呢，还是蓄意罢工，总之，一下子就躺在地上了。来往的行人停住了脚步，立刻就围了上来。在我，不知怎的，一看到可怜的畜生，就变成悲天悯人的道学家了，心想这真的太不幸了。但赶车的主人比我高明，或者可以说是有经验吧！总之，很像一个统治阶级者，毫不迟疑地用鞭子狠狠地抽打这匹马，打它的背，打它的头，而结果事情进展得很顺利。不知道这匹马是天生的贱坯呢？还是唯恐因此失业？总之，它乖乖地站了起来，主人又是一鞭子，它就拖着车走起来了。

　　看热闹的人有的喝采了，大概是在赞美这位马主人的老练吧！之后人们很满意地离去了，唯有那匹马仍然很艰苦地继续向前奔走着。那位马主人并且用鞭子朝天空打了一个胜利的鞭花。

　　我仿佛对此事若有所悟，但此刻拿起笔来又像是毫无所悟。马来到这个世界是单为做奴隶的吧，它很安于它应有的命运，至死也不会革它主人的命的。正因为如此，那位赶车的人鞭打这匹敢于怠工的马，乃是最恰当的措施了吧！

　　在人类的历史里，有着很多类似的血的记载，是关于奴隶的，或者是"准奴隶"。这时我想到了林肯，我很惭愧不能用再美丽的词句来歌颂这位巨人。由于他，已经命里注定为奴隶，且完全像一匹驴或马随便可以贩卖的黑人，得以被拯救。林肯献身于实现他的理想的运动中，不歧视任何肤色的民族，从那些统治者的手里，夺回那条鞭子，让全人类过着平等的也是和平的生活。八十年后，罗斯福又沿着他的路线竭力地要求实践人类的"四大自由"。这应该是纯真的美国精神，使世界的任何角落的人都能感到温暖，过着和平的生活，而不是仅仅送出什么克宁奶粉还有吉普车。

　　我并没有兴趣非要改善驴马的生活，只不过是产生了"同命运"之感。虽然我写了这么一篇小文章，我今夜大概也不会有平静的睡眠，因为我痛心得很。

（署名辛吉，1946 年 10 月）

这血淋淋的手

韩刘德钟之死是一个悲愤的抗议。这抗议，并非向旧封建势力的挑战，而是向资本家的挑战。她死得悲壮，她的牺牲是为了争取劳动者的崇高地位。

这故事并不像某些人口中或笔下说得那么美丽，喻她是"殉夫"，她是死不瞑目的。凡是这样礼赞她的人，都是帮凶，因为她是被资本家逼死的。

韩刘德钟的丈夫死了，她没有钱去埋葬。她在东亚公司做工，一向表现很好，想向公司借点钱料理后事，但遭到拒绝了；她要求会见经理，也被拒绝了。于是她就从楼上的窗户跳了下去。她跳得很悲壮，揭示了那些刽子手的嘴脸，让我记住了他们那双血淋淋的手。

东亚公司怎么办呢？结果对她给予了厚葬，真是一种滑稽而卑鄙的把戏。为甚么他们要吝于先而慨于后呢？因为不如此就难以洗却他们手上的血腥，他们轻轻地就以"殉夫"的美丽字眼掩盖了一大堆丑恶事实。他们宁肯花更多的钱去点缀死者。实际上这钱并非花在死者身上，乃是为了他们自身。我们对这件事看得很明白，倘若那些人果然能这样慷慨地对待死者的话，韩刘德钟是不会死的。那些人，是社会名流，有的是参议员，他们一向面孔摆得很端庄，但死者的血溅到他们脸上时，他们是不惜花大批钱去洗干净的。

但是，我们忘不掉这血淋淋的手。因为，死的仅是一人，而和死者同命运的人还是无数无数的。

（署名孟真，1946 年×月）

死的话题

近来我忽想到死的问题。人终不免一死，这是至理。但要"死得其所"，仍是至理。因此我们对于那些"不能善终"的死者就会予以同情和掉泪。

我怎么想到这个问题的呢？当我看到马路上人山人海地在欣赏"红差"赴法场的场面时，不由得想到死的问题了。我身边的那些看客们有的在喝采，情绪高涨得很。这是一幕悲剧，却引起众人的快乐，毋宁说我是替绑向法场的罪人悲哀起来，因为他将走向死亡。

我没有想到是，那站在汽车上的"好汉"却对看热闹的人群要求答案来了：

"诸位看我脸色变了吗？"

紧接着是喝采，还有鼓掌。"好汉"似乎很满意。唉！我大概有点神经衰弱，不知怎的越发悲哀起来，这位"好汉"别是阿Q的子孙吧！已经过去几十年了，我们却能欣赏英雄好汉的威风，真是恭逢盛世。我不由得去看了看这位"好汉"，才二十岁的样子，脸色已经变得苍白，而且站在车上还有些战抖，但他仍在喊着同样的话，人们也仍在鼓掌喝采。在我身边的一位观客赞扬这位"壮士"真是"好样的"。翻阅今天的晚报，也报道这位"好汉"如何"谈笑自如"啊，"骂不绝声"啊，连记者都如此赞叹，死者简直可以瞑目了。

于是我就不能不想到死的问题了。古语说，死有重于泰山，也有轻于鸿毛。我分不清楚那位"壮士"属于哪一类了。你能说是轻于鸿毛吗？花花钞票曾在手中挥霍过，吃过，喝过，博得过女人的温存，最后还是在众人面前堂堂"就义"，连我都想颂扬这位"壮士"了。到了现在，在泰山、鸿毛之外，还有死者"价值美金一千五百元"者，因此有人便得出"撞死幸运"的结论。天津真不愧经济市场，连死的行市都挂出了牌。（注：被美军吉普车撞死，可赔偿美金一千五百元。）

我们已欣赏了许多死人之杰作，除了暗杀、飞机失事、轮船遇险、被吉普车撞死等等，还有死于失业的，死于失学的，死于钞票的，死于女人的。但触动我感情最激烈的是成都某留法工程师之怀才不遇而自杀，还有一位外国人"替中国担忧"而自杀。外国人都替我们担忧了，而我们却不忧，使我顿生凄痛之感。

这种种感触都是从"死"引起的。但伤感之后，一想到现在整个世界都在喧嚣发生新的战争，而且国外的战争狂人们已经说将是原子战争，则早晚仍不免一死，且是集体而死，既然如此，倒也坦然了。

（署名辛吉，1946 年 10 月）

死得寂寞

报载：北平北方中学训育主任王道武用剃刀自刎而死，遗书：近感国事悲观及家境黯淡，恐贻误青年，不如早结生命等语。自然，这不过是大报纸上的小新闻，烽火漫天的小牺牲者，以死论死，平常得很。虽说忧国，但国事已经如此，死也无用。我们并没有为他预备下十字架，更抱歉的是，我们的政府以及我们的法律，也尚无对忧国自杀者的恤典或恤金。死则死了，原用不着大惊小怪，但这样的死，如果对于生者不是一种警惕，那王道武之死真也就变成了一场大悲剧的小序幕了。

他死得实在寂寞。我等被称为"人民"的人，在厮杀恶斗之外，再能逃开物价的竹杠，对于这样一个死者，至多也不过付出一些廉价的伤感或同情，再有神经衰弱如我者，顶多也不过写篇如此小文，不但不会制成标本任人凭吊，更不会有美国电报命查明致死原因。因为如王道武之流在中国滔滔皆是，原非珍产，自然引不起大人先生们的注意。国可以忧，死却不该，如果要死，只能怪你心狭。所以，死就死了，不会如一个桃色纠纷的谋杀案能使观客们津津有味的。

在所谓的人民世纪，人民的爱和憎正应是真正的爱和憎。王道武用剃刀刎了脖子以后，他自是默默地死去，除了说明他禁不起社会压力的弱者而外，他之死也是对他所厌恶和轻蔑的现实生活的一种挑战，或者说对他所理想和憧憬的社会的近乎殉道的一种牺牲。

在拉柯甫的《凡尔赛的俘虏》一剧中，他写出了法国人民之争自由。主角保禄说：

"我不能毫无顾忌地死去。有一个思想使我悲伤，就是几千年来为人们迫害的那个伟大而美丽的理想，是否跟我一同死去。不会的！我相信——那个思想是万古不朽的。"

这样的死，造成了响当当的法国。那个伟大而美丽的理想，决不会跟殉道者同时死去，争取这个理想的人的死，该不是寂寞的。

（署名辛吉，1946 年 11 月）

有感 "再来"

且说光绪皇帝和西太后死了以后，溥仪登场了。但这个孩子简直不行，当坐在金龙殿接受重臣朝拜的时候，哇地一声哭了起来。醇亲王哄着说："别哭，别哭，一会儿就完了。"于是满堂大惊，认为这是谶语，简直是不祥之兆。果然，不及三年，就收摊大吉。

谶语，中国就信这一套。

长春日本侨民遣返回国时，据报载，中国人曾举行一个慰问大会，大唱"何日君再来"，敏感的人就认为不祥。而日侨们呢，如众所周知的，爱和中国人说一句"二十年后再见"，后来又逐渐改为十五年、十年，最近据说他们自信连五年都用不了啦！听的人呢，咸以为是信口一说，谈何容易呢！但是曾几何时，插着太阳旗的日本船竟堂堂开到了上海。

我不信什么谶语，宣统皇帝逊位是在那个历史过程必然会发生的，与谶语全然无关，仅是偶合。我不介意日侨们嘴里的二十年、十年、五年，但必要唤醒大家的，应该积极地做一个现实主义者，我们应该重视目前的现实。任何人都不愿再见太阳旗下的那些狰狞的面孔，此时此地倘若不再深发警省，而企图在时间里等待一个幻想的梦境，而"谶语"真有可能就成为谶语了。

（署名辛吉，1946 年×月）

古怪歌

前记：光阴荏苒，转眼又是一年矣，回顾前事，不胜鼻涕系之。昨夜圣诞，期待圣诞老人赠我礼品，未想到把一首"古怪歌"装入袜子中送来。未敢自秘，特公之同好共赏。此歌曲调曾风行抗战大后方，贵朋如有"飞来"者，一询便知。

一

往年古怪少啊
今年古怪多啊
蛤蟆吞大象啊
老鼠把猫捉
老鼠把猫捉
古怪多嘿古怪多
古怪古怪古怪多
路上冻死人啊
熊猫天上客
大学毕业卖鸦片啊
留学回来去跳河
回来去跳河

二

抗战八年死啊

供在"神社"里啊（注）

阎罗问他舒服吗

他说"接收"好风光啊

"接收"好风光

古怪多嘿古怪多

古怪古怪古怪多

清早出门去啊

看见车咬人啊

只许吉普吞进去啊

还说自己前来卷入车

前来卷入车

三

白天路灯亮啊

晚上黑咕咚

汉奸来把汉奸审

慈善机关救富翁啊

慈善机关救富翁

古怪多嘿古怪多

古怪古怪古怪多

工商业嚎啕哭啊

舶来品笑哈哈

糖果贵得买不起啊

圣诞老爷赠我古怪歌啊古怪歌

（署名辛吉，1946 年 12 月）

附言：抗战胜利后，国民党接收了日本神社，竟改为忠烈祠，祭祀
在抗日战争中牺牲的将士，在当时引以为笑谈。

女人谈屑

一位朋友指给我看一位女人的脚，那脚上是带着金链子的，据说这是最时髦的装饰了。我看不出有什可欣赏的，这象征什么呢？是为了阔绰的原故吧！但我觉得不怎么舒服，却说不出为什么。

现在想起来了，它实在像一副脚铐呵！

三八节已经过去几天了，仿佛没有给人留下什么印象。马路上来来往往挤满了女人，光脚的，穿高跟靴的，戴金链子的，穿大斗篷的，涂脂抹粉的……各式各样。她们总是耗去她们的大部分时间打扮得如花似月，为了讨得男人们的欢心。当然，这一切将会得到男人们的赞美。但这种赞美，若分析起来，可以断言不是顺乎自然的，甚至会加强某些人对女人当作玩物的歧视。

叔本华是举世闻名的女性憎恶论者，他所说的自然有他的道理存在，证诸实际往往也真是不幸而言中。当然我并不十分同意他的观念论，根本否认了女人的一切。人类任何缺陷是都是可以加以克服的，女人自然也不例外。假如能彻底地自觉，虽然处于这样恶劣的传统的及生理上的缺陷，也必能加以克服，争取到真正的平等和解放。但事实上有些女人常是偶然或经常的背驰宝贵的自由之路。所以，如今虽然不再裹小脚了，却仍乖乖地戴上金链子。用一句油滑的话来说，女人终是女人吧！叔本华把女人说成是第二类人，不值得男人尊仰及恭敬，我不晓得是甚么原因使得这位哲学家对女人悲观到如此程度。

或曰，这一切全是为了美。爱美当然也是人类崇高的本能之一，但一个女人如果不能摈弃"无生命的美"的话，她就终不能逃脱被视为"商品"的命运。如果仅是通过裁缝师、理发匠、金饰店打扮起来的"艺术品"，必将变质。说到"艺术品"并不含有轻蔑的意思，问题在于心灵美。因为一个完整的人，就恰如一件完整的艺术品。

（署名辛吉，1947 年 3 月）

居礼教授的妇女观

看电影《居礼夫人传》，当玛利·斯克洛度甫斯卡（居礼夫人原姓名）被介绍到居礼教授那里借用试验室的时候，居礼教授被打扰得不安了。他开始时很烦恼，对他的学生说："有一个人到我试验室来工作，我当初并不知道是个女孩子。女人会增加我们许多烦恼，女人与科学是不会合得来的，恐怕我们的试验室不会安静了。但愿她不会吹口哨吧！"

居礼教授存在这种先入的憎恶女性的观念，是甚么原因使他对女性如此悲观的呢？一方面自然是由于传统观念，另一方面则是主观偏见。在他心目中，早已有了对女人的定型，就是：愚蠢的，多嘴的，不安静的，传布烦恼的，不能思索的一种动物。而且，更可令人悲观的是，他的成见使他宁可疏远女人，也不去改造她。

但结果，自然是这一次例外了。斯克洛度甫斯卡对科学的造诣及热心，并不比任何一个男人差到哪里，居礼教授的诅咒厌恶情绪落空了。同时，这位教授除了化学公式和物理定律之外，却还需要爱情，终于不自觉间就兴奋起来。在斯克洛度甫斯卡的面前也变成一个讨好、晓舌的家伙，甚至最后也吹起口哨来。

这说明什么呢？一个极端憎恶女性的人，最后却也能和女人结合，莫非是女人具有的魅力吗？当然并不单纯由于魅力，主要还是兴趣的投契。居礼教授在见到斯克洛度甫斯卡之前或许从来不曾遇到过能使他钦服的女人，所以他就否认女人的一切，这是他的偏见，但被斯克洛度甫斯卡的能力驳倒了以后，他立刻就向女人要求一起共同生活了。主要的，乃是为了共同工作。

当然，事实往往不尽如人愿。有许多妇女猜忌，意气，哓舌，短视，好打扮，喜排场，太丰富的感情……变成了工作的障碍物，所以使许多夫妻不能有永恒的调和的生活。就因此使某些男人对女人裹足不前。苏格拉底有一句名言："不

居礼夫人像（木刻）

顾一切去结婚吧！如你讨到好老婆，你就会成为很幸福的人；如果你讨到坏老婆，你就成为哲学家——这对男子是有利无弊的。"这话说得多么有趣。

我们中国包办婚姻制度已经继续了数千年，至今仍有可惊人数字的小羊羔们受着旧制度的宰割。但往往也相安无事，原因就是"唯生"哲理使然，只要能生儿育女、儿女成群，就属于"美德"，人们忽略了这仍是封建余毒。生活在现代中国领土的人们，是经过了民族解放与思想解放的，广大妇女也早已从这两种革命中得到锻炼而坚强，时时刻刻去争取崇高的独立。有的男人对女人可能还存在许多陈腐的错误看法，时代在进步，一切旧观念都是可以改变的。比如说，憎恶女性的居礼教授，终于也会向斯克洛度甫斯卡要求一吻。因为在实际工作中，任何男人也不能拒绝女人的合作与助力，否则人类是不会有怎么美好的希望的。

（署名辛吉，1947 年×月）

减少了社会的分子

我很难了解自杀者的错综心情，因此我也不能武断地批评自杀是弱者的行为。由于我们所看到的那些不幸的死者，有吃便溺器瓦片自杀的老人，有喝墨水又用钢笔尖刺肚脐眼自杀的公务员，有用剃刀割破喉咙的中学教务主任，有从高楼上跳下来的病患者，有跳河的女学生……这一切自杀行为，都是需要坚强的勇气去做的。但是能有勇气去死，却没有勇气去活，只能说是一个"准弱者"罢了。

由于自杀是对现实生活的逃避，我反对这种行为。有人并不非难自杀，如同古希腊的禁欲派曾说过："自杀可以解脱一切痛苦。"诚然，痛苦是由此而解脱，可是世界上有更多的人不曾自杀，而他的痛苦也能解脱，为什么单单饮鸩止渴呢？

意大利神学家阿夫纳斯曾经说过：自杀有三种罪，一是违背了好生恶死的自然性，二是减少了社会的分子，三是侵犯了上帝的生杀权。其中第一项的空洞与第三项的虚无抛开不说，所谓减少社会的分子，实在是自杀者不可饶恕的错误。忽略了人类的生存意义与义务，减少了社会的分子，主观认为唯有自杀才能解除痛苦，假如世人皆作如是想，那么人类的历史将变得无声无息，如同一张白纸了。

（署名辛吉，1947 年 4 月）

屈辱的强奸事件

发生在汉口的"斐然大观"的事件（注：在汉口举办的美国军官与女宾的舞会，中间突然灭灯，随即发生强奸事件），使我长时间被一种难以说出的憎恨和悲哀的情绪支配着，虽然那些被污辱的女人大多是贵妇人，有些或许是"不安于室"的，但我丝毫也不因此就原谅那些罪恶的制造者。就在自己的国土上，在自己纳税的政府保护之下，竟有被外国人享有"强奸的自由"。众所周知，莫斯科和华盛顿之间正在进行冷战，都在寻找恶毒的字句以打击对方在国际上的声誉，但发生在我们这里的竟是"肉战"，这样的事件远胜过莫斯科多少文告和真理报上多少社评。这样的事件不能不损害中美之间友谊。

我国妇女就这样无可告慰地被摧残了。其中虽然有些是我们一向看不惯的贵妇人之流，但也不能怀着幸灾乐祸的心理，说一声"罪有应得"，因为她们之被污辱，丧失了整个国家的体面。那些军官们在回国以后或将有声有色地讲述这样的"艳迹"，就像讲"天方夜谭"里的故事。马可波罗从中国游历后曾著书夸耀中国满地铺着黄金，致使洋人都做着淘金梦，假如美国军官的这种"艳迹"也被夸大了的话，洋人或许认为中国妇女都是娼妇了吧？这一定会引起嫖男们"猎艳"的浓厚兴趣而跃跃欲试了。

当我想到以上这些事时，自然是充满仇恨与悲哀，但当我得知这些被污辱了的女人在事后"隐瞒得干干净净"的时候，我有些战栗了。她们被污辱了却不愿声张，也不敢控诉，走着传统的忍辱自欺的老路，却也不能释除她们永久的伤痕与郁恨。她们不肯为自身的牺牲而反抗暴行。在这里可证明的是：由于人们对妇女的"道德"的批判，因此也就阻碍了进行斗争，她们只有卑劣地"隐瞒得干干净净"。

中国妇女所遭受的屈辱与牺牲，都应该算进整个民族的仇恨的账里去的。因此，不仅是给一个公民，甚至包括被污辱的妇女的丈夫在内，都应该闪开来让她们走向战斗的自觉道路。她们虽是被污辱过，却不应偷生含耻的生存下去。被污辱不过是一种蒙难，因此更应该加强战斗力，实在没有必要"隐瞒得干干净净"。

（署名辛吉，1947 年×月）

息夫人三年不语有感

春秋时息国王后息夫人被楚国暴君强奸了，不是在甚么跳舞会上，而是在息国被楚国灭亡了以后，把息夫人俘虏了过去。亡国和失身的两重仇恨加在她身上总是很沉重的吧！她为了抗议这暴行，在三年里不说一句话。这和甘地绝食大概同属一种意义，也是"不抵抗主义"的另一种方式吧！虽然是三年不语，但据说却生产了两个孩子，纵然是不抵抗，却仍免不了被污辱，"不抵抗主义"再伟大，不能不使人感到有些悲哀的地方就在此处。

妇女们被无数的绳子所束缚着，自古已然，至今也不过是部分被挣脱了出来。她们是弱者，是侮辱与伤害的对象、惨案和悲剧的主角。就以不久前出席了汉口舞会被强奸的女士来说，我无从得悉她们是否晓得息夫人这个故事，但她们在被污辱了而后情愿不出一声，隐瞒得干干净净，真足以使人难以理解她们内心的痛苦与悲愤。息夫人那样的复仇哲学，那样的战斗方式，纵然由于她是女人，是弱者，我们也很难赞同，但和汉口被污辱的女士们比较起米，后者却使我们的心更为沉重。

无论古今，以至中外，凡是在被残暴的刽子手们蹂躏了的土地上——或者就在我们记忆中还清楚地记得的抗日战争里，在妇女身上总是制造了无数的令人战栗的暴行。但在刽子手们疯狂地淫虐当中，也发生过许多可歌可泣的故事，妇女们也会英烈地参加到战斗中去，不但有以死来抵抗暴行，还有以自己的一命换得刽子手一命的实例，除此更有许多妇女为复仇而参加战斗的英勇行动，听了则更使人欣慰。虽然大抵上妇女总是付出的牺牲比较大，但她们决心献身在战斗中，便可以想到她们未来的命运了。

息夫人三年不语，推想起来也是为了虐待楚国暴君的感情吧！但这位暴君竟能宽容她三年不说话，也使人感到惊奇，这大概也是另一种形式的"民主修养"。汉口奸污了中国妇女的美国军官事后仍安详地徜徉街头，与我们父母官之熟视无睹的涵养，都可以在"民主大全"里聊备一格。

（署名辛吉，1947 年×月）

感恩哲学

读《官场现形记》，有一段话读了真叫人不舒服。傅署院说："我们这种人家，世受国恩，除了作八股考功名，将来报效国家，并没有第二条道路可走。"

这真把读书人挖苦得不轻，但却不能认为这是一种书生之见。一般人，都是过分地信奉"感恩哲学"，所以凡是那些正在得意的人，是很乐于略施小惠给不得意之人，种下"感恩"的根，以求将来的报答果实；而正在不得意的人呢，则受宠若惊，终生不忘，倘遇报恩机会，一定是粉身碎骨，万死不辞。官场如此，就是其他待人处事亦莫不如此。所以就是一个恶贯满盈的恶棍，也会有许多流氓拥护着，不过是因为受到"恩泽"罢了。一个人若能把"感恩哲学"应用得透彻，必是做官高升，经商发财，而且一呼百诺，不愁没有人拥护。

日寇的暴虐，我们回想起来都感到战栗，但据我所知，仍有人在怀念日本人的"友情"。我的邻居有一位曾在日本人开的白面馆里当差的老人，时常回忆往日"日本人待我不错"，他却不想白面馆毒害了多少同胞。

这种"感恩哲学"如果成为知识分子的信仰，有时更为可怕。翻开近代史，有一段甚可歌可泣的记载，就是太平天国的革命，那时正是满清统治到了山穷水尽的时候，清帝也自知腐败，曾下"哀痛之诏"，自认是"总缘亲民之吏，多方婪索，竭其脂膏，因而激变至此。"但受过皇恩浩荡的曾国藩却不然，他在

"讨粤匪檄"中说："今天子忧勤惕厉，敬天恤民，田不加赋，户不抽丁。"暴君在他的笔下一变而为"仁君"，由于他的感恩，使中国老百姓又苦熬了四十多年。

美国驻上海总领事卡宝德真是天真得可爱。他看到中国学生反美，便率直讲出美国是怎样施恩于中国，要求应该"感恩"。司徒雷登则利用自己对中国学生的情感而要求学生们能乖乖地听他的话。但事出偶然，"感恩哲学"这次却被否定了，报答的是一片更为愤怒的抗议。宣扬"感恩"却感到"恩"以外的憎恶，这种觉醒真使人觉得欣慰。

如果是为了让人"感恩"而"施惠"，无疑是卑鄙的行径；如果"受惠"之后就非"感恩"不可，就只好服帖地承受奴才的命运。若虽然受过"恩惠"却能有所憎有所爱，仰受着真理的光采而生活的人，却首先要否定这"感恩哲学"不可。

（署名辛吉，1947 年×月）

可怕的事

（一）

近来时常可以看到谈论周作人的文章，大多都对他很怀念，有些人更感慨"苦雨斋"的杂文竟读不到了，实在可惜。感慨之余，则又叹息现今杂文之无物，感不到周作人的冲淡。此外，就是不该判这老学者这么重的刑，究竟他也是人才。这使我更深一层了解了我中华古国爱"才"之心竟如此切，敬"老"之德竟如此重。周作人虽是知名学者，但安于他的书斋，守着他的日本夫人，对国事消极，对抗战悲观，虽有几次青年们及文学家联名写信请他南下，但终于托词拒绝，明知自己是日本通，难道果能在日本人的怀抱中作"洞蛇居"吗？这并不是无先见之明，实在是对战斗的逃避，假如对此等甘心沦为汉奸之人宽大，那么对于那些白发佝腰、不辞千里跋涉，撤向后方的其他老学者们，当有怎样的惭愧心情？

对于这样的老作家，不能贯彻他的革命思想，老来孤独地躲在古董堆里做隐士，故意回避战斗，去发挥他的无所谓的"言志"，实际上是对青年散布毒素……对这样的老者，我们早已对之失去了崇敬之情，但如今仍有人觉得他很可爱，这是很可怕的。

（二）

　　辛亥革命之后，因为汉室总算是光复了，对于那些曾经血腥的统治者们，处处不失为宽大，大概是为了显示黄帝子孙的美德的原因吧！

　　对于溥仪，或许因为是"龙种"，仍敬为上宾，按年发给"生活费用"。但结果真是不幸，始而"复辟"，继而"登基"，终于惹出这么一场滔天大祸。

　　我不曾想过，对于敌人的宽容，是否能促使敌人"知恩"？假如不是，这种宽容是很可怕的；假如是呢，或许尤为可怕。

（三）

　　毒蛇蛰手，壮士断臂。否则，最可怕的事总会发生的。

（署名辛吉，1947 年×月）

殉情者飘然而去

据说，青年男女之间，往往不能不有爱，如果这爱一旦到了不能如愿的时候，就一死了之。此即所谓"殉情"，是很"伟大"的，往往被人们称赞不已。从前某地曾有一对青年恋人，因为家长所阻，不能结婚，乃在一家旅馆发生性关系之后，双双自杀身亡。死时二人一丝不挂，男女下身赫然毕露。某小报记者对此大感兴趣，报道女人小腹如何如何，短裤如何如何，爱情的"伟大"已无从谈起，仅成为一条黄色新闻了。——青年男女就这样默默死去，轻轻地就放弃了生之权利，做比翼鸟去了。

顷阅沪报所载"生死鸳鸯"新闻一篇，妙不可言，转录如下：

> 本地人汪志良，年二十七岁，业三轮夫，住居天潼路五百二十二号，前曾结识浦东某工厂之某姓女工，相互热恋，奈汪已结婚，故痛苦万分，即于昨晚两人相约至大陆饭店二百十号，遂其不能共生但求共死之愿，十二时许汪即吞服来沙尔自杀，讵知该女见汪已服毒，却飘然而去，后经茶房发觉，急将卧于床上气息奄奄之汪志良，送公济医院救治中。

这"飘然而去"四字真是神来之笔，实令人很神往，莫非要革殉情之命吧！在此我要奉劝正在花前月下的情侣们一句，假如你们到了相爱不能如愿而又不能不求"共死"之际，先退一步想，估计对方是不是个赖账的家伙，否则自己白白送掉性命还不要紧，死后实现不了比翼鸟，却成了光棍乌鸦，才是最不甘心的。

（署名辛吉，1947 年×月）

比诗还要真实

现代有名的细菌学者 Hans Zinssez，曾经到远东游历过，并且在北平协和医院当过三个月的客座教授，在他回到美国以后，在《太平洋》月刊上写了一篇自传，题目是《比诗还要真实》。在这篇文章里，他证实了一个结论，就是伤寒与政治的关系。他说："伤寒还没有死，也许它还要流传几个世纪，只要人类的愚蠢和野蛮肯给它流传的机会。"这里所说的愚蠢和野蛮，就是专指侵略战争而言。

以上这一段精辟的理论，经夏衍把它引用在《法西斯细菌》的剧本里。夏衍写一个安静地坐在研究室里的医生，怎样转变走到这次战争中间。他强调在医生眼睛里仅能看到传染的细菌怎样在残害人类，但是医生在证实到一个真理，即更多的人是被叫作"法西兹姆"的细菌杀害了的时候，这医生不能安静地看着他的显微镜了，毅然走向火线，参加到英勇的抗日战争的行列里。他说："世界上一切卫生、预防、医疗的科学，都只有在民主自由的土地上，才能生根滋长。"

这不是偶然的，这实在比诗还要真实。鲁迅在留学的时候，看见杀戮中国人的电影，就毅然抛弃他的医学讲义，而去研究文学，也绝不是偶然的，因为真理在呼唤着这位巨人，他不能不献身于更伟大的事业里。这是真实，比诗还要真实。

在这次战争中，多少科学家在为消灭法西斯国家而努力工作，终于研究出原子弹，决定性地使顽敌屈膝。当在战后，全人类都在渴望和平和厌恶战争的时候，原子弹却变成了对和平的威胁、好战者的武器。顷闻法国新闻社纽约六日电消息称：大科学家爱因斯坦教授在《新闻周刊》上发表文章讨论原子弹，略称："原子弹的秘密现在成为美国人的'马奇诺防线'，此一防线给予吾人想象上的安全，其危险实大。全世界防止原子弹的方法，惟有晓谕公众以原子弹万一再度应用时的恐怖，而自相警惕。倘早知德国人并不能发明原子弹，则余将不为原子弹出力矣。"

这位 20 世纪的伟大科学家，在今日毅然挺身而出，说出这样懊悔的话，也决不是偶然的。因为他所看到的现象及他想到全人类幸福的时候，他是不能缄默的。这真是比诗还要真实。

（署名辛吉，1947 年×月）

贪污种种

偶而也有机会听到一些有关乎贪污的高论。有人这样以为，在中国做官难免不会贪污的，官薪菲薄，酬酢过多，是官皆贪，不贪便难以活命，实在是中国"国情"的特殊，贪污也不过是顺乎自然而已。有人则以为，做官之所以贪污，原系一些想循私情的商民宠起来的，贿赂送上门来，不收才是傻瓜。更有人天真地说，贪污外国也有，无须大惊小怪。诸多言外之意，贪污似乎也可以列为"美德"之一，不必过分苛责。

最近又听见有人讲，中国的小公务员收入太少，少到不能糊口，月薪已不足恃，只有靠贪污所得来维持衣食住行了。言外之意，政府在发表生活指数而外，还应该颁布一部"贪污法案"才是。当然，讲这话的人的本意还是不必过分苛责官员贪污行为。

我听了以后觉得似乎也有些道理，但是继而仔细一想，贪污是有对象的，他们得到的分外之财，原来是小民们的分外负担。如果说他们贪污既合乎人情，又合乎道理，那么就是说小民之被剥削乃是一种法定的义务了。

还有，根据这些议论所讲，贪污乃源于"生活所必需"，贪污也不见得就会变成财阀巨富，所以中国的贪污是可原谅的。这种论调据说也有几分可靠性。就以目前实行征收救济特捐来论，被征收的对象自然应是豪门，但据说豪门们对此都不认账，不承认自己是富人，而且各地皆然。这莫非就如孙中山先生说过的，中国人不过是大贫与小贫之分吗？原来这些人还是熟读了国父遗教的。

为了"生活所必需"这个大前提真是堂皇得很。据说外国人到中国来常慨叹中国人民生活水平之低，但他们恐怕不大理解中国人的安分与善良，所以仅得温饱就感谢苍天。但还有少数人，就是那些在政治上经济上享有特权的人，他们的生活水准并不低，他们处处向资本主义制度下的高物质享受看齐，所以他们多做几件漂亮的西装，换一辆流行式的小汽车，陪着上司逛逛窑子，吃吃馆子，甚至纳个小妾……，莫不是"生活所必需"。就是这个原因，所以设法多弄些不义之财是不会感到脸红的。

贪污既然可以视为"美德"之一，可以说是中国"国情"的特殊性。偶翻鲁迅先生所著《热风》，其中随感录三十九有云：

> 即使无名肿毒，倘若生在中国人身上，也便"红肿之处，艳若桃花；溃烂之时，美如乳酪。"国粹所在，妙不可言。

以前读到此处时，赞叹鲁迅先生观察之深刻，今日重读至此，心中却不能不为之悻然良久。

（署名辛吉，1948 年 2 月）

还是将就活着吧

顷阅上海报载如下一件新闻，未敢自秘，特转抄全文，立此存照。

（吴兴二十六日讯）自法币改为金圆券后，县属善连镇某纸箔店，鉴于门售冥洋票面数字甚小，为脱货求财起见，竟异想天开，将小额冥票上加盖关金券，意图抬高售价，此一生财之道，殊属可笑。

可笑自然有几分可笑，但仔细一想，又不由得心里凄凉起来。冥国近况如何，无从得知，但从这条消息来推断，恐怕通货膨胀也很厉害吧！大概也不是甚么"极乐世界"了。我善意奉劝为生活所迫或其他原因想要自杀的人们还是将就活着吧！阴间自抗战胜利后因为去了一些汉奸和盗匪，加以阴间连年厮杀，"鬼"口过剩，日子也远不如从前了。冥币虽然加盖"关金"字样，大概幽灵们也对它失去了信心，假如没有金条的话，鬼门关那个卡子口恐怕也难通过吧！

阳世间早就有一种谣言，说要在法币上加盖暂作若干万元的字样，幸而并未见诸实行，我们财政的面子总算是保留住了。阴间改币倒爽快，不知可曾动用了什么条款否？

（署名辛吉，1948 年×月）

情节第一

在文化的原野里，日前泛滥的尽是恶臭的"黄色"浊流，善良的人们在以前就战栗着怀着一种"黄色的恐怖"，这恐怖的威胁至今依旧没有除掉。偶而到书肆去看一看，无需统计，照例还是香艳一类的书籍最能畅销。就以被称为第八艺术的电影来说吧，你不必进电影院，只要一翻阅报纸上的广告，那触目的宣传便不能不使你心惊肉跳。据有人议论，这类东西之所以泛滥，乃是因为人性堕落了，都在追求官能的刺激的缘故。

这些流行的东西，粗劣得不值一顾。大抵说起来，主角是少不了一男一女，或者一女多男、一男多女。内容主要除了性的意味必须有的而外，再加上社会上浓厚的颓废气氛、心理上轻松趣味。处理的手法呢，需要更多的曲折、神秘、惊险、离奇……总而言之，是情节第一。

这样的东西，谈不上实际生活意义，完全是那些无耻文人坐在小屋子里凭空捏造出来的作品。这样的东西，对于生活态度认真和严肃的人，自然立刻就能察觉出它的虚伪和毒素，但它完全是以无知的青年人为对象的。倘一仔细想到其为害所及，就不免要淌下冷汗了。

由于是情节第一，所以很能引人入胜，有时再在外面加上一层"文艺作品"的糖衣，就更为害非浅。当我们想要肃清其影响时，总会突然地跳出一些二花脸似的人物，为之捧场打诨，鼓掌喝采，正如苍蝇之于垃圾堆，欣赏那一股恶臭。这些批评家们——姑且说他们也算是批评家吧，要说是帮凶，可能过苛了，实际上是由于自身的庸俗低劣，所以也会陶醉其中了。

在文艺作品里，如果过分地注重情节的穿插，只能说是一种小技巧。小技巧不会产生大艺术。一个有文化素养的文艺工作者，乃至文艺批评家，不能倾倒于情节的吸引力，而脱离真实的生活以外去。

前面说到这种含有毒害作用的作品，之所以泛滥的原因，有人归罪于人性的堕落。这其实是本末倒置。实际上促成人性堕落的原因，倒毋宁说是由于"黄色泛滥"的缘故更恰当的吧！

（署名辛吉，1948 年 4 月）

鲁迅先生的杂感

　　偶而也有机缘听到某些所谓前进的批评家的高论，一方面把鲁迅先生推崇为世界仅有的具有艺术才能的文学家，同时一方面斥鲁迅先生把整个文学生命浪费在不具有艺术的杂感里为不智。这是一种卑鄙的手法，从而否定鲁迅先生在中国文学史和思想史上的特殊地位。

　　鲁迅先生的杂感，在中国文学史上是一朵奇葩，即是求之于世界文学中也不可多得。作为一个文学家，同时也是社会批评家的鲁迅先生，他将诗与争论凝结在一起，独创了杂感的尖锐的文艺形式，为着民族和大众的利益，站在最前线去和那些黑暗的旧势力和乖戾的恶势力相搏斗。宵小之流惯爱指责鲁迅先生爱骂人，并在先生背后发冷笑，甚至放冷箭，其实这些虫豸们根本就不理解鲁迅所攻击的对象，无一不是把他们作为社会上的一种典型——也就是说把他们作为违背了多数人的利益的公敌的一种典型。

鲁迅像（木刻）

　　鲁迅先生是变革中国民族精神的伟大的先驱者之一，作为他搏斗的利器的，就是杂感这种精悍的武器。有了鲁迅先生的杂感，这样中国现代文学才能跟着中国战斗着的大众一起呼吸，而变革中国民族精神的巨大的历史任务，就由于以鲁迅先生为首的韧战而完成。

鲁迅先生的伟大和成就是不同于世界任何文豪，也是任何文豪所不及的。纵然先生并没有几篇创作留下来，但就以他的十余本杂感集，就敌得过任何文豪的长篇巨著。实际上这十余本杂感集对于中国社会与文化，比十余卷长篇巨著更有价值。这种尖锐的政论性的文艺形式的杂感，由于是鲁迅先生所创，因而在世界文学中，鲁迅先生是应该有着更崇高的地位。

（署名孟隼，1948 年 3 月）

"战壕"里的"战友"

正如一般人所最惯讲的，文人过的都是战斗生活，文人也被称作斗士，那么自然是站在"战壕"以内了。既然在战壕之内，当然要把子弹射到敌人的阵垒那边。假如把子弹盲目地打进战壕里的战友的后背，那就是可耻的失败，原谅不得的。

这种卑劣的射击手，算不得是"战友"。是戕害伙伴的凶手，虽然他伪装成如何如何的理论家，其罪状是与敌人一样的，无非是想造成自己阵营混乱而已。

这样有意或无意地伤害了同战壕的伙伴，有可能是对实际生活认识的不足，或由于对理论未能正确的把握，或者由于出身与教养的稍差，以致难免不犯点错误——但我们彼此或许还能找到共同点，大目标一致的话，是还能走在一起奔向同一目的地的。我们应该把握住每一个伙伴，以战友的崇高感情，培养伙伴们更能茁壮地成长。

不幸的是，在文学家的行列里，有人诅咒要吊死巴金，有人说看见唐弢在袖子里藏着屠夫的小刀子，有人讥笑臧克家是虱子，有人把陈白尘比作一头性欲勃发的动物，有人谴责马凡陀的诗歌是奇装异服，有人打击《诗创造》诗刊是市侩主义……把严肃的批判一变而为快意的攻击，因而不能避免纷争，随之就削弱了团结的力量。我不晓得这些"论客"们是否也看到了正在那里袖手旁观看风景的人。

我们不能对一切宽容。当我们一旦发现壕沟里有着处于敌与友之间的毒蛇、骚狐、癞皮狗、蚊子或苍蝇，是丝毫也不能纵容的。

（署名祝竹荫，1948年×月）

客观环境如此

　　有很多这种人，一谈起来，就觉得生活太疲惫，除了慨叹、发怨而外，很自然地附加一句："客观环境如此，没有办法。"假如是一位较为热情的呢，还会再多说一句："愿低潮快过去，风暴快来吧！"不过如此轻描淡写，便把生活的堕性粉饰得美丽无斑。

　　大家习惯如此，也就不去探究。总而言之，既然"客观环境如此"，就索性任它去吧，自己是无能为力的。当然也有些人就有些可耻了，那就随波逐流，也去分享肉色的物质享受，做一个资本主义的宠儿，一个伊壁鸠鲁派（注），生活糜烂得如稀泥巴。也就是说，已经是深陷泥潭里的可怜虫。但这种人就像马戏团的小丑，分明已经把涂满白粉的丑态显示给大家，却仍自夸是个英雄。有的人沾沾自喜地表示：肉体虽然是堕落了，但灵魂还在美好地活动，不曾中止，为客观环境所限制，也是不得不如此。

　　这种人，大多是属于知识分子。一般说来，他也晓得历史的道路和生命的道路应该朝向哪个方向，应该怎么走，但他总是站在门槛那里迟疑着：走向这条路寒冷得很，我先找一个地方暖和一会儿吧！就这样，在物质和精神交战地带中过活着。起初，自然感到苦闷，但逐渐觉得平和的时候，正是精神方面已缴了枪。他会像一个市侩般地活下去，而且活得很愉快。他混在恶魔与流氓之间也感到惬意，自然他会疏远他以往的友人，并怪那些友人不理解他内心的痛苦。

就是这种人，他分明已陷在泥潭里滚来滚去，却仍不吝于去做一个天国的梦。他会这样安慰着自己：天堂与地狱原本是近邻，我相信自己不会走错了门。他不大理会他自己制造的生活罪恶，他浪费着自己的生命，却还靠"希望"来过日子。

我们知道，有从面包房里走出来的作家，也有从温室里挣扎出来的作家。单单是物质条件或客观环境并不足以影响对历史的把握。托尔斯泰那样一个贵族，在俄国末期的资产阶级的社会里，周围的生活都是奢侈淫逸、虚伪糜烂，但托尔斯泰内心的矛盾在交织，巨大的农民反抗的力量在他背后起伏着，这种力量推动着他，从被动转为主动，他充分发挥出他那嫉恶如仇的抵抗威力。就由于这个原因，托尔斯泰没有成为彼得堡贵族的渣滓，却成为一个真理的代言人。而我们周围那些贫苦无告的受难人们的苦脸，难道能使我们的内心平静吗？

青年人应该有所爱有所憎。如果为自己所爱的对象而受苦，是一种圣哲的行为。这样的人，是不会给自己划一个"客观环境"的圈子把自己软禁起来的。

注：伊壁鸠鲁，古希腊哲学家，创快乐学派，主张人不能为物所拘，应自得幸福。

（署名祝竹荫，1948 年 6 月）

不要慨叹生活

　　有这一种人，专爱慨叹生活，用厌烦的眼光去看世界上的一切，对甚么人、甚么事，都批评、分析，都不满，但并不足以表示他是一个怎样痛恨恶势力的人。在他厌烦的同时，往往他也妥协，他并不反抗他所不满的事，他依然小心翼翼地在一旁去培植他那种物质享受较好的生活。他之所以慨叹生活，主要是由于他的无比的贪婪及旺盛的野心。他对生活爱发怨言，仅不过是想借此提高他自己。

　　千万不要以为，这样不满现实就是进步的象征。他比那些在表面上便让人看出虚伪、堕落的人，更为可怕。他总是慨叹，总是抱怨，但他并没有真实的感情，像一条狗一样，到处乱跑，嗅一嗅，撒泡尿而已。对任何主义、理想他都是旁观者，或者怀疑，或者冷嘲。由于他是一种没有信仰的人，所以往往他所慨叹的生活并不苦，自然也不曾经过甚么锤炼，所以一旦真有什么打击到来的时候，这种人首先变节，因为他根本就不曾打算和生活搏斗。

　　从本能上我憎恶这些虫豸们。当人们在受难的时候，他在慨叹着生活，但真到了生活压得人们窒息的时候，他却觉得生活有趣了，因为他根本就是一个彻头彻尾的利己主义者，一个市侩，一个反动的懒蛇。他把他的疮疤不管装饰得怎样美丽——既或像一只丰满的石榴，但终会流出那恶臭的毒血来。

　　高尔基曾说：

我年青的时候，从没有对生活发过怨言。我混在他们中间，开始生活的那些人们，最喜欢发怨言，自从我知道他们的发怨是想用以掩饰自己不肯互助的本性，完全出于狡猾，我就努力不学他们的样。后来我终于得到了一种确信，最喜欢发怨的人是最无反抗力，最不能劳作，而且是最懈怠的人，只想靠亲友的钱过安逸日子的人。

我们可以用高尔基下的结论，去印证那些惯于慨叹生活的人，我们会看清楚那种人的嘴脸。年青的人，是应该"努力不学他们的样"的，就因为过着受折磨的日子，却更应唱着愉快的歌。

（署名祝竹荫，1948 年 7 月）

漫谈逃避

据说在 19 世纪快要过去的时候，欧洲当时社会散布着绝望和恐怖的病菌，在法国甚至还流行一句"人种之终"的毁灭预言。有些处于这个时代里的作家们，却一丝也看不出新世纪的光亮，不能肯定地确信科学理论的必然发展，逃避着真实的生活，创造着新的颤抖，寻求新的刺激，用颓废的病态泯埋了真实的人性，轻易地就抹杀着人类的新希望。

现在，却又仿佛到了这个时代了。整个世界都在动荡着，不安和战栗成了目前社会的基调。正如希腊的郭浮所说的，苏东和·贡末罗（注）已经变成我们时代的圣地了。世界已感受着灵魂的饥饿。

但，这是信号，新世纪到临的前奏，旧时代的送葬曲。科学的进化论的思想，必然会击败那些为少数人利益服务的没落的攻势，新社会将带给全人类以幸福，让世界所有落后的人类都同样能活得有生气。

跨在这两个时代中间的文学家们，必须是走在政治力量的前面。那将是最有力、最勇敢的思想，从最真实的生活中，呼出最热烈的希望。不能无病呻吟地去寻求发霉的芬芳，不能掘发新的刺激以满足官能的冲动，更不能去做交易式的盲赞或贱价的诅咒。总之一句话，对于真的生活、新的希望，不能逃避。逃避，往小处说是堕落，往大处说是酿造残害人类的毒酒。

划时代对于知识分子是一种考验，是变得更坚强了还是就此毁灭。那些托庇于"洞穴"经不起暴风雨的"幽草"们，也必然见不到阳光，因而也就逃不脱枯萎的命运。在这多苦难的时代，文学家们——甚至是一个普通的知识分子，要有蜡烛般的信念，烧了自身，照亮别人。无论如何逃避不得。否则，碾粉在时代的巨齿里，成为新时代的祭祀品，那时自身就真的成了"人种之终"了。

注：苏东和·贡末罗是上帝惩罚坏人的地方。

（署名祝竹荫，1948 年 7 月）

比带黑死菌的老鼠更有害

高尔基在给安特列夫的信里曾说过：

> 我深信，我自己毕生对于人生，对于人们采取积极的态度是必要的。在这点上，不妨说我是一个狂信者。然而，许多迷信异端者，虚无主义者伊凡·卡拉马助夫式的狂妄的哓舌的人们，正发挥着卑俗不堪的议论，以人世为"冷酷的""无意义的"，对人世"应采取否定的态度"等等极低级的议论。如果我做了县知事，我不杀革命家，我却要把这班"否定态度的人"捉来吊颈。因为这种无用哓舌的异端者们，对于我国，是比带有黑死病菌的老鼠更有害。

不幸，在我国也是一样。这些异端论者们的存在，却真造成了极坏的倾向和作风。一开头，这种人就爱否定生活的健康性，带着"对生活的恐怖"心理去盲目地追寻幸福。他是个自渎者，空谈家，他不但看不到光明美丽的一面，却连想的勇气都没有，他只是抱怨、怀疑、恐怖、诅咒、慨叹。他可以找一大堆理由来掩盖他对生活能力薄弱的表现，但他却拯救不了人生毁灭的悲惨命运。

生活的本身，不管人类怎样损害它，它始终是健康的，充满热血的。一个人，当他遇见春天的旷野、曙光、夕照，高飞的鹰和雁、流过洼地的小溪，他都会开心起来。生活对任何一个精神健康的人，都会同样的开心。这种人，能够生活，而且能生活得有兴致；他能够工作，并且在工作中感到愉快。他有信仰，为了工作，为了战斗，生存在这世界上去努力使我们的世界更加美好，使多数人都得到幸福。他不会怀疑，也不会慨叹，即或在最苦、最灰色、最悲惨的日子里，他也是热爱生活的。

唯有那些异端者们，丝毫也经不起考验。他依赖、诉苦、叹息、乞怜……他要把自己受到的伤害向世间公开出来，并且公开骚弄它，挑挤出脓血，对人表示勇敢。他是一个伪善者，揭穿开来，可以看得清清楚楚那市侩型的本质。

这种人往往是晓舌的诡辩徒，他随时都可以把他这种生活中的毒素向外传播开，这就是高尔基所以深刻厌恶的那种人，所以说"比带有黑死病菌的老鼠更有害"的缘故。

人间有黑暗也有光明，有痛苦也有幸福。光明和幸福是自然的，而黑暗和痛苦却是人们自己造成的。如果生活不能迅速地得到完美，不是生活本身之过，乃是人类自己的过失。正因为如此，我们应该发觉人类创造世界力量的伟大，并且要充分地发挥出那力量来。这力量即使在今天还不够，以后也是会充实起来的。

（署名祝竹荫，1948 年×月）

尊敬诗人

在我们日常生活中，提起"诗人"这个名词时，往往被看成嘲笑的对象。之所以如此者，或许由于"诗人"这个词所带给人们的印象是怪癖、伤感、超然、傲慢、孤高自赏……这或许有，其实这不过属于生活习惯，致使一般人对诗人另眼看待了，甚至连带的对新诗的否定。

如大家所体验到的，我们现在简直是在灰色中讨生活，有些人显得那样疲倦和无力。假如人类本身就应该是一种斗争的话，而我们的战斗行列是那样的紊乱。那么，一个响亮的歌手，正是今日我们所最渴求的。他能号召我们把奋斗的目标看得更明显，使得战斗行列的步伐变得更快和更整齐。

普希金像（木刻）

诗，就是诗，曾被称为擂鼓的声音，对于战斗是最直接、最彻底、最响亮的号召。对黑暗敢于勇敢的诅咒，对光明作着最真挚的讴歌，充满着真理和挚爱，和平和温暖。这样的诗篇我们是何等的渴望；同样的，又怎样渴望所歌颂的日子更能接近我们早一天。

我念念不忘普希金。他虽然生活在黑暗的一面，却无时不在呼唤黎明。他虽然终生过着窒息的生活，以致最后被杀害，但他的天才，他的荣誉，却一直被尊重着，直到今日，伸展到世界每一个角落——假如那地方并不单是反动的刺猬和懒蛇所盘踞的话。

他的声音时常在我耳边起伏，你听：

> 动摇，颤抖吧！世界的暴君！
> 可是听着，你们倒下的奴隶，
> 鼓起勇气站起来啊！

这声音是多么亲切，语气是多么肯定，又是多么令人欢欣和鼓舞。这最简单的几个字，成为历史上最为生动的记载，人类的生活变得自由和安乐，奴隶的命运被否定。这最可说明，诗人在战斗行列中起到怎样的作用。

我尊重普希金，以及一切善良的诗人。我们过着的就是这样沉闷的生活，我希望不要把"诗人"与嘲笑连在一起。我们是这样的寂寞，在渴望着洪亮的歌声。同时我也虔诚地期待，诗人们应该尊重自己应具有的天才和荣誉。

（署名祝竹荫，1948 年 10 月）

从夜半鸡鸣想起

我的邻居养着一只雄鸡，有时候在夜半我就被它的啼声惊醒，我总以为天亮了，其实却仍是漆黑一片。这不能不使人感到惊诧的是：被称作黎明的呼唤者难道对黑暗也同样歌颂吗？由于我对这件事留心起来，所以就注意到路旁竖着的一盏路灯，放射着浑黄微弱的光亮，雄鸡或许就把它当作了光明的象征了吧！我私心这么想。

据说，由于中国连年战乱的关系，人们望治之心甚切，若照通俗的说法，有谓："宁为太平犬，不做乱世人。"可见在乱世做人都降低了身份。就因为这种情绪作祟，所以有些人在百般困苦之中，偶而尝得一点甜头，都会感恩不尽，认为日子就会好起来，真以为光明已在眼前，这就正中了统治阶级的下怀。甜头吃过而后，苦头依然重来，或者是更苦了吧！对付可怜的小民们，原来有一盘如意算盘的。

我生也晚，从来未嗅过升平气息，也未沾过浩荡皇恩，不知道"太平犬"是怎样的舒适。因为身为"乱世人"，所以多少也尝到过一些乱世的苦辛，使我对这样辛苦的社会制度自然是深深愤恨而诅咒，但我丝毫也不向往"太平犬"，君不见做"乱世人"者也甚得意乎！

我们现在时代，照一般抽象的说法，正是"黑暗与光明相决战"的伟大时代，人们活在暗夜里，在用力击出光明来。有很多人，如我们所接触的，在口头上表现得怎样进步，对于光明采取着极端的歌颂态度，但就是这种人，他不能从自我批判中戋除旧生活观和超离人民的根性，所以他对光明的拥抱力非常软弱。也就是这种人，往往就背驰了历史的道路，他不能够彻底地把握理想与现实的光明，也不能勇猛地对击黑暗。因为在他心目中以为，发达光明是条坦途，他满心愿意做一次旅行，并不需要与现实和思想的斗争。

我单纯地得到如下一个结论：单靠雄鸡啼几声，光明是不来的。

（署名孟隼，1948 年 10 月）

春华篇 (1950—1963)

靠自己的脚跟站起来

亚洲的大地在震动着。帝国主义者看见革命的风暴跟他们一起成长，他们美丽的神话再也不能赢得亚洲人民的眼泪或欢笑，也不能攫取亚洲人民的硬币了。就在这个历史的伟大年代里，中国人民站起来了，打落了帝国主义者最大的一颗毒牙。

剩下来的是，"艾奇逊魔法大全"变成了资产阶级的唯一经典。这位作者仿佛是获得了厚颜撒谎的特许出版权，他毫不忌讳地一次再一次地拍卖下流的谎言。艾奇逊现在变成了全世界战争贩子最宠爱的宝贝不是没有理由的。

但是，亚洲人民是不会依照艾奇逊的"殖民地秩序公式"来换算的，用他的魔术公式带不来亚洲的生存发展与繁荣。我们只能从他的哀鸣中看出他内心的凄凉："我们给予中国的大规模援助未能像我们所希望的那样把和平与经济复兴带给中国人民，这是使人极为失望的。"是的，这诚然是极让人"失望"的事，但这不是最末一次的失望，而是对亚洲失望的开始。美国在亚洲各国都要遭到同样的失败，因为亚洲人民看清楚了，美国的"援助"带给中国的是几百万人的死亡，是民族自由与权力的丧失。中国获得的独立和斗争经验指给殖民地半殖民地人民一条应该走的道路就是：粉碎对美国的幻想。

美国是怎样来"帮助"亚洲人民独立的呢？是豢养着蒋介石、季里诺、李承晚、保大等傀儡的血腥统治，是支持日本天皇大战犯的罪恶统治，是沈阳佐佐木弘经（美国间谍，去年被我破获）的情报，是布莱斯雷的东京、台湾的仆仆风尘。当然，还有"宣誓释放"的日本战犯。

难道这些"英雄"们就是亚洲独立运动的独立者？他们争取谁的独立呢？

亚洲，多少年来的苦难地带，已经发生历史性的变革了。帝国主义者不但不能撒野，甚至也不能撒谎了。亚洲人民有足够的战斗意志可以驱逐帝国主义者的撒野，同样也不会相信帝国主义者的撒谎烂言。

亚洲人民会用自己的脚跟站起来。尽管艾奇逊说"这些东南亚新国家都会是困难重重，难以沿着他们面前的艰难道路自立起来而有所进步"，但也不能掩饰他们的颤抖，改变不了帝国主义的悲剧结局。1950年正好是20世纪的一半，在20世纪的下半期我们将会看到帝国主义在亚洲的殖民政策最后被取消。20世纪上半期中国人民革命斗争的伟大成就，就指给了亚洲人民在20世纪下半期的斗争道路和远景。

（署名辛吉，1950年2月）

我们都有权表决

为了保卫和平，如苏联作家爱伦堡所言：每一个活着的人都有权表决，密西西比河的黑人和印度的贱民，西西里的长工和马赛的码头工人。让全世界不要按照江湖术士的命令来表决，让他忠实地来表决。每一个活着的人都有他的表决权，而我们知道，每一个活着的人都将投票反对新战争的挑拨者。死去的人也有表决权，那些在斯大林格勒保卫战中倒下的英雄们，欧洲的游击队员们，利底斯和奥拉多的受难者们，在伦敦和鹿特丹以及在受难深重的华沙死去的无辜孩子们。我们记得那坟墓。那些死者高呼着，反对吃人生番，反对这些携带着可厌的超级炸弹的超人。

我们主张和平，保卫和平，丝毫也不是因为我们软弱。而战争贩子叫嚣战争，也不足以说明他们力量的坚强。相反，我们要通过和平呼吁书的签名运动，向帝国主义集团的战争贩子们举行和平力量的示威，要告诉他们，如果他们敢于挑起战争，就只有加速灭亡。我们深刻地知道，我们保卫和平，是因为我们在道义上是强大的，我们人民的力量是雄厚的，因为我们相信未来，相信我们创造性的劳动，相信我们孩子们的幸福。

尽管战争贩子们整天在永无休止地谈论战争，企图把世界上善良的劳动人民的头脑弄昏，精神失常，但这将是徒劳的；世界上善良的劳动人民不会被吓倒，只有那些像患有"神经病"的福莱斯特才会从高楼上跳下来。关于战争与和平的问题，必将取决于世界上爱好和平的劳动人民的力量。

善于玩火者，终将自焚而死。战争是一个无底的泥潭，战争贩子们不会在这里把血淋淋的身子洗涤干净，他们会陷得更深，以至灭顶。未来的世纪再也不是他们的，未来的幸福也与他们无关。战争贩子想以战争来创造奇迹，但获得的将是毁灭的命运。爱好和平，保卫和平，是全人类的要求，全人类都具有自己的表决权。战争贩子不能察觉到这一点，也不会预知一旦发动战争就会在全人类面前遭到被彻底清算的命运。

（署名辛吉，1951 年 5 月）

要区别开来

当反动政权与帝国主义侵略势力在中国大陆被消灭了的时候，中国人民开始了自由幸福的生活。这是四万万七千五百万人民大翻身的日子，却有人在宣讲着"灾难临头，世界末日到了"。发出这种不调和论调的是那些披着宗教外衣的帝国主义分子及其走狗们。

当两万万中国人民已在拥护世界和平宣言上庄严地签上自己名字的时候，有的牧师不讲马可福音了，却在宣传原子弹的威力。

当广大青年踊跃参加军事干部学校，献身抗美援朝运动的时候，有的神甫却说："你去帮助魔鬼，你犯罪了。"

当美帝国主义在朝鲜遭到惨败的时候，我们居然看到了"忍耐吧！即将拨云见日，雨过天晴"的宣传品。我们还听见神甫在宣扬"圣母在美军上空显圣"。

这些披着宗教外衣的帝国主义分子及其走狗们，对每一个宗教信徒来说，如果容忍他们在教会里存在，就等于容忍着背叛耶稣的犹大同在一起。

信仰宗教，就应该与帝国主义的阴谋活动严格地区别开来。人民有信仰宗教的自由，在共同纲领上有明确规定，但政府绝不因为保护宗教信仰自由而容忍危害国家和人民利益的反动活动。

帝国主义利用宗教进行侵略中国的活动，是有历史根据的。杜勒斯在去年联合国大会政委会上曾说过："我们和中国的关系，主要基于一个具有宗教、文化和人道方面的联系的悠久背景，这种关系由传教士开始。"但这是怎样的传教呢？身受一百多年帝国主义的侵略的中国人民已经深刻地领会到了，因为跟着传教士而来的商人与军队撕破了传教的伪善面罩，中国不但没有看见天堂的影子，反而陷入现实的地狱里去了。

美国第一个到中国来传教的是裨治文牧师，他在一封家信里坦白地说出自己的使命："我等在中国传教之人，与其说是由于宗教的原因，毋宁说是由于政治之原因。"甚么政治原因呢？不是杜勒斯所说的"人道"，也不是奥斯丁所说的"友谊"，而是侵略，是殖民地政策。

美帝国主义对中国的侵略行为，已昭然若揭了。每一个中国教徒都应该基于爱国立场，认清美帝就是马太福音里所说的"他们到你们这里来，外面披着羊皮，里面却是残暴的狼"，认清帝国主义分子正是耶稣所指责的法利赛人。

每一个中国教徒，都应该把宗教和帝国主义的侵略活动区别开来，彻底隔断和帝国主义各方面的联系，坚决实行自立革新，千万不要自绝于人民。

（署名辛吉，1951 年 6 月）

寓言十则

大象和黄蜂

大象在旷野愉快地活动着,有时把鼻子伸进池塘里,吮吸着清凉的水,淋浴着身体。它在阳光下晒得多么舒服,不时扬起头来瞭望广阔的大地。

飞过来一只黄蜂,落在大象的耳朵上,接着它就对宇宙发起议论来:

"象是这样庞大,我是这样渺小,和象做邻居,对我真是威胁。请大家评评理吧,象实际上是要对我们蜂类进行侵略活动!"

黄蜂发完议论以后,顺便就在大象的耳朵上蛰了一下。

大象说:"我们各有各的生活范围,各有各的生活方式,互不相扰,不是由来已久的事吗?谁威胁你了?这岂不是诬蔑!再说,你咬我耳朵是甚么意思?"

评曰:忠厚的大象,说出了忠厚的话,终于把真相揭露了出来。

乌鸦和外国评论家

在花园的一棵大树上,住着一群讨厌的乌鸦。无论是黄昏还是清晨,它们总是呱呱地叫着。要只是叫唤倒也罢了,一面呱呱叫,一面拉了很多屎。屎落在美丽的鲜花上,落在椅子和走道上，有时说不定谁的运气不好，脑袋上也难免呢！

爱清洁的园丁终于有一天用竹竿把乌鸦都赶跑了，甚至把乌鸦巢也给挑掉了。

乌鸦猖狂地嘟囔着：

"这难道不是干涉我唱歌吗！看哪，这地方连唱歌的自由都没有了！"

数千里以外的外国评论家为乌鸦鸣不平，说什么"那个花园应该被推翻，那些不信神的人，把世界上最美丽的鸟都打死了。"

评曰：外国评论家与乌鸦是"一丘之貉"。

兔子和狐狸

有一只兔子遇见了狐狸，它多么害怕啊！因为兔子的父亲和母亲都是被狐狸咬死的。小兔子一边颤抖着，一边盘算脱身之计。

狐狸露着牙齿微笑着说："小兔子，不要怕，我理解你的心情，我的祖先确曾有过不礼貌的事，使我在你们心目中的印象不好。我心中充满赎罪的心情。我告诉你，也有不吃兔子的狐狸，你别尽听那些过激派的宣传。我是素食者，从来不沾荤口。来，靠近些，我们谈谈心不好吗！"

"你真是那样吗？"天真的小兔子说："但你跑到我的家门口来做甚么呢？"

"你看，山林是这样的空旷，我多么替你担心。你不怕山羊吗？你不晓得松鼠一向侵略成性吗？就是青蛙也难免不了咬你两口呢！你想，你若和我结成军事同盟，看有谁还敢动你一根毫毛！"

小兔子想：是啊！若交上这样强大的朋友，总不会吃亏的吧!"

于是,军事同盟结成了。

评曰:这个军事同盟的结果如何?不用我说大家也会明白,被保护的一方最后留下的只能是一堆骨头。

被追逐的狼和狐狸

一只狼和一只狐狸,发觉被打猎的人围困在山林里了。猎人们一步紧逼一步地跟踪追捕着。

狼对狐狸说:"看来我们的处境已是很危险了。这样吧,你在这个路口撒泡尿,让那些傻瓜们闻着骚味追下去,咱们奔东去!"

狼和狐狸奔东跑去了。但东边的处境似乎也不妙,后面的猎人逼近了。

狼又对狐狸说:"来,我把你的尾巴咬断抛在这里,对这些人,我们只要抛出去点什么,他们就会认为胜利的!"

被咬断的狐狸尾巴抛到了路边显眼的地方,狼和狐狸又拐向南边跑去。不过狐狸虽然丢掉半截尾巴,情势却没有好转,而且这条路似乎已经跑到尽头了。

狼对狐狸说:"坏了,像是走投无路了,看来他们对我们是要赶尽杀绝啊!你奔向那边,把猎人引过去。老弟,事到如今,我不得不牺牲你了,但只要我能留下来,一定会给你报仇的。"

狐狸按照狼的意思做了,很快就被猎人捉住了。

狼跑到树林里,找到一个枯树洞隐藏起来,轻轻喘了口气,寻思着:"这回总算是……"话还没有说完,它就被猎人提着尾巴从树洞里拖了出来。

评曰:和狡猾的敌人进行斗争,一定要擦亮眼睛,识破他们的狡猾伎俩。

年轻汉子

这里曾经是一片荒凉的旷野，野兽在大森林中奔驰着。在这块土地上，多少年来人与兽一直进行着殊死的搏斗。

现在这里已经改变了面貌，成为宽阔的林荫路还有美丽的花园。那些吃人的野兽，被杀死的已经剥了皮，活着的被关在花园的笼子里。人，是胜利者。到处看到人们在热情地劳动，并憧憬着将创造的奇迹。

有一个年轻汉子，骄傲地唱着胜利的歌，赞美花木的茂盛和美丽，他身上还披着一件豹皮的饰品。他高兴地说："吃人的野兽已经不存在了，猎枪也只能去打野鸭子啦！"

这个年轻汉子陶醉在胜利的歌声中。但就在这个时候，有一只隐藏在地洞里的野狼钻了出来，扑向年轻汉子，咬伤了他。这个曾经捉过野豹子的汉子，竟未能对付了这条暗藏的狼。

评曰：在你高歌胜利的时候，千万不要放弃取得胜利时的战斗力。

一只灯泡

路灯照亮昏暗的街道，无数的电灯泡放射着光芒。

有这样一只灯泡，它骄傲地对路人说："夜行人，是我照耀着你们前进！"

行路人只是匆忙地走过去了，没有理睬它。

又走过来一对年轻的恋人，灯泡对他们说："照出你们幸福的身影难道不是我吗！"

这对年轻人也没有理睬它，走了过去。

灯泡又骄傲地仰望月亮说："月亮，你以为比我亮吗？你不过是仅供诗人们欣赏吟咏，我却是为人民服务。"

灯泡非常得意："我是一个光明使者，我的功绩不可抹杀。"他开始对电线与电线杆子不满，认为限制了它的"发展"。它极力要挣脱这种"束缚"，结果一下子跌到路旁的阴沟里。不消说，再也不能发光了。

第二天修理电灯的工人师傅另换上一只灯泡，路灯仍一如既往地照耀着昏暗的道路。

评曰：工作上有些成绩的人，往往过分看重自己的作用，就如同这只灯泡，忘了在什么条件下才可以发光。

驴子的歌唱会

驴子举行一次歌唱会，邀请森林中的鸟们来欣赏，并特在请柬上写明"欢迎莅临指导"。

散会后驴子留住客人们，一一征求意见。

"这是我有生以来参加过的最满意一次音乐会。"乌鸦首先发言称赞。

"是吗？"驴子回答道："这将是对我在工作和学习上最大的鼓励。"

"嗓音真似黄钟大吕，那吼声我相信老虎听了也会发抖的。"啄木鸟说。

"您的过奖使我很不安。"驴子说。它转向征求夜莺的意见："夜莺小姐，您是音乐方面的专家，您的批评对我的帮助会很大的。"

夜莺说："要说您的嗓门确实够大的，但如果我提些意见您不恼火的话，我认为您还需要艰苦锻炼。您唱的不搭调，有时连拍子也不准，您是在吼叫，而不像是在唱歌。"

驴子立刻露出不悦之色。把客人打发走以后，朝着夜莺的背影咒骂着："呸！难道只有你才称得起是歌唱家吗？我是来请你欣赏的，谁又叫你挑鼻子挑眼！要教训人嘛，你还太年轻，真是不知天高地厚！"

评曰：我不是存心想得罪谁，那些口头上喊着欢迎批评但实际上拒不接受批评的人，难道不像这头驴子吗？

拖拉机下的蜥蜴

蜥蜴在田野里蠕动着。它自称是"诗人"，又兼"理论家"，所以它总是说着令人费解的话。

"我能够接触的虽然只是一分一寸的泥土，但它是属于大地的一部分，也一定和正在生长的草木相关，所以我探求了大自然，我拥抱了大自然。我是用了我的皮肤去感应的，这是原始的生命力，还是求生的野性，让人类随着我的足迹前进吧！"

拖拉机在田野里行驶着，隆！隆！声音盖过了蜥蜴的议论，拖拉机尾巴后面的土地被翻得像汹涌的波涛一样。

"粗暴啊！真如棍子一样的粗暴！真如刀子一样的粗暴！土地能这样子耕耘吗？草木可真遭殃了！"蜥蜴呐喊着，并想拦阻住拖拉机前进。

拖拉机隆隆地驶过来，把土地像花一样地翻了起来，连蜥蜴爬过的那一分一寸的泥土也同样翻过来了。

接着种子撒了下去，庄稼苗壮地成长起来。

评曰：只有那隆隆的声音，才是真正的诗，最美的诗，人民的诗！

猴子和它的尾巴

猴子为了把自己打扮得像人一样，费尽了心思。它大摇大摆地在山地里走来走去，自我欣赏地说："我已经改造得差不多哩！很像人在走路。"

它的话被盘旋在猴子头顶上的云雀听见了，于是带着轻蔑的口气说："对于人，我见得多了，但却不曾见过带有尾巴的！"

云雀的话刺痛了猴子。猴子原来是把尾巴夹在屁股下面的，但一迈开步就又翘了出来。把尾巴割掉吧，又舍不得，"这是多么好看的尾巴啊！"继而想起云雀的讥笑，就下决心割尾巴，但是"要流血呢，痛啊！"

猴子去找大夫，请大夫来割，并要求"请务必多打些麻药"。

大夫回答说："当大夫的本不应该拒绝病人的要求，但关于割尾巴的事，却得自己下手。"

"那就算了吧！"猴子有猴子的哲学："何必自寻苦恼呢！拖着一条尾巴固然不雅观，但这些年带着尾巴还不是一样过得很愉快！"

评曰：我想矫正云雀的话，人也是有"尾巴"的，是无形的。

流浪汉的包袱

大路上走过来一个流浪汉，肩上背着一个大包袱。显然那个包袱太沉了，从他那吃力的面容就看得出来。这时有一辆马车从他身旁路过，他央求马车主人允许，便搭上了马车。

坐在马车上走了一段路程以后，流浪汉依然感觉负担沉重。

马车主人忽然发现：流浪汉虽然早已坐在车上了，但包袱却始终没有从肩上卸下来。

　　评曰：这个寓言想要说明的是，凡是背着思想包袱的人，切莫学这个流浪汉的样子。

（署名辛吉，写于 1955 年 4—5 月）

夫妻之间

　　有这样一对夫妇，虽然生活在一起，但双方经济独立，个人收入供个人开支。男方挣得多些，较为富裕；女方挣得少些，还要照顾娘家，因此有时不免窘拮。夫妇同居一室却苦乐不均，享受悬殊。当妻子周转不灵的时候，还得向丈夫借款，出具借据，定期归还。

　　我没有机会对这对夫妇间的爱情关系进行探讨，不知是否如胶似漆。但我想，两个人处于债权、债务的关系，恐怕相爱起来也实在困难。当我听到这件事时，立刻就想到《共产党宣言》中刻画资产阶级时所说的："……它使人与人之间，除了赤条条的利害关系与冷酷的'现金交易'之外，再没有别的什么关系了。"揭开那位丈夫的灵魂，原来正是马克思、恩格斯所说的这种东西在发酵。

（署名辛吉，1956 年 8 月）

公元与耶稣

公元纪年是现在各国通用的一种纪年方法，相传是从耶稣诞生的那一年算起的，因此人们就都认为实有耶稣其人了。其实，在历史上找不出关于耶稣这个人的任何记载。

自古以来，关于耶稣的一切传说，都来自《圣经》。而《圣经》并不是与耶稣同时代的人写的。它是公元2世纪以后经过许多所谓神学家根据民间传说陆续编写成的，前后经过几百年的时间，其中越是后来编写的，对耶稣事迹的叙述也就越详细。这就说明了关于耶稣的传说，是由后来那些鼓吹宗教的神学家们所编撰的。

历史当然不能以《圣经》为依据。经过世界上许多历史学家的考证，在耶稣同时代任何一篇历史著作中，都找不到记载耶稣生平事迹的片言只语。在公元1世纪罗马历史学家约翰福斯·夫雷维阿斯的《犹太人的古代事迹》及塔西佗的《年史》中曾经很简略地提到了耶稣的名字，但后来经过历史学家的查对，发现原来是3世纪以后基督徒在抄写这些著作时附加进去的。经过多少历史学家考据的结果，只能说明耶稣这个人物是虚构的。

基督教产生在奴隶制的罗马帝国的没落时代，当时奴隶、平民、贫民、小手工业者在统治者的残酷压迫下，找不到自己的出路，因而只能幻想在宗教中解脱苦难。远在四千多年以前，在叙利亚就有过耶稣神的传说，在犹太教中也流行关于"救世主"的信仰，后来在罗马创造出来耶稣的形像。

既然不能肯定耶稣是实有其人，那么耶稣诞生纪元又是怎样计算出来的呢？事实上公元纪元的计算并不是第一年开始的，而是从公元533年开始的。在此之前，世界各国各有不同的纪年方法。在公元532年，在罗马隐修院有一个名叫狄安尼西的修士，他当时考证耶稣诞生在罗马纪年753年（我国汉平帝元始元年），并宣称基督教徒不能使用别的纪年方法，应统一从耶稣诞生的那一年计算纪年，狄安尼西提出这个问题以后，从第二年即533年开始，首先在教会里实行了耶稣的诞生纪年。至于532以前的年代，是从后往前推算的。

狄安尼西对耶稣诞生年份的考据是谈不到什么科学依据的。就是在教会内部也存在争论，有的说还早四年，也有的说还早五年，莫衷一是；对于耶稣死的年份，也同样没有一致的说法，彼此争论不休。现在人们都知道12月25日是圣诞节，也就是耶稣的诞辰。其实这个日期也是假设的。在公元4世纪以前，罗马帝国的许多地方都以冬至点12月25日为太阳神的日子，到了公元534年，罗马教会才正式宣布定这一天为耶稣诞辰，相沿至今。

公元纪年最早只在意大利实行，到了七八世纪以后，其他欧洲国家才相继采用，后来逐渐成为世界各国通用的纪年方法，我国在1949年新中国成立后也采用了它。公元纪年法的制定，虽然没有什么科学根据，但在世界范围内形成统一的纪年法，对世界历史编年还是起到极大作用的。当然我们并不能因此就把一个宗教传说中的人物看成了真实的历史人物。至于宗教信徒相信耶稣的存在，我们也还是予以尊重的。

（署名莫非，1963年6月）

"下帝"和上帝

古时候，皇帝自称为"天子"，意思是"天"的儿子。"天"就是"天帝"，或称"上帝"。按宗教的说法，上帝是宇宙的最高主宰，具有无上的权威，因此它的儿子自然也具有无上的权威了。但是，究竟是先有"天"还是先有"天子"的呢？郭沫若在《中国古代社会研究》一书中曾经写到："天是天子所产生的，要先有天子而后有天。"又说："上帝是天子产生的。上帝的意旨就是天子的意旨。"

世界上各民族各国家都有自己的肤色不同的上帝。这些形形色色的上帝却有一个共同的特点，就是都在阶级社会以后出现的。在原始社会，由于社会上没有阶级区分和财产上的不平等反映到神的世界，也同样没有什么高低之分，各种神灵一律平等，神的权力也只限于保护本氏族或本部落。我们从许多古老的神话中可以看到，在古代，神或人的界限并不是那么严格，神类也过着和人类一样的生活，神也同样从事劳动，吵嘴打架，求爱结婚，生儿育女。人对神也不是那么讲礼貌的，如果神受了祭祀而未能达到人的愿望时，人们甚至会把神从宝座上搬下来痛打一顿。在这种情况下，是不曾有过上帝出现的。后来随着原始公社制度的瓦解，产生了私有制和阶级，特别是在奴隶制国家逐渐形成以后，人们的宗教观念也跟着发生变化。在地上出现了专制皇帝以后，在天上就出现了具有无限权威的上帝。恩格斯曾经明确地指出："没有统一的皇帝，就不会有统一的上帝。"

人们按照皇帝的模样塑造出上帝的形象。上帝和皇帝一样，住在宽敞华丽的宫殿里，坐在庄严高贵的宝座上；上帝也拥有庞大的官僚机构，有一群天使、侍从和圣徒供其驱使；皇帝有军队，上帝也有护法使者。上帝不但具有皇帝的仪表，也同样赋有皇帝的性格，他高高在上，唯我独尊，反复无常，残暴不仁。他发怒的时候，便残酷地惩罚人类，甚至发洪水淹没世界。既然皇帝在人世间设立了法庭来制裁敢于反抗他的劳动人民，所以上帝也要在天上设立法庭来"审判"死后的人们；皇帝把不安分守己的人关进监狱，上帝还要继续把这些人投入"地狱"里去。上帝与皇帝如此惟妙惟肖，这也很难怪皇帝甘愿作上帝的儿子了。

高高在上的上帝是从来不肯"下界"的，这怎么能够亲自为地上的皇帝效力呢？必须在地上有个代理人，于是便出现了罗马教皇国（即今之梵蒂冈）。在公元4世纪初，罗马帝国为了利用宗教愚弄人民，便下令定天主教为"国教"，教会的势力借助政治力量大为扩张，到5世纪便出现了教皇。到了8世纪末，法兰克国王丕平又把侵略意大利所夺得土地送给教皇，成立了教皇国。教皇国是政治与宗教的混合体，又是"下帝"与上帝的媒介物。教皇不遗余力地为欧洲各国皇帝效劳，如为了使皇帝的政权神圣化，教皇便以上帝的名义为新登基的皇帝"加冕"。公元800年，教皇良三世为法兰克国王查理大帝加冕以后说："如不服从皇帝，就是犯上作乱，而且罪孽深重，要受天主的惩罚。"教皇就这样以"上帝在地上的代理人"的资格，忠心为皇帝效劳。

上帝不仅帮助皇帝驯服本国的劳动人民，并且还积极帮助皇帝去征服别的国家。神学家宣扬说：上帝是"全能的""无所不在的"，但上帝却只能乘着侵略者的军舰把教义传到亚洲、非洲和拉丁美洲，上帝与殖民主义者经常是一道出征，在殖民主义者成为殖民地国家的地上统治者的同时，上帝也就成为殖民地国家的天上统治者。

历来的统治阶级都是支持、扶持宗教的发展的，看起来好像是"下帝"为上帝效劳，但实际上却是上帝为"下帝"效劳。"下帝"从上帝那里得到的好处是说不尽的，自然就不吝啬那么一点点的布施了。

（署名微人，1963 年 8 月）

《圣经》和土地

几十年前，在非洲人民中间流传着这样一句话："在传教士来之前，白人手里有《圣经》，黑人手里有土地；而现在，黑人手里有了《圣经》，白人手里却有了土地。"这句话，充分道出了宗教和殖民地的关系。

宗教为殖民主义服务。公元 15 世纪时，欧洲两大殖民国家——西班牙和葡萄牙，为了争夺殖民地，发生了争执。罗马教皇亚历山大六世，竟以上帝的名义发表了所谓"诏书"，从非洲西岸的亚速尔群岛以西的一百浬的地方，划了一条线，把地球分为两半，让西班牙向西半球掠夺，葡萄牙向东半球掠夺。就这样，西班牙的侵略势力伸入了美洲，葡萄牙的侵略势力侵入了非洲和亚洲。

罗马教皇一直在不余遗力地为新老殖民主义效劳。传教士被派往殖民地国家，除了以宗教麻醉人民外，他们还为殖民国家搞情报。1907 年比利时正式宣布吞并刚果的前一年，传教士曾为殖民主义者绘制了一份共四十页的刚果地图。今天，罗马教廷成为美国总统肯尼迪新殖民主义者的支持者，大批传教士参加了奴役非洲人民的"和平队"。美国"和平队"的头子，肯尼迪的妹夫施里弗曾说："传教士参加和平队的工作，可以毫无困难地从当地居民手中搜集到第一手资料，然后利用其它方法把它们运回美国。"

新老殖民主义者利用宗教掠夺非洲是同出一辙的。过去，有一个南非的殖民总督说过："为使非洲人向殖民者顺服和好，一个传教士胜于一支军队。"现在，有一个名叫格兰特的美国传教士又说："用一亿美元派传教士到非洲去，就能代替用十亿美元派军队去打仗。"

殖民主义者不甘心殖民主义制度的瓦解，罗马教皇也同样诅咒非洲人民的革命和觉醒。刚刚死去不久的教皇若望二十三世就诬蔑刚果民族运动领袖卢蒙巴等人是"暴动的极端分子"、"严重地触犯了天主"，并且一再宣扬过去的殖民主义者为非洲带来了"有秩序、社会正义及思想与经济的发展"，要非洲人民对殖民主义者"有以德报德之心"，企图麻痹非洲人民的斗争意志。

但是，觉悟了的非洲人民终将会夺回自己的土地，清除殖民主义者，传教士在非洲大陆为虎作伥的日子也是屈指可数的了。

（署名袁敬之，1963 年 8 月）

"拯救灵魂"与"贩卖人口"

在历史上血腥的"黑奴买卖"里，天主教会不仅是殖民主义者奴隶贸易的有力支持者，而且还直接插手贩卖黑奴的血腥罪行。

在非洲，传教士们伪善地进行说教，帮助殖民主义者拐骗奴隶。在奴隶市场上，他们为一批批的奴隶"洒圣水"；在码头上，他们为运往美洲的奴隶"施洗礼"。他们说：施洗礼后入了天主教，灵魂就得救了。他们还露骨地表示："为一个奴隶施洗礼而拯救了他的灵魂，总比作为一个自由的异教徒要好得多。"而实际情况呢，奴隶落进了真正的人间地狱，而传教士却从奴隶贩子手中捞到了好处。据一个叫雅丁的神甫记载，在17世纪时，神甫为每一名奴隶"领洗"，便可以从奴隶贩子手中得到了三百瑞斯（葡萄牙古代货币）的洗礼税，凡是不经过"领洗"的奴隶是不允许运出非洲的。

天主教会除了支持殖民主义者的奴隶贸易外，本身也从事于奴役和贩卖黑奴的罪恶勾当。从15世纪开始，天主教会便在美洲开办了很多的大种植园，掠夺了成千上万的印第安人为他们劳动。最早时，天主教会甚至不承认印第安人是"人"，罗马教廷曾经为这个问题辩论了半个世纪，直到1537年，教皇才宣布：印第安人也是人。教会一方面奴役印第安人，另一方面又从非洲运来大批黑人奴隶。教会的种植园里，有数不清的印第安人和黑人奴隶为他们劳动，天主教会本身就是殖民者。据一个资料记载，在 1767 年仅在秘鲁一地的教会就拥有五千二百名黑奴和几万名印第安人。

教会对奴隶的压榨是极其残酷的。对待奴隶不仅有各种肉刑，而且印第安人刚满五岁就被强迫作工。有一个名叫摩托里的神甫曾经写过这么一段事："围绕墨西哥矿场四周的道路和岩穴中，堆满着因饥饿和疲劳而死的印第安人的尸体和骨骸，只有踏在死人的骨骸上才能走得过去。"对于这种暴虐的罪行，他们却说："我们要注意，我们杀人和伤人，是为着要维护我主耶稣基督的信仰。"这真的是强盗的哲学：杀人不过是为了"保护宗教信仰"。

在这里特别应当提到的是，传教士贩卖奴隶不仅限于非洲和拉丁美洲，就是在我国的国土上，他们也曾干过这项罪恶活动。据天主教传教士斐化行所著的《天主教十六世纪在华传教志》中记载，"在澳门的传教士，每八天或每十五天，轮流施行各样圣事一次，向一千名上下的奴隶讲解教理，为孤女或本地教民处理婚姻。……先向哥阿遣送第一批奴隶妇女四百五十名以上，以后又遣送出第二批，约二百人。住在澳门的外商因为葡国（指葡萄牙）妇女的缺乏，又不满意于马拉甲或印度来的妇女，于是便与日本的特别是与中国的妇女结婚，他们很羡慕中国妇女的优点。"

实际就是如此，教会和所有殖民者一样，走到哪里，就在哪里留下血腥的罪行。这些口称为了"救灵魂"而来的传教士，实际上只不过是伪善的殖民主义者罢了。

（署名袁敬之，1963 年 8 月）

宗教对妇女的歧视

　　一切宗教都歧视并压迫妇女，这是因为现代宗教都是在封建社会里形成的，在教义教规里保留许多封建压迫的东西。文豪高尔基说得好："妇女尤应该认清，教会是她们最老、最顽强而又残忍的敌人。"

　　各种宗教教义都毫无例外地凌辱妇女的人格，把妇女说成是男人的附属品。按照天主教、基督教的说法，上帝在创造人类时，先造了男人亚当，为了使亚当不感到孤单寂寞，才又造了女人夏娃；上帝造夏娃是从亚当身上取下一条肋骨而造成的，借以说明女人是隶属于男人的。《圣经》在叙述上帝造亚当时曾向亚当吹了一口气，也就是吹入了"灵魂"，但在叙述造夏娃时却没有提到吹气的问题，因此在教会里就曾经为"女人是否有灵魂？""女人是否可以称作人？"的问题，长时期争论不休。在公元6世纪教会曾为此举行了一次专门会议进行讨论，会上争辩得很激烈，与会者竟有半数反对承认女人是人，结果竟以一票之差决定了妇女的人格地位。

　　各种宗教都宣扬女人是男人的奴隶，妻子应该服从自己的丈夫，接受丈夫的惩罚，甚至把妻子说成是男人的私有财产，可以由男人处置以至变卖。基督教的"十诫"中有这样一条："不可贪恋人的房屋，也不可贪恋人的妻子、仆婢、牛驴，并他一切所有的。"把妻子和家畜等并列为男人的私有财产。

　　由于宗教总是把妇女看成是"罪恶的化身"，所以历史上教会对妇女的迫害是很严重的。在公元 15 世纪，曾经有一位天主教教皇颁布过一道断绝妇女与"恶魔"来往的命令，根据这个命令教会可以把任何无辜的妇女指控为"妖妇"放在火堆里烧死。在差不多三百多年的时间里，在欧洲就有几百万无辜妇女被烧死，其中包括从四岁女孩到八十岁的老太婆。欧洲历史上著名的法国女英雄贞德（1412—1431）也是被教会烧死的。贞德在英国侵略法国期间曾率领法国人民起来反抗，在被法国封建主出卖因而战败被俘以后，教会法庭竟把她定为"妖妇"而活活烧死。

　　自古以来，在信仰宗教的人们中，妇女总是表现最为虔诚的，在各种宗教中妇女都成为教会的主要支柱，对上帝是那样的忠诚，而上帝对妇女却是如此的不公平！究其原因，就是由于宗教的教义教规与封建主义社会体制是相辅相成的。

（署名独山，1964 年 8 月）

"从来就没有什么救世主"

在阶级社会里，无论是奴隶社会、封建社会，还是资本主义社会，被剥削和被奴役的劳动人民，为了摆脱自己悲惨贫困的命运，在忍无可忍的情况下，总是要以各种方式起来反抗阶级压迫的。但宗教却把受苦受难的劳动人民引到另外一条道路上去，说什么"忍耐吧！等到救世主的到来，天国就要实现了。"

日复一日，年复一年，一两千年过去了，救世主却迟迟不来；至于宗教所应许的什么"天国"的"幸福"，对劳动人民说来，不过是画饼充饥罢了。

救世主的信仰观念，在古代犹太教中便已经有了，后来随着基督教的兴起而普遍传布。在两千多年以前，罗马帝国的阶级矛盾非常尖锐，奴隶、平民、贫民等劳苦群众，由于不堪忍受奴隶主的压迫而起来反抗，结果受到统治阶级的残酷镇压。他们找不到任何可以解脱自己痛苦的出路，便接受了原来流行于犹太教的救世主的信仰观念。有许多到处游说的所谓预言家，在广大的奴隶中间宣扬说：将有救世主降临人世，拯救穷人脱离苦难；同时诅咒罗马帝国必将毁灭，天国就要到来。这种说教迎合广大奴隶的心理，逐渐形成了一个群众基础很庞大的宗教，即基督教。罗马皇帝最初对基督教采取迫害的态度，但是，当统治阶级看到救世主并不是什么危险性人物，而基督教号召忍耐的教义又有利于统治者政权的巩固，于是罗马帝国的皇帝便改变态度，转而利用、支持基督教。大约在基督教产生三百五十多年以后，罗马帝国就把基督教定为"国教"。从此，救世主就"归顺"了奴隶主，而一代代的劳动人民却依然陷在苦难中。他们除了忍受剥削阶级的压榨和迫害之外，还要接受来自宗教方面的精神压迫和毒害。

在阶级社会里，宗教的作用，用列宁的话说："对于工作一生而贫困一生的人，宗教教导他们在人间要顺从和忍耐，劝他们把希望寄托在天国的恩赐上。对于依靠他人劳动而过活的人，宗教教导他们要在人间行善，廉价地售给他们享受天国幸福的门票。"（见《社会主义和宗教》）高尔基曾经很深刻地把宗教比作润滑油，用它可以大大减少阶级关系的磨擦。宗教是维护私有制的，它把贫富悬殊的剥削制度描绘成上帝安排的合理秩序。在1891 年，罗马教皇良十三世曾经以神圣的名义宣布私有财产是"不容侵犯和牢不可破的"；在 1939 年，罗马教皇庇护十二世也曾宣称："贫富之分是历来就有并将永远存在的。"看来，上帝和它在地上的代理人——罗马教皇，都是喜欢私有制的，这又岂能幻想有什么救世主来解救劳动人民的痛苦呢？

《国际歌》说得好："从来就没有什么救世主，也不靠神仙皇帝，要创造人类的幸福，全靠我们自己。……"这几句话，就同《国际歌》的整首歌词一样，是震撼旧世界的革命号角，它为苦难的劳动人民鲜明而深刻地指出了自我解放的道路。

（署名微人，1963 年 8 月）

魂与梦

邻居死了人，不知道从哪里找来了一伙人，在晚上敲敲打打，唱唱念念，据说这是为死人"超度亡魂"。

照某些人的说法，"超度"是为了使亡人脱离"苦难"，让"灵魂"得到"往生"。谈到灵魂，几乎一切宗教都有"灵魂不灭"的说教，认为人除了肉体之外还有什么灵魂单独存在。其实，这是原始人类愚昧观念的残余。在古老的年代里，原始人不能理解梦寐、疾病和死亡是怎么回事。当他在梦中看见自己又从事别的什么活动时，便糊涂地认为这是能与肉体相分离的灵魂在活动；当人死亡以后，就认为是灵魂抛弃了肉体迁移到另外一个什么世界里去了。恩格斯在其所著的《费尔巴哈与德国古典哲学的终结》一书中曾经写道："在远古的时候，人们在还没有关于人体构造的任何概念，还不会理解睡梦的时候，就有一种表象，以为他们的思维与感觉并不是他们身体的活动，而是一种什么独特的东西——灵魂在活动，这种灵魂居留在人的身体以内，在人死了以后就离开身体了——自从这个时候起，人们就想到了这种灵魂对外界的关系问题。"

原始人类的这种幼稚而荒诞的观念，本来是很容易戳破的，特别是现在科学已经确凿地证明了：人的精神根本是不能脱开肉体存在的，人死了以后，他的思想和感情也就随着消失，根本谈不到还有什么灵魂存在。至于做梦，不过是大脑皮质的生理现象，正如常言所说的，"日有所思，夜有所梦"。远在一千九百年以前，在我国后汉光武帝时的桓谭，就批判过"灵魂不灭论"。他说，人的身体有如蜡烛，人的精神有如蜡烛的光，蜡烛的光是由于油脂燃烧才有的，蜡烛烧完了，光也就消失了，人的肉体死亡了，人的精神也就随着消灭了。

相信什么"灵魂不灭"已经是件很荒诞的事，至于再找一些什么人来"超度亡魂"，那岂不是更荒诞可笑了吗！

（署名辛吉，1963 年 9 月）

随着帝国主义军舰而来的洋教

　　洋教（指天主教和基督教）正式传入天津，到现在已有一百多年了。它是在 1860 年第二次鸦片战争中随着侵略者的军舰传进来的。回顾一下洋教传入天津的历史，就可以充分说明，洋教是帝国主义侵略中国的得心应手的工具。

　　在 1860 年以前，帝国主义在中国的传教特权，已经规定在对我国的不平等条约上。按条约规定，传教只限于各通商口岸，当时天津还没有被开辟为商埠，但由于天津是南北交通要道，又是北京门户，所以帝国主义久怀觊觎之心，外国传教士也不断潜来活动。天津人民历来对洋教很抵制，外国传教士始终打不开传教的门路。到 1858 年初，天主教北京教区主教孟振生（法国人）曾经派了一个名叫丘安遇的中国传教士偷着来天津，进行秘密传教活动。但丘安遇来天津不久，就被地方政府查拏，并从他的住所搜出与外国传教士的来往信件，于是天津府便以通敌的罪名，把他解往保定总督衙门发落。其后，丘安遇便与一个名为董若翰的法国传教士一并被押送上海去了。

　　1858 年和 1860 年，英、法帝国主义曾两次发动侵华战争，清廷战败，被迫议和，先后订立了"天津条约"和"北京条约"。这两个条约给予了帝国主义更大的传教特权，明确规定外国传教士可以"安然入内地传教"，"地方官务必厚待保护"，外国传教士"在各省买田地建造（教堂）自便"等条款。传教为什么要由不平等条约来保护？曾任美国国务卿的福斯特很露骨地说道：

"十九世纪传教士的贡献，是美国外交工作上主要和必要的因素。"这不是把帝国主义利用宗教侵略中国的本质说得很清楚吗？

就在1860年的战斗还在激烈地进行当中，外国传教士就迫不及待地随着侵略军队北上了。在这一年的九月底，美国公理会传教士柏亨利，乘坐侵略军的粮船，冒着硝烟首先来到了天津。同年十月，前面提到法国传教士董若翰和中国传教士丘安遇，也乘坐侵略军的军舰返回天津。其后，美国公理会传教士卫三畏、山嘉利，英国圣道会传教士殷德森、郝韪廉，英国伦敦会传教士理一视等人也都接踵而来。外国传教士紧紧地跟在帝国主义军舰大炮后面到天津来，是不是仅仅为了传教？毛主席曾经指出："帝国主义对于麻醉中国人民的精神的一个方面，也不放松，这就是它们的文化侵略政策。传教，办医院，办学校，办报纸和吸引留学生等，就是这个侵略政策的实施。（引自《中国革命与中国共产党》）传教士就来实施帝国主义侵略政策的。

美国传教士柏亨利来到天津以后，很快就在东门外强占了一间庙宇，把神像搬掉，成立了一个临时教堂；1861年五月，在城内西南角又建立了一个教堂，1862年夏又搬到城内仓门口。英国传教士郝韪廉在1861年先在天后宫北设立教堂，第二年又在紫竹林后街（今大沽路）买地建教堂。英国传教士理一视也先后在城内鼓楼西及马家口建立教堂。不出两三年，基督教各教派在天津就建立了教堂六七处，还建立了一些施诊所和书房。由于天津人民两次受到侵略军的洗劫，所以他们的传教工作很难展开，入教者寥寥无几。

天主教的活动则更为疯狂。丘安遇回到天津后，仗着帝国主义的势力，向地方官进行倒算，要回来过去被没收的房了，勒索了一大笔赔款，并强迫地方官员向他赔礼谢罪。不久以后，丘安遇患背疽病死去，北京主教又派来法国传教士卫儒梅来津。1861

年秋，卫儒梅通过法国领事馆与三口通商大臣崇厚交涉，强要三岔河口的崇禧观（一个道教庙宇）。第二年崇厚终于把崇禧观连同地基十五亩拱手送给了天主教会，后来在这块土地上盖起了望海楼教堂。法国传教士还先后建立了育婴堂、施诊所、施药局等。他们的一切活动，同样受到天津人民的抵制，有一个在天津传过三年教的法国传教士狄仁吉曾说过："他们对外国人充满了敌视情绪，一见到我们，当面就是一番辱骂或吐唾沫。"（引自法国传教士于纯壁著《天津第一批传教士》）

　　天津是帝国主义向中国内地伸张侵略魔爪的要道，所以各帝国主义国家都争先把传教士派来天津。这里可以提出这样一个历史事实：1862年天主教北京教区主教孟振生回国，去谒见法国国王拿破仑第三，感谢法国军队"征服"了中国。当时，拿破仑曾问孟振生还有什么要求时，孟回答说："如蒙陛下允许我率领传教士和修女共赴天津，我将不胜欣慰之至。"拿破仑慨然应允，派了四名传教士及十四名修女，随同孟振生同赴天津。孟振生抵津后，在巡视三岔河口的地势时，曾野心勃勃地表示"天津为通往北京的第一道门户，欧洲人于此来往过路，为此我们必须善为开辟。"（引自《天津的第一批传教士》）这句话足以说明传教士是作为帝国主义侵略中国的开路先锋的实质。

　　外国传教士在天津干尽了坏事，他们依仗帝国主义势力，强占土地，侵夺权益，包揽词讼，庇护奸民，因此他们的活动在天津人民心目中播下了仇恨的种子。天津人民忍无可忍，掀起了反洋教斗争，就在洋教传入天津的第十年即1870年，爆发了震动中外的"天津教案"，烧毁了望海楼教堂、育婴堂及几所基督教堂，在动乱中杀死法国领事、传教士、修女以及俄国商人等二十人。这次斗争虽然被腐败的清政府残酷地镇压下去，但在天津人民心中蕴蓄着日益强烈的反洋教斗争情绪，在1900年义和团运

动中第二次烧毁了望海楼教堂及其他几处基督教堂。这种可歌可
泣的反洋教斗争，充分显示了天津人民反对帝国主义斗争的英勇
气概！

（署名袁敬之，1963 年 10 月）

火烧望海楼教堂（民间版画）

关于王三奶奶的荒诞传说

北京妙峰山有个碧霞元君庙，建于明朝末年。到了民国四年（1915 年），在碧霞元君殿的右侧，出现了一个王三奶奶殿。

主持王三奶奶殿的人，多半是巫婆之流的迷信职业者。她们为扩大王三奶奶的"声势"，编印了所谓《灵感慈善引乐圣母历史真经》的迷信宣传品。在这本所谓的真经中，有一篇《慈善圣母王奶奶亲说在世之历史》，王三奶奶"自我介绍"说：她是"京东人氏"，"年十九，归王氏，夫业农"；后来"以针灸治病，靡不效者，至是阖村遐迩，视之若神仙"；七十八岁时"坐化"。这位王三奶奶"亲说"之"历史"，还信口开河说了许多"圣迹"。从这篇所谓"亲说"历史里，足以说明王三奶奶不过是一帮封建会道门的"坛主"们假借"扶乩"哄抬起来的偶像而已。

过去是否实有王三奶奶其人？找不到历史根据。曾有人考证她是"三姑六婆之流"，也就是个"巫婆"，俗称"顶大神的"。

至于王三奶奶"坐化"问题，更属无稽之谈。有的传说提到，王三奶奶骑着毛驴去朝山，途中不慎跌入山涧中摔死。当时就有朝山的其他巫婆借机编造了骗人的鬼话，假托王三奶奶"附体"宣称王三奶奶已经"成神"。这种骗人的鬼话一经传开，无知无识的人便信以为真了。

过去在天津许多人所以信奉王三奶奶是有其社会原因的。在清末民初，天津各种封建会道门及巫婆、神汉活动极为猖獗，群众的迷信思想也相当浓厚，因此成立了许多"香会"，在每年旧历四月妙峰山开庙时，便有许多人去朝山，自然就要朝拜王三奶奶殿。后来又有人编造说王三奶奶是天津人，从而在天津的影响更扩大了，有些寺庙也供奉了王三奶奶，借此招引香火。至于后来的一贯道更善于在王三奶奶身上打主意，经常"扶乩"请王三奶奶"下界"。结果是，王三奶奶走了运，鼓吹王三奶奶的发了财。

新中国成立后，迷信风气大改变，王三奶奶也倒了运，这个被巫婆、神汉、坛主、乩手所扶植起来的偶像已经气数殆尽了。

（署名马奇，1956 年 5 月）

奋蹄篇 (1981—2006)

戈登与戈登堂

　　近代天津曾饱受外国侵略者的铁蹄蹂躏。过去成为这个半殖民地城市的标志之一，是各类异国风格的楼堂建筑和以外国人命名的街道，如什么利斯克目、达文波、宝士徒、咪哆士等等，都是侵略天津的大小头目。其中最为著名的当属戈登了，不但有条戈登道（今湖北路），而且还有个戈登堂。

　　戈登原是英国皇家工兵队上尉，参加英国侵华远征军士迪佛立旅，于 1860 年 9 月来到天津。当时，天津已被英法联军占领，戈登没有赶上战斗，所以他在给他母亲的信中说："可惜我来时已迟，没能参加这场游戏。"英法联军之役，天津人民惨遭涂炭，而在戈登的眼里，仅仅不过是一场"游戏"而已。接着英法联军进攻北京，洗劫了圆明园，戈登大显身手。事后，他得意洋洋地告诉他母亲说："我们在那里先是每个人发狂地尽量抢劫，然后才把整个园林烧掉"，"以最野蛮的方式，摧毁了世界上最宝贵的财富。"一副凶悖的强盗嘴脸暴露无遗！其后，英国侵略者强占天津大片土地开辟租界，由戈登负责勘测地界和规划街道，致使许多居民被迫流徙。1862 年初，戈登随同士迪佛立旅开赴上海，配合李鸿章的淮军去打太平军。转年，戈登出任洋枪队统领，率领着一伙由中外恶棍歹徒拼凑起来的反动武装，残暴地洗劫了江南许多城镇，为清廷镇压太平天国立下"汗马功劳"。为此，同治皇帝特授予其提督头衔，并赏穿黄马褂。英国上尉摇身一变而为洋提督。

戈登后来去非洲英国殖民地当总督，依然是凶残狂悖，杀人如麻，终于在 1885 年 1 月被苏丹的起义人民击毙在喀土穆。这也可说是"死得其所"吧！

　　天津英租界当局为了"纪念"这个双手沾满了中国人民和非洲人民鲜血的刽子手，花了三万两千两白银，于 1890 年建成了戈登堂，作为英租界工部局的办公楼。戈登堂前面的花园，原来是一个臭水坑，是 1887 年英工部局为了庆祝英国女皇五十寿辰而动工修造起来的，取名维多利亚花园。

　　新中国成立后，戈登堂成为市人民政府办公大楼，1976 年地震以后岌岌可危。最近，这座典型的带有帝国主义侵略标记的古堡式建筑物，终于被拆除了。

（署名辛公显，1981 年 8 月）

Victoria park, Tientsin.
天津英租界ヴイクトリヤ公園

戈登堂与维多利亚公园

租界里的神灵

按照宗教教义的说法，神是"全能"的，他"无所不知，无所不在"。但洋教之传入天津，却要"劳驾"西方列强的刺刀与军舰，而且还要作为一种特权，写入不平等条约里。1860 年英法联军侵略天津，硝烟未散，美国传教士柏亨利就乘坐美国军舰来到天津，建立起第一座基督教堂；在天津开辟天主教活动阵地的法国传教士董若翰，是乘坐法国军舰来的。传教之借助于军舰，侵略之借助于神灵，总不免有点"沆瀣一气"之嫌吧！

及至天津开辟了外国租界之后，各种宗教接踵而来。基督教在英租界落脚，天主教在法租界扎根，东正教在俄租界驻跸，日租界则与佛教结缘，另有神社供奉天照大神。……看来人间之有租界，神灵们也各自划分了势力范围。俄国十月革命以后，苏联政府发表声明，放弃包括租界在内的一切在华特权，亡命的白俄分子纷纷转移到英、德租界，东正教也随之迁徙。此外，天津还有犹太教堂和印度庙各一座，由于犹太国灭亡已久，印度又沦为英国殖民地，这两座庙堂便只好在英租界借地栖身了（都在今郑州道）。国之不存，连神灵也不得不"寄人篱下"了。

至于中国土生土长的道教，虽然那时代香火很盛，甚至租界里的买办也常去天后宫膜拜娘娘，但却无缘进入租界。伊斯兰教也如是，在租界里是没有立足之地的。

宗教与政治的关系，是个大题目，不是这篇短文所能说清楚的，但也无妨略举一两个例证。天津美以美会的英籍传教士宝复理，在八国联军入侵后，脱下牧师袍，换上军官装，一变而为英国军队的情报官和向导；一个意大利士兵，在八国联军撤退时留了下来，脱去军装，披上神甫黑袍，取了个中国名字叫郎国彦，在天津既传教又贩运军火。这些人，真像是逢场作戏一般，"出将入相"，改换行头，允文允武。宗教家们惯于标榜宗教是"超政治"的，岂不是自我讽刺吗？

（署名辛公显，1982 年 2 月）

为后人留住历史风貌

最近去武汉，见到重建的黄鹤楼雄伟地矗立在蛇山之巅，登楼远眺，胸畅目爽。龟山蛇山隔江峙立，汉水长江汇流奔驰，"楼蜂江带，舟蚁人潮"，好一幅壮丽景色！黄鹤楼始建于一千七百多年前的三国时期，历代屡毁屡建。千百年来，倾注了多少英雄豪杰的激情，呕沥了多少骚人墨客的心血，倚楼沉思，"千古兴亡多少事，悠悠，不尽长江滚滚流。"记得前几年也曾到过一次武汉，饶有兴致地寻觅黄鹤楼旧踪，终以片瓦无存快快而归，内心浮起了一种历史的失落感：武昌怎能没有黄鹤楼呢？就如同苏州不能没有寒山寺、南昌不能没有滕王阁、洞庭湖畔不能没有岳阳楼、杭州不能没有西湖、中国不能没有长城一样。我们曾经读过多少篇脍炙人口的诗文辞赋，对祖国的山川楼阁充满着仰慕和眷恋之情，多么渴望亲临胜地领略丰采雄姿，却不愿发出"而今安在哉"的慨叹！

文因景成，景借文传。这是中国文化的传统。

与我一道游览的友人忽然提出：重建的黄鹤楼还算是古文物吗？我说：这个问题留待几百年后再回答吧！时间，从来不是一潭停滞的死水。历史的接力棒代代相传，后人视今，犹如今人视古。更何况，人们基于审美的需求，喜欢在屋里摆上一件"唐三彩"（显然不是出土文物），挂上两幅荣宝斋的水印画（当然是成批的复制品），这是一种凝聚着民族感情的文化心理，也是一种蕴结着民族精萃的艺术享受。

近年来有一股文化"寻根"热，特别是对背井离乡多年的海外侨胞似乎更为炽烈。寻求历史旧踪，未必就是复古倒退，也不意味着排斥现代文明，勿宁说是为了更深刻地理解时代意识的源流和传统文化的价值。比方说，喝海河水长大的子孙们，对于天津这个从三岔口演变来的滨海城市，总想更多地知道一些它的由来，探寻过去的轨迹。可以称之为天津历史坐标的天后宫，历尽沧桑，形魄犹存，实为一大幸事，怎能容许这座六百多年的古刹沦为拥塞着百来户的大杂院呢！那无疑是对历史的亵渎。反帝狂飙席卷神州的义和团运动，虽然距今不足百年，但作为遗址，难得保留下来的也只有小小的吕祖堂了。由于各种原因，许多历史性建筑圮废消亡，如海光寺、紫竹林、挂甲寺、城隍庙、佟家楼……留下来的仅仅是耐人寻味的地名，如能发现一张照片，都被视为珍品。最令人遗憾的莫过于水西庄的全然消失。这座查姓大盐商在清代雍正年间建造的百亩庄园，景色绝佳，情趣丰盈，"揽胜名区萃一园"。当时四方学者慕名而来，宾客云集，在此会友、邀宴、吟诗、作画，从留传下来的大量诗稿中，可以窥见当年的繁盛景况。甚至乾隆皇帝出巡过津时，也曾驻跸于此。可以毫不夸张地说，水西庄在历史上构成了"天津文化艺术活动中心"。惜哉！已经片瓦无存。

破旧立新乃大势所趋，一切都要受到时代潮流的冲刷。但如果在鳞次栉比的高楼群之外，还能适当保留某些具有深远意义的历史面貌，便于后人忆旧、寻根、稽考、凭吊，也未尝不是一个历史功绩。

（1986 年 3 月）

一个富于历史情趣的设想

任何一个城市都有它形成的历史过程，在一定程度上保持着它的历史风貌，但同时又必须不断地更新改造，具备时代特征。

天津这个城市，若从金朝戍兵直沽寨时算起，已有近八百年的历史。它如今能为人们提示多少历史的慰藉呢？

古战场是无从凭吊了，只有当年宋辽交兵的界河仍在日夜奔流不息。海河水系自古以来就是沟通南北的重要航道，由此形成了早期天津的经济基础。特别是金、元时代在北京建都，江南漕粮北运，无论经行海上，还是通便内河，直沽都是转运中心。元人王懋德有诗曰："东吴转海输粳稻，一夕潮来集万船。"可见当年漕运之盛。时过境迁，昔日人声鼎沸的水陆码头，如今已成为繁花似锦的海河公园。倚栏远望，尚可想见当年舳舻衔接、帆樯竞发的景象否？

天津的古建筑本来不多，保留下来的更为寥寥，号称"天津卫三宗宝"的鼓楼、炮台、铃铛阁，都已经踪迹不见。以景色绝妙著称的水西庄、问津园、沽水草堂，更是芳菲难寻。海光寺毁于炮火，望海寺隳诸河心。史籍上曾记载的许许多多的祠宇楼阁，大半圮废不存了。尚在者如天后宫（建于 1326 年）、玉皇阁（建于 1427 年）、文庙（建于 1436 年）、清真大寺（建于 1703年）、吕祖堂（建于 1719 年）等，虽屈指可数，却仍属难得。特别需要提出的是，天后宫的建立，直接与漕运有关。天后宫内供奉的天妃，系传说中的海上女神，漕船来津，粮官必先期入庙告祷，冀保航途平安。正如清人梅宝璐诗中所写："海舶粮艘风浪稳，齐朝天后进神香。"祭祷之余，天后宫也是船工休憩、娱乐之所，经常在这里举行丰富多采的"酬神"赛会，盛况空前。

繁忙的航运带来市廛兴旺。"一日粮船到直沽，吴罂越布满街衢。"早期天津的商业区如针市街、估衣街、锅店街、侯家后、宫北、宫南，以及鸟市、肉市、鱼市、菜市、晓市，都是沿河开辟的。"繁华热闹胜两江，河路码头买卖广。"每年旧历三月二十三日是天妃诞辰庙会之期，届时远近善男信女络绎而来。清人张焘在《津门杂记》中曾有所记叙："香船之赴庙烧香者，不远数百里而来，由御河起，沿至北河、海河，帆樯林立，如芥园、湾子、茶店口、院门口、三岔河口，所有可以泊船之处，几于无隙可寻。河面黄旗飞舞空中，俱写'天后进香'字样，红颜白鬓，迷漫于途。数日之内，庙旁各铺所卖货物，亦利市三倍云。"倘有画家妙笔，绘出天后宫一带当年的繁盛景象，岂不是一幅天津版的《清明上河图》吗？

由此，我浮想联翩。许多欧美国家为保留古建筑古街道的旧貌，采取划定保护区的措施。如罗马的古城中心区被划为"绝对保护区"，美国的威廉斯堡整个城市按照二百多年前的旧貌修复保护下来。北京的琉璃厂最近不也恢复旧观了吗！那么在天津，可否把天后宫及宫北、宫南大街划为文物保护区而恢复其历史风貌呢？

设想在这条街上，除以古刹天后宫为中心外，过去的一些老字号，如玉丰泰纸花作坊、萃文魁文具店、联升斋帽店、日升斋鞋铺、涌三元羊肉庄、义承裕海货店、东全居酱园、真素园素包子铺，可以旧店重开。还有必要再增设一些带有浓厚地方色彩的店铺，诸如风味小吃、古玩字画、金银首饰、绒鸟绢花、碑帖古籍、民间玩具、花鸟鱼虫等。甚至还可设立茶楼、棋社、票房、古乐会、书画社等业余文化娱乐场所。把这里建成古色古香的文物一条街，同时必然成为旅游一条街。以其古朴斑斓的乡土风貌，唤起游人们美好的历史忆念。

经济体制的全面改革，将会祛除旧颜，给天津带来一个新面貌。但生活是丰富多采的，在滔滔流水的海河岸畔，在熙攘尘嚣的通衢背后，在栉次鳞比的高楼圈中，有这样一个充满历史情趣的去处，一定会使人更感到生活的美好。

（1985 年 1 月）

附记：此文在《天津日报》上刊出后，我的设想很快就如愿以偿。经市政府决定，将宫北、宫南大街改建为古文化街，并于 1985 年底建成。而且，古文化街两座牌坊的名称"津门故里"与"沽上文苑"，系出自我的构思，并经石坚同志认可而确定的。

津门故里——古文化街

漫话天后宫

你如果对天津进行历史探索，必然涉及海河、漕运、天后宫。六百多年前，天津不过是个边陲戍寨，那时荒滩弃野，村舍萧疏，人口无多，连个城堡都没有，而规模恢宏的天后宫却已经矗立在海河岸边。现存的这座年代古老的庙宇，对于天津在政治、经济、文化、民俗诸方面的变迁，都具有历史见证的价值。故此，修复天后宫的消息传来，实在令人快慰。

据《元史》记载，天后宫建于泰定三年，即公元 1326 年，初名天妃宫。建庙而载入国史，可见是件大事。前此十数年，在大直沽已经盖了一座颇具规模的天妃宫。其后数百年间，在天津又陆续建造了十多处供奉天妃（天后）的小庙。天妃被称为护海女神，其所以与天津结缘，盖与漕运有关。

说起来，这是一个娓娓动听的神话故事。天妃本系渔家女，姓林名默，福建省莆田县湄州人，大约生于宋建隆元年（960年），卒于雍熙四年（987 年），活了不到三十岁。据《清一统志》《莆田县志》等志书记载，林默在生前经常驾船出海，冒着狂风恶浪搭救海上受难之人，"矢志不嫁，专以行善济人为己任"。林默死后，乡人立祠祀之，敬为"神女"。传说她经常"乘席渡海，云游岛屿间"，庇护海上航行。每遇风浪大作，船夫渔民便祈求神女护佑；一旦风息浪止，莫不感恩祝祷，从此流传不衰。

林默显现灵迹，初不过民间传说，影响亦仅限于闽、粤沿海一带。到了宋朝末年，开始得到了朝廷的承认。封建帝王出于安抚愚弄百姓的需要，代代褒封，把林默抬高到吓人的程度。最初是南宋绍兴二十六年（1156年），朝廷册封林默为"灵惠夫人"；到了绍熙元年（1190年），晋封为"灵惠妃"。元代漕运大兴，林默随之身价十倍，被册封为"护国明著灵惠协正善庆显济天妃"。清康熙十九年统一台湾，有泉州人施琅奏称天妃曾显圣助阵，于是在康熙二十三年（1684年）又普封为"护国庇民昭灵显应仁慈天后"。封建统治者的介入，彻底改变了林默这个渔家姑娘的形象。

更可悲的是封建迷信的恶性泛滥。天后宫的主持者为了迎合妇女们膜拜女神的心理，便让天后"兼操副业"，执掌起生儿育女的权柄，于是护海女神就转化为子孙娘娘、乳母娘娘、引母娘娘、痄疹娘娘、耳光娘娘、眼光娘娘等女神系列，从而又出现了"拴娃娃"的愚昧陋俗。更有甚者，天后宫的道士们为了招引香

民国时期的天后宫

火，广开财路，大肆"接纳"各方神祇，诸如财神、灶君、火帝、河伯、罗祖、药王、雷公、斗姆、关羽、岳飞、唐明皇……以至奉旨修庙的太监、狐黄白柳灰五大仙、巫婆王三奶奶，都挤进了殿堂。供奉天后的神舍一变而为诸神伙居的大杂院，可以说是典型的多神崇拜！这一历史现象说明，敬奉神灵者，往往就是亵渎神灵者，自欺欺人而已。

修复天后宫，不是为了珍惜这些糟粕，恰恰相反，需要的是拂去愚昧的尘垢，还它以历史的本来面目。世世代代的天津人，曾经怀着虚无飘缈的憧憬，拜倒在天后像前。天后宫过去悬挂着许多匾额，诸如"海门慈筏""三津福主""护国保民""垂佑瀛壖""资生锡类"，都是祝福天津黎民百姓的。但是到头来，天后不曾带给人们什么福祚，只不过是一副沉重的精神枷锁。真正的幸福生活，终归是靠人民自己奋斗创造出来的。

作为重要的历史遗迹，天后宫理应受到保护。这里曾经是海运的终点码头，早期的贸易集市，官绅的酬神祭坛，全城的游乐中心。……尽管岁月不居，几百年过去了，而这座建筑物的存在，唤起了人们多少历史的情思啊！

（1985 年 2 月）

天　津
——历史文化名城

　　前不久，经国务院决定，将天津列为中国历史文化名城之一。对此，有的人感到诧异："天津过去不是文化沙漠吗？"其实，这是一种错觉。古代天津，以其水陆交通畅达的优越地理条件，"舟楫之所式临，商贸之所萃集"，这样一片经济发达的沃土，怎么可能是文化不毛之地呢！

　　自从明永乐年间天津被命名并设卫筑城以来，至今已有五百八十多年的历史。在中国这样古老的国度里，只能算个半古不新的城市，人们的印象不过是个水陆码头罢了。唯其如此，文化上不免罩上一层码头色彩：南北荟萃，中西交流，得领风气之先。

　　明清之际，许多达官显富移居津门，筑造园林之风甚盛，见诸记载的如浣俗亭、环水楼、问津园、浣花村、水西庄、沽水草堂、寓游园等等。这些园林建造精巧，意境深邃，争奇斗胜。特别是这些私人园林大多成为文人墨客集会交游之所，以园林为契机，开创沽上诗风。天津著名诗人梅成栋，曾编选了三十卷的《津门诗钞》，收录了天津府各县及旅居天津的男女诗人四百四十人的诗作，蔚为大观！如果没有丰饶的文化土壤，是不可能涌现这样一支庞大的诗人队伍的。

　　天津建城后，陆续设置了武学、府学、县学、义塾、书院等。1860 年天津开埠之后，西风东渐，传教士一马当先，建教堂，设学校，办医院，传播西方文明。洋务派鼓吹"师夷之长技"，开办新式学堂。1895 年设立的北洋大学堂，以中国第一所理工科高等学府而载入史册。庚子之后，在天津更掀起了一股其势汹涌的兴学高潮，各类学校林立，极一时之盛，领全国之先。

近代的新闻事业——1886年出版的《时报》、1895年出版的《直报》，都是外国人创办的中文报纸，且不去说它。严复在1897年创办的《国闻报》，在中国的报刊史上具有举足轻重的地位，它的一大功绩就是发表了严复的译著《天演论》，震动了中国思想界，影响了整整一个时代的知识分子。清末民初以来，天津新闻事业的佼佼者如《大公报》《益世报》，享名全国达三四十年之久。

天津戏曲舞台丰富多采。有些剧种如评剧、河北梆子并非起源于天津，但在天津扎根之后，才充分显现出其艺术价值。京剧演员，一向被认为只有先在天津唱红，才能驰名南北，由此可见天津人的艺术鉴赏水平。西方的话剧，在北方是南开学校首先倡导的，天津曾向全国输送了不少戏剧人才。李叔同是我国最早学习西洋绘画、音乐、戏剧的艺术先行者，在诗词、书法、金石等方面也无不精湛，称得上是一位艺术通才；后来遁入空门，改号弘一，精研南山律宗，被奉为律宗第十一世祖，扬名世界佛坛。这样一位奇才高僧，诞生在海河岸畔，为天津这座历史文化名城增光。

天津的文化事业，曾经繁茂似锦，生机勃发，绝非野漠荒丘。

在20世纪20年代以后，天津的文化事业转向衰落。先是北洋军阀连年混战，百业凋敝，民不聊生，文化萎缩。30年代虽又一度欣欣向荣，但不久日本帝国主义发动侵华战争，文化事业在敌寇铁蹄下备受摧残。日本投降后国民党恢复统治，忙于发动内战，人民再陷水深火热之中，文化事业元气大伤，更加一蹶不振了。

优良的文化传统不是暴力所能扼杀得了的。寒夜漫漫，依然凝聚着无限活力。天津解放，文化从死寂状态中复苏之后，不是立即迸发出巨大的活动能量吗？

文化传统，源远流长；继往开来，发扬光大。天津人民应该强化文化心理，辛勤耕耘，奋力开拓，在精神文明建设中大显身手，大放异彩，以无愧于历史文化名城的称号！

（1987 年 2 月）

漫谈保持名城主体风貌

天津被列为中国历史文化名城，听说是经过了一番努力的争取。而要保持这一称号，却需要付出更大更多的努力。

前几年曾读到过一篇题为《让城市富有个性》的通讯报道，说的是欧洲历史名城维也纳较为完整地保持了旧城风貌。维也纳市政府颁布有《古城保护法》，将全市划分为 63 个保护区，明确规定凡在保护区内的建筑物一律不许随便拆除和改建，修理粉饰也必须保持旧观。该市市长说："不让维也纳变成纽约和东京。"由于维也纳人珍惜自己的城市历史和精心保护文物古迹，所以在旧城区看不到一幢现代化的房舍，处处乡情浓郁古趣盎然。

当然，我们没有必要也没有可能照搬维也纳的经验，但在如何保持城市的历史风貌方面并非无可借鉴之处。我认为，以现存的某些文物景点为中心，划出若干历史风貌小区，适当地恢复旧观，长期保护下来，现在着手做似乎还来得及。"亡羊补牢，未为迟也。"比方说，以文庙为中心划一城厢风貌区，以引滦入津雕像为中心开辟个三岔河口风貌区，以大悲院为中心形成古刹风貌区，以清真大寺为中心规划一回族聚居风貌区，以李叔同故居为中心组成海河东岸风貌区，等等。星星点点的历史风貌小区，必然赋予被称为历史文化名城的天津以独特的魅力。

令人不安的是，随着城市建设的迅猛发展，如果不手下留情，某些现存的旧风貌建筑很快就会消失在推土机的隆隆声中。

到那时，天津作为历史文化名城的雅号，也就黯然失色，甚至有名无实，这种忧虑未必是多余的。

（1989 年 5 月）

历史文化名城的忧思

1986 年 12 月国务院颁布第二批中国历史文化名城名单，天津有幸附骥其中。至今十年过去了，但在天津人的心目中，历史文化名城的意识似乎不那么明朗，甚至多少还有些陌生感，认为天津的文化积淀浅薄，没有多少人文景观可言。究其原因，主要是对历史文化名城的概念不清楚，总觉得唯有庙塔殿阁之类的古建筑才称得上是历史文化，在理解上偏于狭隘。所谓人文景观，是指政治、经济、军事、文化、宗教乃至民俗、民风等社会形态的外在表现，具有审美品位的景观建筑，并无古今之别。天津之所以被列为历史文化名城，主要依据是在中国近代史上的地位与影响，与同样被列为历史文化名城的上海，属同一种类型。

近一百多年以来，天津以其所处京畿要冲的战略地位，经历了一系列外侮内患的重大历史事件，故有"近代天津是近代中国的缩影"之说。就目前被列为天津的重点文物保护单位而言，望海楼教堂、大沽口炮台、吕祖堂、西开教堂等，都是帝国主义侵略与天津人民反侵略斗争的历史遗址。又如解放路上具有欧洲古典风格的建筑群，都是西方列强在天津开辟准殖民地（租界）的侵略历史标记。再如原租界里千姿百态的小洋楼，有很大一部分曾经是下野军阀、失意政客、遗老遗少浮沉宦海的避风港或安乐窝。凡此种种景观，揭示了天津的历史文化特质，也就是天津作为历史文化名城的主要特征。

民国初期的天津鼓楼

如果从另一个角度来考察，由于天津是个经济比较发达的城市，因而长期以来形成一种重商轻文的倾向，文物保护观念淡薄，所以有许多具有历史价值的人文景观未能保存下来。如被称为"天津卫三宗宝"的鼓楼、炮台、铃铛阁，至今片瓦无存；清雍正、乾隆年间天津盐商兴建的一些著名园林如问津园、水西庄、沽水草堂，都曾盛极一时，成为南北人文荟萃之所，今则踪迹无寻；清末洋务运动兴起后，在天津开办的洋务学堂、军事工业、交通邮电事业等等，都没有遗址保存下来。原英租界的历史风貌建筑戈登堂，也以地震受损为由而拆除。近年来，就连许多革命斗争的旧址遗迹，被拆被毁的情况也时有发生。尤应提出的是，标示一个城市的历史文化品位，在很大程度上体现在拥有多少文化名人，而他们的故居又是最有感染力的人文景观，如李叔同、梁启超都是享誉海内外的知名人物，他们的故居却长期未能修复，已变得面目全非，毁损殆尽。就连被列为国家级的文物保护单位的大沽口炮台遗址，本应辟为极具震撼力的爱国主义教育场地，可惜至今仍是一片荒丘弃壤，不具备接待参观的条件。总之，应该提起重视的是：文物保护观念的淡薄，导致许多人文景观废圮。同时也容易形成人们的文化自卑心理。

人所共知，当前商品经济大潮来势汹涌，尤其是房地产开发的巨浪猛烈地冲击着原有的旧建筑物。当然，天津要跻入国际大都市的行列，城市建筑的现代化是必然的发展趋势；但另一方面，在实现现代化的前提下，也应考虑作为历史文化名城的天津，如何从人文景观体现其历史地位与价值，或者说如何展示自身的历史魅力，因为天津毕竟不是个新兴城市。如果整个城市都淹没在摩天大厦、豪华公寓、玻璃幕墙之类的建筑群中，就失去了作为历史文化名城的个性。

旧城改造与文物保护之间的矛盾是不可避免的，有时还会很尖锐。为了保留住一个城市的历史文化精粹不被破坏，这就需要全面规划，合理协调。在这个问题上，上海的做法值得借鉴。上海制定了一个《上海历史文化名城保护规则》，其中除规定列为国家级、市级、区县级的文物保护单位应加以妥善保护外，还规划了历史文化风貌区十一处，计有：外滩优秀近代建筑风貌保护区、思南路革命史迹保护区、上海古城风貌保护区、人民广场优秀近代建筑保护区、茂名路优秀建筑保护区、江湾三十年代都市计划风貌保护区、上海近代商业文化风貌保护区、上海花园住宅保护区、龙华烈士陵园与寺庙风貌保护区、虹口近代居住建筑风貌保护区、虹桥路乡村别墅风貌保护区。这一举措如能认真落实，上海既是一个具有现代化城市功能的大都市，又充分体现其历史价值与魅力，岂非两全其美之策？

面对城市建设高潮，文物保护事业确实受到某种程度的威胁。特别是在现实利益的驱动下，房地产开发商财大气粗，一言九鼎；文物保护的声音微乎其微，底气不足，在较量中不得不败下阵来。有些人似乎还没有意识到，历史文物一旦毁损则永远不能再造，必将留下无法弥补的历史遗憾，而历史文化名城的称号也就变得有名无实，从而自我否定了。我之忧思，盖出于此。

（1996 年 12 月）

从踏青说开来

春风骀荡，榆槐半黄，大地氤氲，满目清新。邀得三五友好，结伴到郊外走走，名曰"踏春"。春日郊游，作为岁时习尚，源于何时，未曾考证，大概古已有之。据史书记载，唐太宗在位时，曾临幸昆明池踏青。皇帝有如此雅兴，民间自然会形成风气，唯热中于此道者恐仍以文人名士居多，历代诗人以"春日郊游"为题的诗作多不胜数，足以说明。如苏辙的诗句"江水冰消岸草青，三三五五踏春行"、程颢的诗句"况是清明好天气，不妨衍游莫忘归"便是。古代妇女们也加入了踏青的行列，有这样一个冲出闺阃的借口，何乐而不为！

昔日天津，踏青也较为风行。明清以来，天津豪富人家（主要是盐商），竞相筑造园林。最著名的如位于南运河畔的水西庄，坐落在锦衣卫桥的问津园，靠近海河西岸的沽水草堂；还有许多别墅，如佟家的艳雪楼，宋家的曲水园，王家的锦怀园，童家的枣香村等。这些私家园林，大多建在郊外，距城三五里地，楼台亭榭构筑得相当精巧，正是骚人墨客咏觞的好地方，从流传下来的许多诗篇中不难窥出当年天津踏青的景况。后来沧桑多变，加以城区的不断扩建，这些园林至今已是踪迹难寻了。

20世纪二三十年代，天津人春游胜地首推西沽桃花堤，每当桃花初绽之际，游人如织，络绎不绝。其他的去处如：大觉庵（前园村）赏牡丹，丽生园（八里台）观金鱼，青龙潭（今水上公园）泛舟，荣园（今人民公园）小聚，各有一番风趣。如果再远一点，可以去柳林、葛沽、杨柳青，不过非乘车则难以成行了。

　　行笔至此，引发出一点感想来。中国是个文明古国，历史上形成的岁时节令多得惊人，如果排列起来，十天半月就会遇上一两个。难道古人们闲来无事可做吗？不！民俗节日也是一种文化现象，反映出一个民族的历史文化心态。有些节日含有宗教因素，是由于神灵曾经主宰过人们的思想和生活，因而糅合在风俗之中，其实并不等同信仰。尽管不祈求天妃娘娘却无妨去逛庙会，不膜拜释迦牟尼也无妨喝一碗腊八粥，就如同不信耶稣而过圣诞节为时髦一样。有的节日带有迷信成分，如鬼节之类，任其自然消亡也就是了。值得重视的是，有许多节日有益于身心健康，可以长入社会主义精神文明领域，如三月三踏青，九月九登高，上元观灯，端午赛舟，中秋赏月，除夕守岁等等。近年来新设置的一些节日，如植树节、教师节、青年节、老人节等，更贴近现实生活，其进步性自不待言了。

（署名辛公显，1989 年 4 月）

水西庄，魂兮归来！

水西庄，清代天津盐商查日乾筑造的别墅，位于城西北三里、南运河南岸。凭水造景，巧夺天工，"揽胜名区萃一园"。景以文传，骚人墨客的生花妙笔，把水西庄描绘得直若世外桃源。"诗就频呼酒，风回暗度香；水亭舒醉眼，数尽几帆樯。"郊园野趣，微醉诗成，凭栏远眺，满目生机，好一个舒心惬意的去处！当年乾隆皇帝南巡时曾四次驻跸水西庄，更提高了它的知名度。在天津古代园林史上，水西庄确实据有无以伦比的权威地位。

水西庄始建于雍正年间，经过查氏几代人的经营，风光了百余年。直至同治年间衰微，光绪末年圮废，到如今又是百年矣！津门父老，情之所钟，念念不忘。早在 20 世纪 30 年代初，地方闻人就曾发起组织水西庄遗址保管委员会，意在寻踪重建，再展风姿，可惜未能如愿。近年来重建水西庄之呼声频频再起，且有来自异乡海外者，何其深挚的乡土情！

水西庄遗迹早已荡然无存，昔日风貌今人不曾得见。好在前人许多描述水西庄景色的诗文留传于世，更有两幅珍贵的写实画卷——《水西庄修禊图》《秋庄夜雨读书图》，在复原设计时足资借鉴。不过我觉得，水西庄之所以扬名，造园艺术之高超固然是个因素，但主要的恐怕还是辐射出来的文化意识。由于园主人的风雅好客，广结名流，四海文士纷至沓来，以文会友。或吟诗唱和，或挥毫泼墨，或鉴赏珍玩，或切磋学问，极一时之盛。查日乾之子查礼有诗曰："村居幽趣许谁同？不是诗人即画工。"可以说是"谈笑有鸿儒，往来无白丁"。如果套用现代词汇，鼎盛时期的水西庄，可称之为天津文学艺术活动中心，又是南北文化交流的窗口；或者也可以说，它是津门历史文化传统的闪光点。这个"水西庄现象"，体现了作为水陆码头、通都大邑的天津的文化形态，不是很值得深入探讨的吗？后来水西庄之所以衰落，固然由于兵燹战乱，景物凋零，同时也是因为失去了人文荟萃的优势；而后人之所以仍执着地怀念水西庄，难道不也是一种强烈的文化心理吗？故此水西庄的景观复原，应该把握"雅而文"的特点，与弘扬天津历史文化传统联系在一起。

既曰复原，当非旧物，景点多几个、少几个，盖无不可。重要的是善于创造出那么一种气氛，那么一种情感，那么一种意境，那么一种魅力。一句话，水西庄的灵魂与神韵。当游人一跨进它的门槛，就如同受到一种强大的文化磁场感应，情不自禁地发出赞叹之声："啊！这就是我心目中的水西庄！"

（1991 年 8 月）

漫话津门

津门，乃天津之别称，由来久矣！

天津果有门乎？古代城垣筑有四门，曰：镇东门、定南门、安西门、拱北门。清咸丰十年（1860 年）僧格林沁督修濠墙，辟营门十一个，后经李鸿章重修，增至十四门，命名曰：镇远门（东营门）、寅宾门（正东门）、朝宗门（直沽营门）、凝晖门（大营门）、厚德门（小营门）、来薰门（南营门）、西成门（西营门）、三庆门（小西营门）、顺轨门（西北营门）、保卫门、拱辰门（北营门）、绥丰门（小北门）、翊运门（堤上门）、建魁门（东北营门）。1947 年国民党反动派对抗人民解放军攻城，在天津外围修筑城防工事，封闭市区，仅留通道口十二个，建关设卡，取名为：忠孝门、仁爱门、信义门、和平门、复兴门、建国门、中山门、中正门、民族门、民权门、民生门、胜利门。不同时期、不同状貌的门，可谓多矣，但均与津门之命名无关。

津门之得名始于何时？史无记载，难道其详。不过，在明朝中叶的文人吟哦中已见"海门东望极空明""云帆十幅下津门"之诗句，大概在天津设卫筑城后不久便有津门之说了。又，明天启年间户部右侍郎毕自严，曾奉命巡抚天津，在他的奏疏中，屡屡提到"津门素称内地""津门商民多居东北二关""津门旧时兵马寥寥"等等，可见明朝末年津门之称已被官方文书所认可了。不过，诗也罢，奏疏也罢，所指津门并非建筑实体。盖天津地近畿辅，扼守海防，位居战略要冲，形同首都屏障。津门也者，乃抽象之门。

津门之作为地名，有其特定的历史内涵，不能因为行政区划的扩大而随意延伸。就是说，对市属各县也泛称津门，则未必妥当。否则，"津门故里"的牌楼就应该竖立在蓟县围坊原始居民遗址或武清县境的泉州故城；而"血溅津门"也可以理解为盘山根据地的抗日斗争。这样一来，津门的概念变得模糊不清，从而削弱了其个性与特点。

津门实无门。惟其如此，更可以浮想联翩：仿佛是巍峨耸立的雄关，也许是蜿蜒入海的水寨，或者是堂皇恢弘的朱门，要不就是古拙雅趣的柴扉。古时候，门是保守的象征；新时期，门是开放的先导。津门，是精神之门。开，热情迎迓八方宾友；闭，坚决防御和平演变。思想上的门，既是花团簇锦的牌楼，又是固若金汤的壁垒。如此说来，津门无门胜有门。

（1991 年 10 月）

有感于紫竹林地名的消失

　　紫竹林——一个多么富有诗意的地名，在天津近代历史上曾多次涉及这个地方。

　　紫竹林是个佛教庙宇，相传建于清康熙初年，因弃毁多年，时过境迁，如今没有什么遗址保留下来。当时这里是个村落，因庙得名，曰"紫竹林村"。据英人雷穆森所著《天津——插图本史纲》一书（写于1925年）的记述："紫竹林这个村庄位置在海大道（今大沽路）上，也是法租界的西界。在威尔顿路（今承德道）上的法国市场的旧址上有一座紫竹林寺，其庭院内有几株竹子。"另据历史教师常家麒在20世纪70年代访问知情老人所作的记录称："现在承德道人民图书馆门前的空场是旧法租界市场遗址，原有几家商店，商店前有一条小街，小街西边摆有许多货摊。""紫竹林寺里供着观世音像，正殿三间，两厢有配殿，进门有前殿。院内有竹子。有巡夜的兵驻在庙里。"这两种说法比较接近。笔者最近见到一幅清光绪十四年（1988）绘制的租界图，其中对紫竹林的坐落地点有明确标示，位于今市图书馆西南侧的吉林路上，与雷穆森的记述基本上相吻合。从地图上还可以看出当时紫竹林寺周围有许多客栈，说明了紫竹林码头就在附近。图上有测绘说明，文曰："光绪十四年七月署津海关道刘金芳派旅顺绘事教习候选县丞陈文琪测量至冬十月底绘成"。此图是紫竹林寺具体位置的有力佐证。

　　紫竹林原不过是个僻野寒村，由于西方列强的入侵而载入史册。1860年英、法、美三国强占以紫竹林为中心、方圆九百五十亩的土地，辟为租界，称之为"紫竹林租界"。其后，租界当局在这里大兴土木。开拓通衢，名曰"紫竹林大街"；设立关卡，名曰"紫竹林海关"；修筑海运泊岸，名曰"紫竹林码头"；建造传教场所，名曰"紫竹林教堂"……紫竹林在蒙受屈辱中改变了自己陈旧呆滞的面貌，率先接受了西方的城市模式，也可说是得风气之先吧！

紫竹林也是天津人民反侵略反压迫斗争的历史见证者。1900年义和团运动中，张德成亲率坎字团猛攻紫竹林，直捣租界巢穴，洋人闻风丧胆。1911年辛亥革命爆发后，革命党人胡鄂公自武汉奉派来津，落脚在紫竹林长发栈，几次策划北方武装起义。1912年8月，孙中山为推行其实业建国计划，北上考察，乘海轮在紫竹林码头登岸。1928年12月，周恩来代表党中央来津改组顺直省委，曾在紫竹林佛照楼旅馆主持过重要会议。1945年9月，驻津日本侵略军的投降仪式在紫竹林的广场举行，逞凶一时的日军司令官内田银之助俯首交出自己的指挥刀。1947年元旦，浩浩荡荡的学生队伍，为抗议北平美军强奸女大学生，愤怒地涌向美军驻津司令部递交抗议书，"美国佬滚回去！"的标语张贴在紫竹林的街头巷尾。百余年来，紫竹林这区区之地，记录了天津人民的屈辱与反抗、失败和胜利、悲辛和欢乐，在天津城市发展史上据有一席之位。

如今，紫竹林作为地名，已悄悄地消失了。探源寻踪，今天的解放桥街辖区就是当年紫竹林地界。屏弃了这个文雅而又含有历史意义的地名，不能不使人有一种历史的失落感。

（1988 年 7 月）

地　名
——历史的化石

一个地名，区区三五个字，往往包容着政治、经济、军事、文化、民俗诸多方面的信息，凝结着倾述不尽的乡思。

前不久《人民日报》刊载一则消息说：公元前 53 年，一支六千多人的罗马军队在波斯战败突围溃逃后，去向不明，从历史上消失了。下落何处，成为千古之谜。去年，中、澳、苏学者在甘肃经过一番艰苦的考证，从史籍中发现西汉元帝曾设置骊靬城安置罗马战俘；后来该城几经演变，旧址就在今甘肃永昌县境内。一个地名，成为解开两千多年一桩历史悬案的突破口，可见地名之废立，关系何等重大。

如果打个比方，可以说地名是历史的化石。就说天津吧，直沽寨——海津镇——天津卫，而后州、府、县、市，各有其不同时期的历史涵义。昔日村村寨寨，早为历史所淘汰，如今唯有地名可证；多少寺庙衙署，片瓦无存，亦唯有地名可考。至于围绕历史地名的轶闻旧事，向为人们所津津乐道。三岔口帆樯林立，大直沽漕船如云，丁字沽以水取胜，望海楼因楼得名，挂甲寺何人挂甲，小白楼谁家门楼，黑炮台无从凭吊，紫竹林庙在何方，三不管何以不管，海光寺踪影无寻，青龙潭正名何日，水西庄魂兮归来……诸如此类的地名史话，写了又写，不厌其唠叨，只缘有道不尽的乡土情。还有那望文生义的民间传说，如什么子牙河姜太公垂钓，翠屏山潘巧云坠崖，杨六郎屯兵静海，托塔李天王镇守陈塘关（陈塘庄）云云，捕风捉影，绘声绘色。这类讹传虚构的地理故事，各地多有，如什么水帘洞、梁山泊之类，真真假假，信不信由你。

　　近年来城市建设迅速发展，新的里巷楼群屡见迭出，命名问题大伤脑筋。有的简单从事，命名过于直白，如什么服务楼、果品楼、造纸楼、邮电楼、橡胶楼、水产楼、染八楼等等。固然，地名不过是个符号，便于识别即可，无须咬文嚼字，但因传之久远，总以优选为宜。前人留给我们一些粗俗的地名，如什么袜子胡同、肉架子胡同、耳朵眼胡同，身临其境者，不禁哑然失笑矣。

（1990 年 3 月）

张园往事

天津张园，坐落在原日租界宫岛街（今鞍山道），前清将领张彪所建。在天津众多的西洋风格建筑中，它谈不上有什么独到之处，只不过由于1924年孙中山先生北上过津时曾下榻此处，1925年以后逊帝溥仪又蛰居于此，遂身价提高而载入史册。

园主张彪，山西榆次人。早年曾任湖广总督张之洞的侍卫，并娶张之洞的使女为妻，有"丫姑老爷"之称。经张之洞一手提拔，张彪步步高升，最后官至第八镇统制（相当于后来的师长），驻守武昌。辛亥革命首义就发生在他属下的工程第八营。革命士兵发难后，一呼百应，来势迅猛，张彪闻风丧胆，弃城而逃。先是退守汉口刘家庙，继而登上日本军舰远遁长崎，侨居海外一年之后才重返国内。清朝既亡，无官可做了，便定居日租界过起"寓公"生活。1916年前后，在宫岛街购地建房，落成后取名露香园，辟为游艺场所，出租牟利。后来人们习惯称呼"张园"，"露香"其名反而鲜为人知了。

1924年孙中山应冯玉祥、段祺瑞、张作霖之邀，离粤北上共商国是，携夫人宋庆龄取道神户搭乘日轮辗转来津。12月4日抵达后，即被安排在张园下榻。由于一路劳顿，孙中山肝病发作，抵津翌日便卧床不起，直至12月31日才动身赴京，在津滞留二十七天，始终住在张园。孙中山此次北上，在当时是一件关系政局前途的大事，为全社会所注目，新闻记者追踪采访，各大报纸连续报道。应该说，历史记载得清清楚楚、明白无误。不意前不久竟有人引据几条似是而非的英文电讯，推断出孙中山自12月18日秘密移住英租界利顺德饭店。理由呢？说是为了躲避警察的盯梢，托庇于英租界当局的政治保护（未免有损于孙中山的反帝形象）。此说一出，立即受到一些史学工作者的诘难，引起了一场论争。

当年孙中山来津时，邓颖超同志曾积极参与了接待工作，并曾亲自去张园对孙先生表示慰问。邓颖超同志是这一段历史的权威见证者，于是我便写信给她的秘书赵炜同志，请求协助核证。很快就接到了赵炜同志的回信，明确答复如下："你提出的事，我问了邓颖超同志，她说，孙中山先生一九二四年到天津时，是住在日租界张园，根本没住过饭店。所以，利顺德饭店那样说法是不对的，要合乎历史事实。"这一确凿佐证，有力地澄清了事实真相。历史研究贵在存真求实，来不得半点主观臆断，更不消说迎合商业宣传的需要了。

溥仪在1925年2月从北京潜来天津之后，就被旧臣亲胄簇拥到张园住下。溥仪复辟野心不死，张园俨然"小朝廷"了。1928年张彪病故以后，其后人不断向溥仪催索房租，"龙心"不悦，便于1929年7月移居静园，也在宫岛街上。1931年11月日本特务机关挟持溥仪前往东北充当伪满洲国的傀儡头目，就是从静园出走的。

张园现已被列为文物保护单位，自然是很有意义的，不过需要说明的是：今日张园已非旧观。缘当年溥仪搬出张园之后，张家后人将房地卖给了日本驻屯军，闹不清日本人出于何种考虑，把这幢盖成不过十几年的三层楼房拆除，重建为如今样式的两层楼。园虽在而楼已非,何其遗憾!

张园毕竟留下了孙中山的历史足迹。当年孙先生离开张园之际,曾向各界散发了一份声明,开头便讲:"兄弟此来,不是为争地位,不是为争权利,是为特来与诸君救国的。"又说:"俟贱体稍愈,再当返津与诸君把晤,商榷国事。"拳拳之忱,凝聚着拯民兴邦之激情,苍生怎不为之动容!

(1991 年 2 月)

情系佛照楼

　　佛照楼，一个多么雅致而深沉的名字！这是个什么去处？若是望文生义，大概是敬奉佛祖的精舍吧，要不就是轩爽秀丽的楼阁，或许是文人雅士的书斋？不，都不对。佛照楼是天津的一家普通的小旅馆，坐落在旧法租界 6 号路，即今哈尔滨道 48 号。

　　佛照楼旅馆的建筑规模不大，三间门面，两层小楼，一个院落，二十几间客房。始建于何时不详，不过在光绪十年（1884）刊行的张焘《津门杂记》中就已经提到了它，历史当在百年以上。旅馆的生意无非是送往迎来，又有什么可谈可议的?! 只缘佛照楼留下过伟大人物的足迹，他们是：孙中山、毛泽东、周恩来、刘少奇……

　　——1894 年 6 月，28 岁的孙中山从广东经上海乘船北上天津，在法租界紫竹林码头登岸，下榻佛照楼旅馆。忧国忧民的孙中山此番北来，是为了谒见李鸿章。他将洋洋八千字的《上李傅相书》托人递呈上去，并谋求接见，"以陈时势之得失"。出乎孙中山的意料，李鸿章没有做出任何反应。孙中山大失所望，愤而离津，不久就远涉重洋，在美国檀香山组织兴中会，开始了以"驱除鞑虏，创建民国"为目的民主主义革命斗争。不消说，孙中山在佛照楼辗转不眠之夜，正是政治上转折之时。

　　——1919 年 3 月，在北京大学图书馆当助理员的毛泽东，为送别赴法国勤工俭学的留学生去上海，一道来到天津，住进了佛照楼旅馆。年轻人激情满怀，有人提议去渤海湾观海，群起响应，于是成行。乘火车抵达塘沽后，又步行到大沽口，大家如愿以偿地观望到大海。26岁的毛泽东诗兴大发，曾吟有"苍山辞祖国，弱水望邻村"之句。一行人畅游半日，拾得各色贝壳，尽兴而返。

——1928年12月，中共中央政治局常委、中央组织部长周恩来，奉命来天津传达前不久在莫斯科召开的中共"六大"精神，并整顿北方党组织。当时党处在地下状态，周恩来化装成商人秘密来津，行踪隐秘，住地几经变换。1929年1月4日，在法租界西开教堂前大吉里召开了为期三天的顺直省委扩大会议。10日，在佛照楼旅馆举行了改组后的顺直省委第一次会议，确定分工，部署任务。会议由周恩来主持，与会者有刘少奇、陈潭秋、郭宗鉴等人。

民国时期的佛照楼

21世纪初的佛照楼

佛照楼有幸，接待过多位在中国近代史上熠熠生辉的伟大人物，应引以为自豪。遗憾的是，佛照楼却早已为人们所遗忘。而今旧址犹存，面目全非，成为破落的大杂院。

30年代末我曾在佛照楼附近住过几年，熟悉这一带的环境。佛照楼的东侧，是一家小饭铺，西侧是一家杂货店。佛照楼附近的长发栈，也是一家旅馆，1911年武昌起义爆发后，革命党人胡鄂公曾在这里策划发动天津武装起义，也是个具有纪念意义的历史遗址。前不久，我重访佛照楼旧址，几乎是怀着一种凭吊历史废墟的心情，伫立凝思良久……

岁月匆匆，时过境迁，历史总是在不断的淘汰中前进，弃旧图新乃天经地义。然而，作为文化现象，人们又偏爱探寻历史陈迹。一件古陶，一座古墓，一轴古画，一枚古钱，都成为文化传统的实证，散发着历史的馨香。因此，在高楼兀起，大厦争雄的时代，也有人热衷于塑菩萨、盖寺庙、造佛塔、建牌坊，不惜巨资投入，造出许多假古董来。为了开发旅游资源，倒也无可非议，好在几百年后也会是历史文物。但令人困惑的是，对一些有价值的、真正的历史遗址遗迹，却往往视之漠然，任其自然损毁。

我怅然离去，急步走向喧嚣的闹市，去领略那五光十色的现代物质文明，佛照楼已不堪回顾矣！

（1994年9月）

附记：佛照楼已于2011年拆除。

老城漫思

　　天津的老城旧貌，经过大规模的平房改造工程后，即将发生历史性的变化。

　　天津的城垣是 1901 年被入侵的八国联军强令拆除的，但旧城的格局基本上没有变化，尤其是大街小巷的地名一仍其旧，标志着历史的陈迹。城内十字街旧貌犹存，只不过位于街中心的鼓楼在 1952 年以影响交通为由被拆除了，人们每提起这件事就惋惜不已。历史上，老城是天津的政治文化中心，有许多古建筑，包括衙署、庙宇、园林以及官绅宅第，由于漫长岁月的剥蚀，至今或已遗迹无寻，或已面目全非，较为完整地保留下来的历史风貌建筑仅有文庙与广东会馆了。

　　对老城，早年流传这样一句民谣："北门富，东门贵，南门贫，西门贱。"它形象地概括了城内居民的阶级构成与分布情况。所谓北门富，主要指北门里大街开设了许多金店、银楼，北门外又邻近针市街、估衣街商业区，店铺林立，市廛繁盛。所谓东门贵，主要表现在官署衙门多，居民成分高。南门、西门一带，以小商小贩、手工业者以及卖苦力气的群众居多，特别是西门外，游民混杂，混混儿横行，土娼麇集，再加上有个关押犯人的习艺所，故落个"贱"字。其实，这不过是一种笼统的说法。贫富居民区的界限并不那么绝对。总的来说，住在城里的多是世代延续的老宅，素质还是比较高的，而一些贫民窟则大多散布在城外。

　　城里有许多豪门富户的宅邸，如龙亭街海张五大院、户部街益德王大院、乡祠卞家大院、东门里华家大院、鼓楼东姚家大院、仓廒街徐家大院等等。这些大宅门，一般都是多进四合院，精工细料，富丽堂皇，更有精美的砖雕、木雕装饰其间，充分展现其家族的显赫。有的人家还引进西式建筑手法，富有中西合璧的妙趣，也可说是天津四合院的特色。这些大户人家，后来大多家道败落，析产变卖，逐渐演变为大杂院，不复昔日风采矣！但如果就此湮灭，又未尝不是一件历史的憾事。若能保留一二处，如杨柳青石家大院那样，恢复旧观，将是研究老城的民居民俗的可贵证物。

据报载，老城改造有恢复十字街旧貌及重建鼓楼之计划，闻之不胜欢欣！天津老城自明永乐年间始建以来，虽然历尽沧桑，但风貌犹存。城内十字街完全有条件恢复明清时代旧观，推出一个富有历史真实感的"明城"景点。这不仅开发了旅游资源，同时也丰富了天津作为历史文化名城的历史内涵。

（1994 年 7 月）

老城谈往

历尽沧桑的老城，正面临着一场历史性的变迁，老宅陋巷将不复存在，旧貌换新颜！人们在庆幸居住环境从此彻底改善的同时，又不免流露出某些失落感。这一方故土渗透了祖祖辈辈的血和汗，一砖一瓦似乎都在诉说着家乡的荣辱兴衰。房地产开发大潮冲刷着历史的脚印，"何人不起故园情"！

天津地区早在战国时期已有先民聚居，唯建置的形成则较晚。据史籍记载，宋辽时设直沽寨，元代时改称海津镇，及至明建文二年（1400）燕王朱棣与侄子朱允炆争夺皇位，从北平发兵，途经直沽渡河南下，取"圣驾济渡"之意，乃赐名"天津"。明永乐二年（1404 年），天津设卫，转年垒土筑城，故历来论述天津历史，总是把设卫、筑城这两件事相提并论。卫，军事守备建制，编制五千六百余人。自永乐二年至四年，先后设置了天津卫、天津左卫与天津右卫，通称"三卫"，故天津又有"三津"之称。

既曰卫城，就意味着不同于一般县城，而带有军事防卫性质。据《天津县新志》载称："明之置卫也，录名官籍者三百有九，则此三百九人皆卫官属也；三百九人之子孙，世世各以其职承袭者，又莫非卫官属也，何其盛欤！"据此推测，天津筑城初期的主要居民，当系驻防官兵及其家属。当时，天津的水路运输已相当发达，南来北往，五方杂处，居民多沿河聚落，筑城后才逐渐迁徙城内，户籍日繁。天津的经济发展集中于城外沿南运河、海河一线，城内则以衙署、住宅为主，这也是天津城市发展历史的一个特点。

卫城初建时为土城，周长九里十三步，东西长，南北短，呈矩形。八十九年之后即弘治六年（1493）才用砖包砌，并在四门增建瓮城，城楼额题"镇东""定南""安西""拱北"。其后明万历十四年（1586）、清顺治十年（1653）及康熙十三年（1674）又数次重修，四门匾额改为"东连沧海""南达江淮""西引太行""北拱神京"。及至

历史的天津城墙

雍正三年（1725），城墙、濠沟圮毁严重，当时巡盐御史莽鹄立向朝廷奏议盐商安尚义、安岐父子情愿捐资重建，雍正皇帝准其所奏，在原址上再造新城，其周长与旧城大致相同，而位置略向南移百步。新垣告竣，四门再度易名，东曰"镇海"，南曰"归极"，西曰"卫安"，北曰"带河"。此后，乾隆年间又经八次修补，嘉庆六年（1801）水患浸漫，城墙多处坍毁，又大修一次，也是最后一次。卫城的历次修固乃至重建，均着眼于防卫，匾额中的"北拱神京"一语足以表明卫城的战备意识。其实，城垣发挥的主要效益还是在防汛方面，曾多次抗阻了洪水泛滥。

1900 年八国联军入侵天津，城垣发挥了阻击作用，致使侵略者屡攻不下，伤亡惨重。城破后，敌人进行了灭绝人性的大屠杀，据当时目击者的记述，"自城内鼓楼迄北门外水阁，积尸数里，高数尺"，城内多处"死尸山积"，海河"漂尸阻流"。从保

存下来的历史照片可以看出，到处一片瓦砾，全城几成废墟。联军占领天津后，又蛮横地作出拆除城墙的决定。对于入侵者，与其说是一种报复手段，毋宁说是战栗心态的反弹。穷凶极恶，色厉内荏。其实，他们应该懂得，矗立在天津人民心中还有另一座卫城，是任何力量也摧毁不了的。

没有城墙的城区在废墟上重建，依然保持了固有的格局与风貌。街巷、衙署、庙宇、宅第，基本上无殊既往。民国以还，政局迭变，社会动荡，衙署移做他用，庙宇变为学堂，商号此伏彼起，宅第几易主人，居民的构成状况多有变化，但老城的总体风貌始终未改旧观。就是在新中国成立以后，由于规划部门的严格控制，从未出现一幢高楼大厦，始终保持了老城的历史空间，用心可谓良苦！

面对现实，危改工程深得民心，理应支持，但老城毕竟是天津发展轨迹的历史见证。不仅那些尚较完整的古建筑与风貌建筑有必要保留下来，就是旧居的许多砖雕、石刻、木棂等建筑饰物，都具有文物价值，一旦毁弃着实可惜。我想，可否选择一处旧宅院，经过修缮恢复原貌，辟为"老城民居博物馆"，将一切有保存价值的物件集中收藏，再配以历史图片、文献资料、微缩景观、民俗民风等陈列展出，庶几可慰海河儿女寻根问祖之雅兴，同时也是开展爱国爱乡教育的历史课堂。此举扬名乡里，惠及后世，未悉有实力者可动心否？

（1995 年 3 月）

旧城改造与文物保护

近几年，"提高文化品位"的话题为人们所津津乐道，尤其是已列入政府的工作日程，令人宽慰！

文化是精神产品的包装，意识活动的品牌，感情世界的标签。仅就日常生活而言，琴棋书画，花鸟鱼虫，游山玩水，饮食男女，无一不是文化享受。然而，要说最具民族特征与魅力的还是历史传统文化；这传统文化虽然可以见诸浩瀚的典籍文字记载，但生动的、形象的、直观的文化载体，却是历史文物。文物包括古建筑、古墓葬、古饰品、古书画等等，可以使人们触摸到历史，接受传统文化的熏陶。

当今，城市要发展，市场要繁荣，居住条件要改善，人们企盼着城市旧貌换新颜；若是目标再宏大些，还要向国际大都市看齐。这样一来，旧城改造与文化保护之间就出现了矛盾，有时似乎还十分尖锐。且不说一般的风貌建筑，就是有些已列入国家级、省市级、区县级的文物保护建筑也面临岌岌可危的命运，在商品经济大潮的猛烈冲击下，无论如何也抵挡不住那震声隆隆的推土机。一个城市，如果经过改造之后完全淹没在摩天大楼、玻璃幕墙、超级市场、豪华别墅的建筑群中，固然实现了现代化，却失去了历史传统文化的固有价值。著名作家冯骥才讲过一段很深刻的话："城市与城市的区别，不在于现代化，而重要的是文化。因为现代化是可以赶上去的，而城市的历史传统文化一旦遭受破坏则是无可弥补的损失。"也就是说，人们可以改写历史，创造奇迹，但毁坏了的历史文物却永远不能再创造，除非是搞些赝品。保持地方特色、民族特色和历史文化特色，并不意味着抱残守缺，远离高楼大厦。现代城市建设趋向国际化，是历史发展的必然，但另一方面也不可漠视历史的传承。也就是说，一个城市可以同时保持两个历史空间。评价一个城市的文化品位，除去五彩斑斓的时代文化外，更应珍惜历史文化底蕴，诸如先民聚落的原生点，早期商业、手工业、航运业的发祥地，有历史价值、艺术价值、科学价值的古建筑以及名人故居等等。如果忽略甚至淹没这些，必然导致城市历史特色的消失。

天津的文物保护工作，总的说来是比较好的，许多古建筑、风貌建筑、历史遗址都妥善地保留下来，成为天津被称为历史文化名城的见证。但也有些地方保护的不够好，甚至没有保护住（如建党遗址、商会遗址）。还应提及的是，文物的保护不能仅限于文物建筑个体，还应保护一定的历史空间，也就是周边环境的历史氛围。举例说，望海楼教堂、西开教堂、文庙都是既有历史价值又有文化价值的重点文物保护单位，却被周围的钢筋混凝土的高大建筑群重重包围，这就冲淡了历史感与欣赏性。对比天后宫的文物建筑，两厢延伸仿古建筑市肆，形成协调的历史氛围，使游人别有一番历史风情的感受。美中不足的是地名的变更，将原来相沿了几百年的历史地名——宫南大街、宫北大街，改为"古文化街"，就好像把清香扑鼻的一杯西湖龙井倒掉，换上索然无味的白开水。地名被称为"历史的化石"，也含有文化品位。

"提高文化品位"已逐渐形成人们的共识，文物保护意识也在不断地增强，但我还是愿意向从事房地产业的企业家们进一言：如果您开发的地段内遇到有保护价值的历史文物建筑，务请手下留情，妥善规划，把祖先传下来的珍贵历史文化遗产留给后代子孙，实属功德无量！

（2002 年 2 月）

大宅院的没落与消逝

　　清代天津的盐商，可以说是那个时代、那个社会的"大款"了。财大气粗，煊赫无比，就连地方官吏遇事也得让他三分。盐商之所以如此骄横跋扈，缘于康熙朝以来朝廷为振兴盐业，增加财税收入，鼓励商人经营盐业，惠以垄断性的专卖特权，从而盐商暴富，位同仕宦。清人杨一昆作《天津论》，其中有一段描写盐商的豪横气派："第一是走盐商，走久接地方，一派纲总更气豪。水晶顶，海龙裳，大轿玻璃窗儿亮，跑如飞蝗，把运司衙门上。店役八九个，围随在轿旁，黑羔马褂是家常，他的来头可想。卖的盐，任意铺张，赔累了，还须借帑账。"绘影绘声，跃然纸上。

　　作为盐商身价的标志，首先表现在高敞豪华的宅邸，如崔旭在《盐商》一诗中所述："铜山金穴须臾事，大宅连云递旧新。"为人们所熟知的如益德王家大院、振德黄家大院、海张五家大院、长源杨家大院、鼓楼东姚家大院。这些大宅院，都是多套多进四合院，中间贯以箭道，通往左右院落，房舍一般均在一二百间左右，建材讲究，施工精湛，并饰以砖雕木刻、油漆彩绘，皆出自能工巧匠之手，堪称工艺绝活；至于室内陈设器具之名贵精美，更不在话下了。居住在城里与盐商攀比的还有绅商、买办之流，如卞（述卿）家大院、徐（朴庵）家大院、华（世奎）家大院、祁（宝玉）家大院，也都是规模可观的大宅院。

　　大宅院第一代主人即创业者，名声显赫，不可一世，在生活上自然是穷奢极侈，"俳优妓乐，恒舞酣歌，宴客嬉游，殆无虚日"。（引自《重修长芦盐法志》）盐商之奢华生活，传到了雍正皇帝耳里，以致指责盐商有"僭越""犯分"之嫌，警告必须"痛自改悔，循礼安分"。盐商奢靡无度，殃及后人，三代以降难免败落。后代子孙先是分家析产，然后典卖殆尽，从此大宅院一变而为大杂院；再经过若干年的风摧雨蚀，疏于维护，逐渐损毁，又演变为面目全非的危陋破屋。遭遇房地产开发大潮的冲击，怎么也逃脱不了被推土机扫荡的结局。

也有比较完整保留下来的大宅院。如杨柳青镇的石家大院，已成为著名的旅游景点；另一是东门里的徐家大院，已辟为老城博物馆，正式接待参观者。这两处大院之所以被保存下来，是因为过去长期为政府机关使用，因而未沦为大杂院，亦幸事也。

大宅院及其主人也是历史的过客，来也匆匆，去也无奈，但毕竟见证了二三百年前的那个时代、那个社会的历史轨迹，或者说昔日盐商生涯的遗迹，还是应该尽最大可能保留下老城的某些历史记忆。据我所见，目前遗存的位于仓廒街的徐家大院与位于沈家栏棚的卞家大院，虽已老损，风韵犹存，基本上保持了原来的建筑格局，倘能修复，也可以留住老城的一角历史空间，以慰乡人寻根怀旧之情。当然，更重要的是，保护了本应保护的历史文物。

（2006 年 3 月）

读天津文物地图册有感

国家文物局主编的《中国文物地图集》，由全国 31 个省、自治区、直辖市各编一卷，最近《天津分册》出版，我有幸先睹为快。

天津若仅就城区而言，见诸文字记载的历史不过七八百年；又据墓葬文物的考证，可知战国时期已有先民聚居的村落。1973 年国务院决定将蓟县、宝坻等五县划属天津后，天津行政区的历史文化遗存就上溯到距今四千多年前的新石器时代，扩大了文物研究的地域与范围。《天津分册》收录不可移动的文物点共 1282 处，其中古遗址 312 处，古墓葬 125 处，古建筑 83 处，古石刻 123 处，近现代重要史迹 417 处，近代优秀建筑 193 处，其他文物点 29 处。图册记载了各类文物点的方位、史实与现状，记述周详，图文配合，展示了新中国成立以来我市文物调查的系统整理与科学总结。

历史上天津是个商埠码头，可能受"重商轻文"社会风气影响，对古建筑维护不力，废毁严重。比方说，明万历年间的稽古寺与铃铛阁、清康熙年间的皇船坞与海光寺、乾隆年间的海河楼行宫与柳墅行宫、雍正年间的水西庄等文物景点，均具有一定的建筑规模与文化价值，如能保留至今，将为天津的历史文化品位增添多少闪光点！可惜均已荡然无存，留下永世的遗憾。

历史的文物毁于战乱或水火灾难，非人力所能抗拒，且不去说它，令人惋惜的是人为的破坏。可举出二三实例：宝坻县有一座古刹广济寺，系辽代建筑，其大殿之恢弘，神像塑造之精湛，

简直可与蓟县独乐寺媲美，著名建筑学家梁思成考察此庙时曾赞叹大殿"内部梁枋结构精巧，为后代所罕见"。这样一座具有"国宝"价值的古建筑，1947年为抢修潮白河拆取木料而毁。又如老城鼓楼，始建于明弘治年间，数百年来一直是天津卫的标志性建筑，1952年以"便利交通"为由拆毁。再如东丽区老袁庄姥姆庙，又名海神庙，是当地渔民出海祭祈之所，为明代古庙，清代重建，因年久修而残破，1989年借口"破除迷信"推到。上述几例古建筑之被毁，当时都有"正当"理由，且不属个人破坏行为，主要是决策人缺乏文物保护意识所致，铸成大错的初衷也是可以理解的。值得一提的是，姥姆庙与鼓楼均已重建，虽然不再具有文物价值（历史文物不能再造），但毕竟是传统文脉的延续，历史风采的再现，丰富了人们社会生活的情趣。

《中国文物地图集·天津分册》的资料截稿于1992年底，又是十年过去了。我发现记录在册的某些文物建筑现在已经在房地产开发的推土机下消失了或即将消失，文物部门徒呼无奈！无怪乎有人说：过去是糊里糊涂地破坏，如今是明明白白地破坏。这话听来有些刺耳，却是一针见血！

读罢图册，掩卷沉思，喜忧参半。多么企盼国家《文物保护法》能充分发挥其权威性！

（2002年4月）

名人故居的困惑

　　说起历史文化名城，必然涉及名城与名人的关系。名城是培育名人的沃土，名人是构成名城的基因。一个城市的历史文化品位，在很大程度上取决于历史上出现过多少叱咤风云的豪杰与驰誉文坛的硕儒，相应的又能保存下来多少名人的文物与遗迹，尤其是故居。名城—名人—故居，三者形成链接，既是宝贵的文化遗产，又是大可开发的旅游资源。

　　近年来对于名人故居的宣传不断升温，似乎越开发越多，已经有上百处不止，而且提到"见证中国历史"的高度。名人的故居如此之多，着实让人高兴，又不免有点困惑。试问，作为名人的故居究竟是人文概念，还是建筑概念？可能两者兼备，但故居的内涵应该主要体现于前者而不是后者；如果只看重建筑的风貌而不问其主人的生平业绩与贡献，这样的故居就失去了纪念价值。现在为人们所津津乐道的名人的故居，有些是革命先烈、爱国将领的宅第，睹物思人，浩气长存，后人凭吊自然深受爱国主义教育；但更多的是旧时代的军政要人在政坛失意下野之后，不惜重金在租界盖起来的豪宅，在这里颐养天年或韬光养晦，过着优哉游哉的寓公生活，名曰"故居"，既不是出生成长之地，也不是发迹立业之所，说是"历史见证"未免有些牵强。更有甚者，把军阀藏娇之金屋，汉奸营私之密室，逊帝阴谋复辟之窠穴……统统冠以"名人故居"，真是匪夷所思了。古有"爱屋及乌"之说，今者"因屋彰人"。

应该重视的是文化名人的故居。历史上天津名人荟萃，学者如林，有必要保留三五处宿儒名贤的故居，以丰富作为历史文化名城的人文景观。最近，我国有卓越成就的思想家梁启超的故居及其饮冰室，斥资修复，闻者无不欢欣鼓舞，庆幸这位文化巨擘的宅邸形象终于光耀津门，相信由此产生的历史文化效应肯定是极其深远的。

天津特别值得纪念的顶级文化名人还有数人：李叔同（弘一法师）是我国近代引进西方文化艺术的先行者，中年皈依佛门之后又成就为一代高僧，他的艺术造诣、佛学修养乃至懿德节操，无不出类拔萃，垂范后世。我国近代教育事业的开拓者严修，在清末力主废除科举，捐资兴学，造育人才，其故居就是天津新式教育的发祥地。爱国教育家张伯苓，创办南开大学，旨在教育救国，一生呕心沥血，为国家输送了无数栋梁之才。最早发现、鉴识甲骨文的王襄，一生从事殷墟文字研究，有很高的学术成就。

严修故居（已拆）

戏剧大师曹禺，一生完成多部戏剧精品，在我国文学史、话剧史上树立了不朽的丰碑。戏曲教育家、戏剧艺术家焦菊隐，从事舞台话剧导演，一生深入艺术实践，努力攀登艺术高峰，开创出具有民族风格与气派的中国式话剧舞台艺术学派，被誉为"焦菊隐导演学派"。这几位文化巨匠的生平业绩，折射出我国近代文化教育发展史的某些侧面，也是家乡人民的骄傲。但是，想到他们故居的状况，则令人不胜唏嘘：有的是破落的大杂院，有的是面目全非的危楼，有的已在数年前被彻底拆除，无迹可寻了。惜哉！拆掉的不能再生，尚存者颓垣断壁，我为此而困惑不已！

（2002 年 6 月）

无以为人，何以为文

作品与人品有着内在联系。作品如一面镜子，反映出作者的阅历、思想和情操。读岳飞的《满江红》，壮怀激烈，气冲霄汉，称得上呕心绝唱，故数百年来为人赞颂不已。"读其书，想见其为人。"这话大抵是不错的。我们对古今诸多贤哲名家的了解，不都是通过他们留下来的著作吗？

不过也不可过于书生气。作品雄浑轩昂，而人品卑污猥下，也屡见不鲜。如明末的阮大铖，才情飞扬，文采焕灿，所著《燕子笺》等剧本，为人传诵不衰；但其为人，弄权卖国，降清事敌，未得善终。再如严嵩、王铎的字，纵然笔墨飘洒，也不为前人所重。品德为人不齿，作品自然就黯然失色。

"无以为人，何以为文！"从事文学艺术活动者，在素养和品德的要求上，应该是高标准，才无愧于"人类灵魂工程师"的称号。若以文谋私，醉心名利，或得意忘形，放荡不羁，很可能弄得声名狼藉。见诸报端的，已有几例：如剽窃他人的稿本，改署自己的名字发表，被原作者告发到法院，以致立案成讼；又如，在影片中扮演的是有作为的青年，而在生活中却是流氓团伙中的角色，影片尚未拍完，便被绳之以法；再如，以"辅导青年"为名，干着玩弄女性的勾当，被判处徒刑，强迫改造。凡此种种，触目惊心。这大概就是古人所说的"文人无行"吧！

文坛、艺苑是优雅高尚、彰善瘅恶的精神文明阵地，而文学艺术作品给予群众的是美的享受，难道不应该首先要求作者的心灵美吗？

（署名辛吉，1984 年 10 月）

文艺的赝品劣货

上了年纪的人坐在一起，常不免议论小青年，且多有贬责之词。老少两代人的矛盾，实质上是时代意识的冲突。有的人甚至如鲁迅笔下的九斤老太，悲叹什么"一代不如一代"。其实，唯因落伍，才无可奈何地在伤感中去寻求安慰。

梁启超写过一篇名噪一时的《少年中国说》，文章一开头就以层层掘进的排比笔法，阐发老少两代人的性格对立："老年人常思既往，少年人常思将来。惟思既往也，故生留恋心；惟思将来也，故生希望心。惟留恋也故保守，惟希望也故进取。惟保守也故永旧，惟进取也故日新。惟思既往也，事事皆其所已经者，故为知照例；惟思将来也，事事皆其所未经者，故常敢破格。……"立论缜密，笔锋锐利，读来发人深思。青年人初接触社会，对五光十色的世界充满好奇，对错综曲折的人生乐于探索，总会有所追求：不论是真的善的美的，或是假的恶的丑的，关键在于引导，那责任自然落在老一辈人身上。

有些青年误入歧途，不能不归咎于社会的某些诱发因素。前些时候，不健康的小报泛滥成灾，像闹了一场瘟疫，那病毒至今尚未灭绝。有人说，小报之所以风行，是因为"群众审美需求的苏醒"，是"俗文学对纯文学的挑战"。姑且认为这种论点可以成立，也没有任何理由去酿造烈性劣酒，让青年们饮鸩止渴。沈阳市法院曾判处了一名强奸犯的死刑，大概是"人之将死，其言也善"吧，犯人终于领悟"是那些低级小报送我上了刑场"，并且列举了使他中毒的色情小说篇目。这类文章的炮制者是有罪的，尽管没有追究其法律责任。

对审美观念的渴求，似乎也同吃饭一样，要讲点营养学。譬如音乐欣赏，人所共知可以陶冶情操，但大可不必镇日沉浸在轻佻缠绵的调情小曲之中；跳跳迪斯科，并非洪水猛兽，但也没有必要吹捧为"充满青春的活力"。爱情小说的堕落，只有乞灵于猥亵的色情暴露；法制文学的兴起，但愿不沦为教唆作案手段的媒介。"金玉其外，败絮其中。"贴着精致的"文艺"标签，包藏着的也可能是精神麻醉品。鲁迅当年曾说过："近来的有些期刊，那无聊、无耻与下流，也是世界上不可多得的物事，然而这又却是现代中国的或一群人的'文学'……"此话讲在五十年前，说的是那个时代，但冒渎文学的丑行劣迹，至今并未根绝。

商品化了的文艺，自然会出现赝品劣货。文人无行，笔下无德，有如斯者，不亦悲夫！噫嘻！

（署名辛吉，1985 年 7 月）

杂文姓"杂"

杂文这几年被人们重视起来。不仅在报刊上占有一席之地，而且又有杂文小报和期刊的出版，不少地方还成立了杂文学会，开展杂文佳作评选活动。这也可说是"史无前例"了。

中国现代杂文，实自鲁迅先生始，并赋予了匕首、投枪的战斗风格。用鲁迅的话说，他的杂文"有着时代的眉目"，而且"更招人憎恶，但又在围剿中更加生长起来了"。鲁迅当年，凭着一支"金不换"，痛歼形形色色的敌手，诸如尊孔复古的道学先生、现代评论派的正人君子、屠杀青年的独裁者、资本家的乏走狗、第三种人、帮闲文人等等。笔锋所至，如风卷残云，摧枯拉朽。正是由于鲁迅的发难，杂文成为文艺战线上的一支战斗力很强的轻骑队。

人们多年来对杂文的执着情感难道不正是由于它的战斗风格吗？当然，既曰"杂文"，在形态上可以不拘一格，于是有讽刺性、歌颂性、抒情性、知识性等等各种文体的衍变。但举大旗的，始终是讽刺性杂文，则是无疑的。说起讽刺，人们总还记得，曾招致"丑化社会"的罪状，使一大批杂文家（还有漫画家）遭了难，杂文也几乎陷于万劫不复的地步。"社会主义社会岂能容许讽刺？"殊不知提出这个问题的本身就是一大讽刺！

近年来的杂文，不乏上乘佳作。老一代的杂文家，如廖沫沙、聂绀弩、冯英子、秦似、林放诸人，宝刀不老，仍在奋笔出击，锋锐不减当年；后起佼佼者，自然也大有人在。但同时也应看到，目前杂文的通病是失之浅薄，尤其是评论化的倾向日趋突出，冲淡了杂文的品味。这样模式的杂文随处可见：针对一件什么事情，想起一位古人或一段古书，发一通鉴古知今的议论。或可谓之"杂文八股"，读来索然无味。再有就是年节时令的应景文章，炒冷饭，掉书袋，诗云子曰，三坟五典，就是不见作者本人的观点。至于插科打诨之类的游戏文字，不过是"博君一笑"而已。上述种种，自有其存在的条件，但毕竟不能视为杂文的正宗。

千百字的短文，针砭时弊，击中要害，也并非易事。不仅需要敏锐的洞察力，更重要的是雄辩的说服力，非有渊博知识积累和缜密的逻辑思维不可。鲁迅先生的杂文所以具有压倒一切的威慑力量，除了"横眉冷对千夫指，俯首甘为孺子牛"的爱憎分明的立场外，也是由于他胸中自有"雄兵"百万，可供指挥调遣。邓拓《燕山夜话》的魅力，也在于展现了广阔的知识天地，开阔了读者的视野，深化了意境。

杂文姓"杂"。有志于此道的，非有决心做杂家不可。邓拓同志写过一篇题为《欢迎"杂家"》的短文，强调做各种领导工作和科学研究工作都需要有杂家的修养，应该欢迎"杂家在我们的思想界大放异彩"。应该说，这正是对杂文作者的要求。

（署名辛吉，1985 年 8 月）

东风花柳逐时新

　　进口破旧衣服在熊熊烈火中化为灰烬，我因而想到了许多。这种来自资本主义世界的破烂儿，散发着腥臭和病毒，无论是物质的，还是精神的，我们理所当然地要予以抵制。道理嘛，也很简单：这里是社会主义国土。

　　自不待言，"他山之石，可以攻玉"，对外开放引进了技术、资金和人才，有利于我国经济建设的发展。就是西方新思潮的涌入，也往往使人振聋发聩或顿开茅塞。但事情常不免有点错综复杂，窗子既然打开，就避免不了有蚊蝇飞进来。

　　对于西方思潮的涌入，知识界有一个提法，曰"东西方文化的撞击"。既名撞击，似必险恶，要不要急刹车？大可不必。东西方文化的撞击，古已有之，非自今日始。试举宗教为例，中国本来只有土生土长的道教，奉老聃为教祖；释迦牟尼创立的佛教是经西域引进的。历史上由于封建皇帝的爱恶，毁佛灭道之事，曾发生过多少次，也算是一种撞击吧！佛教传入中国以后，其教义融入中国自己的思想体系，构成中国哲学史中古时期的主要思潮，不再是外来物了。至于天主教、基督教传入后与中国传统观念的撞击，更为激烈，大大小小的教案迭起，是动了真刀真枪的。罗马教皇颁发禁约，不许中国教徒遵从中国的政令习俗，导致康熙皇帝采取禁教的强硬措施。后来教会不再干涉中国教徒的拜孔子、祭祖先，而且来华的外国传教士首先起个典雅的中国名字，穿起长袍马褂布底鞋，以示入乡随俗。就这样，生于耶路撒冷伯利恒地方的救世主得以在中国"落户"。基督文明，作为西方社会的文化内核，我们能够兼收并蓄；至于充当政治工具，则是另外一码事了。

东西方文化的撞击，必然是优胜劣败，适者生存。中国固有的传统文化，经历了几千年的嬗变，依然具有健旺的生命力。"活水源流随处满，东风花柳逐时新。"就说儒家学说吧，目前国外不少知名学者都在讨论它在世界文明中的价值，我们岂可就那么埋葬了之？当然，"五四"时期打倒孔家店的战斗，从政治革命来说，师出有名，其功不可没。可是作为中华民族优秀文化传

比利时籍神甫雷鸣远（V. Lebbe, 1877—1940）（右三），1902 年被北京教区派至武清县小韩村传教。他身着中式服装鞋帽，口含旱烟袋，脑后还拖一条假辫子，全然"中国化"了。后来还加入了中国国籍。

统的体现，它的内涵、作用与地位，是不是需要再认识？能不能赋予新生命？京剧至今风靡西欧，作为一种艺术，它与西方交响乐的历史地位似无两样，为什么一个仍被视为神圣，另一个却产生了"危机"之说？有些人大谈什么价值观，却不识祖国优秀文化的真价值，这难道不值得深思并感到我们的责任？

泥古不化，抱残守缺，必然落伍；但盲目媚外，全盘西化，也将步入歧途。中国应该走向世界，也已经走向世界。"只有地方的，才是世界的。"这是鲁迅先生当年讲过的。如果不能保持自己的民族特色，中国文化会走向何处呢？

（署名辛吉，1985 年 12 月）

卫派文化小议

文化形态多具有地域色彩，就南北而言，有所谓"京派""海派"之说。京派是京城文化，无非是贵胄门第的悲欢离合，纨绔子弟的闲情乐趣；海派是商埠文化，道不尽暴富人家的喜笑哀怒，洋场阔少的艳遇绯闻。用鲁迅先生的话说，京派是"官的帮闲"，海派是"商的帮忙"。历史上的天津是畿辅首邑，滨海口岸，在文化上另具特色。有人曾名之曰"卫派"，堪可与京派、海派鼎足并立，遗憾的是未能叫响传开，远不如京派、海派之闻名遐迩，尽人皆知。

天津是个水陆码头，"地当九河要津，路通七省舟车"，商旅往来，物产集散，商品经济比较发达。来自南方的宁波帮、潮州帮、广东帮的"大眼鸡船"满载洋广杂货远销津门；八国租界里的洋行多达数百家，巨轮飘洋过海而来，倾销军火和工业品，掠夺土产和资源。天津经济的急遽发展，吸引了周围农村的贫困农民和灾民涌入谋求生路，因而苦力、车夫、雇工、摊贩、游民便构成广泛的城市阶层。封建把头如青红帮、混混儿之流，肆虐盘剥，也大有用武之地。适应他们的文化需求，在码头一带，茶馆、书场、戏园应时而生；或许再追求高一点的情趣，鼓词、唱本、日用杂字、社会新闻小报之类的通俗出版物广为流行，从而又维系了一大群舞文弄墨的没落文人。由此不难理解在新中国成立前言情、武侠小说之所以在天津泛滥的原因，而刘云若、宫白羽、李然犀等通俗小说家笔下的人物，无不是生活在社会底层的苦难群。这标示着卫派文化的平民性和俚俗性。

天津这个码头物畅其流，反映在文化上四方荟萃，华洋杂陈。如天津被称为"曲艺之乡"，但称得上本土本色的曲艺仅不过是时调而已，其他曲种都是外来的；天津造就了不少优秀的相声演员，而相声的发源地却是北京。评戏最初是冀东农村的野台子戏，传到天津这个码头后，才在剧坛上争得一席之地，并形成李金顺、刘翠霞、白玉霜、爱莲君四大流派，蜚声大江南北。成为天津的艺术奇葩的杨柳青年画，实际上脱胎于苏州桃花坞版画，是经由漕运流传过来的。新中国成立前天津香火最盛的庙宇是娘娘宫，供奉着"三津福主"天妃，她原籍福建莆田，也是随着漕运来津"落户"的。这些事实从另一个侧面说明了卫派文化的移植性和兼容性。

天津早期的商业区，如宫南、宫北、锅店街、估衣街、竹竿巷、永丰屯，都是傍河而立；主要贸易集市，如菜市、鱼市、肉市、鸟市、晓市，也大多濒临河岸。天津的四大市民游乐区：侯家后、地道外、谦德庄、南市，前两个都在码头附近，后两个都是游民、灾民的聚居区。商业与游艺中心向租界地区转移，则是本世纪二十年代以后的事了。这些群众文化活动地区的布局，又说明了卫派文化的另一个特色，即码头性。

综上所述，卫派文化具有平民性、俚俗性、移植性、兼容性和码头性的特点。一言以蔽之，可以称作"码头文化"吧！

（1988 年 10 月）

字字由戥子称出

在我国近代翻译史上，严复是个闪闪发光的人物，蔡元培称他为介绍西洋哲学的第一人。据统计，严复一生翻译西方资产阶级思想家名著十多部，约一百数十万字。严复曾口出狂言："有数部要书，非仆为之，可决三十年中无人为此者。"就是说，以他翻译西方名著的文字水平，在三十年内没有谁能超过他。其傲岸之态，溢于言表！

严复之所以如此自负自信，盖由于他的治学态度是严谨的。他曾向友人倾吐衷曲，说译书"步步如上水船，用尽气力，不离旧处；遇理解奥衍之处，非三易稿，殆不可读"。他甚至还说过这样的话："字字由戥子称出。"说明在遣词用字上是下了苦功夫的。

好一个"字字由戥子称出"！这个比喻固然出自译书的体会，但我认为，凡是与文字打交道，或是有志于写作的人，都应奉之为座右铭。当前文苑艺坛一派花团锦簇景象，佳作如林，人才辈出，文化事业欣欣向荣。但无可讳言，也有一些废话连篇、无病呻吟、故弄玄虚、不知所云的文章（还有电视剧）。据说现在时兴"大手笔"，跟着感觉走，洋洋洒洒数千言一挥而就，而且越是佶屈聱牙、文理不通，越能显示自己的独特风格，什么病句、别字全不理会，就像是"一收儿"卖西红柿，烂的臭的一包在内。如此粗制滥造，何异于伪劣商品！文章是写给别人看的，应多为读者着想，为社会增辉。当年鲁迅先生的写作态度是很严肃的，"写不出的时候不硬写"，"写完后至少看两遍，竭力将可有可无的字、句、段删去，毫不可惜。"这与"字字由戥子称出"的精神如出一辙。鲁迅对严复也是很推崇的，曾说过："我的文章里，也有着严又陵的影响的。"

诗人李白曾赋有"吟诗作赋北窗里，万言不值一杯水"的诗句，据说是为了抗议朝廷当局轻慢文人而发出的愤懑之吟。如果反其意而用之，当我们读到或看到那种"婆娘的裹脚布——又臭又长"的作品时，却真真要发出"万言不值一杯水"之叹哩！

（1992 年 1 月）

流行的反思

走在街上，姑娘们五光十色、千姿百态的衣饰，犹如百花中娇妍纷呈，满目生辉。这也是一种文化享受，自古以来人类的穿衣打扮原具有审美价值。但，对于所谓流行色趋之若鹜，却不免令人产生乏味之感。流行红裙子，街头巷尾一片红火；流行黄裙子，远远望去满街裂裳。这有什么意思？流行者，时髦之谓也，以异稀为贵，一旦泛滥成灾，就失去美的光泽，变得俗不可耐了。

近年来文化艺术领域里也常受某种流行的感染，人们通常的说法叫什么什么热。如"武侠热""侦探热""性文学热"之类，还有什么"霍元甲热""川岛芳子热""末代皇帝热"等等，不一而足。出版业像是证券市场，忽而行情看涨，洛阳纸贵；忽而行情暴跌，无人问津。昨日的畅销书，今朝的冷背货。如果讲生意经，什么市场预测、消费心理、紧俏快货，围着"利"打转，先捞它一把，再说别的。某些人的心理如此，会有好的效果吗？

文化出版事业虽也带有商品经济的因素，但立足点还应该是社会效益，多为人民提供色香味美、营养丰富的精神食粮。鲁迅先生说过："文艺是国民精神所发的火花，同时也是引导国民精神的前途的灯火。"

许多流行的东西，源自西方。中西方文化发生的撞击，毫不足怪，值得注意的是不要对外来的东西生吞活剥，不要以为凡是舶来品都是名牌优质货。外来的东西能否在中国土壤上扎根繁茂，还要看许多条件，诸如社会制度、国情民风、民族的审美心理和道德规范等各种因素。凡是离开民族传统盲目照搬国外的东西，不管一时会怎么热，总有冷下来的时候。

群众并不永远满足于什么"郎呀郎呀"的小调，"技艺超群"的武打，"无首女尸"的奇案……流行的浪潮，一次次的冲击，也是一次次的积淀，眼花缭乱，目迷五色之外，人们的审美观念就有了充分选择和探索的余地。

（署名辛吉，1987 年 7 月）

精卫与哪吒

　　精卫与哪吒，这两个神话人物的活动，都涉及大海，一个填海，一个闹海。天津作为一个港口城市，视海洋为经济发展的命脉。因此，有些人便把传说中的精卫与哪吒的英勇搏斗精神，比作天津人的性格象征，用意无非是激励斗志，奋发图强。但仔细想来，便觉不妥。

　　精卫一名冤禽，其故事始见于《山海经》："炎帝之少女名曰女娃。女娃游于东海，溺而不返，故为精卫。常衔西山之木石，以堙于东海。"就是说，炎帝女儿在东海游玩时不幸被淹死了，化作精卫鸟之后决心与东海斗争到底，日复一日、年复一年地衔木石去填海。作为神话，精卫鸟的这种敢于向大海挑战的不屈不挠精神，可钦可佩！但如果理智地想一想，又何尝不是出自复仇心态的一种愚蠢举动呢！这与热爱大海、豁达大度的天津人的精神面貌，相去甚远。更何况精卫填海的故事并非发生在渤海湾，又与天津何干?!

　　哪吒据佛典记述本为护法师，是古印度毗沙门天王的第三子。这位毗沙门，也就是佛教四大天王之一的北方多闻天王。佛教在公元一世纪自印度传入中国以后，逐渐与中国民族文化相融合，尤以四大天王最为明显，从面孔到服饰均已汉化，变成中国武士，而且毗沙门天王还被衍化为托塔天王李靖。李靖，历史上实有其人，系唐代镇守边陲陈塘关的总兵，官至兵部尚书，陕西三原人氏。后来经过《封神演义》的铺陈渲染，哪吒成为玉皇大帝驾前的仙童，奉旨下凡镇压世间魔王，乃投胎李靖夫人之腹，成为李靖之子。哪吒曾到东海口九河湾洗澡，扰得水晶宫摇摇欲坠，龙王三太子敖丙大怒，出战哪吒不敌被杀，就连东海龙王也被哪吒揭去鳞甲四五十片，这就是妇孺皆知的哪吒闹海故事。作为神话，确实生动有趣，哪吒也是个惹人喜爱的顽童，但与天津又有什么联系呢？有人穿凿附会地说什么陈塘关就是今天的陈塘庄，九湾河就是今天的三岔口，哪吒一变而为天津卫的娃娃了。此等说法，于史无征，立论无据，不过是茶余饭后说说笑话而已，与天津人的精神特征是扯不到一起的。

神话就是神话，其魅力就在于怪诞，离奇，虚无缥缈，不可思议。切莫古为今用，把天上的事引申到地上来，如什么精卫填海也是为了造田、哪吒闹海象征着开放云云。化神奇为世俗，索然无味矣！

（1994 年 9 月）

岁暮话门神

　　旧时岁杪，家家户户忙于贴春联、窗花等饰物，而门神尤不可少。意在除旧布新、禳灾祈福，寄希望于来年。世代沿袭，成为牢不可破的习俗。

　　门神之说始自远古。据《山海经》载，有神荼、郁垒二神人，早在黄帝时代即担负起"门卫"职责，算来已有四千多年的历史了。唐代以后，门神"换岗"，由秦琼、尉迟恭"接班"，其中还有一段情由。据《三教搜神大全》记述，唐太宗梦中受邪祟

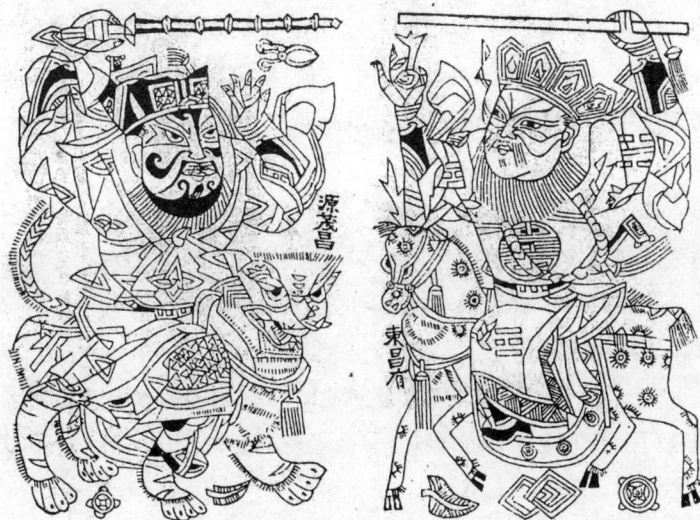

门神　秦叔宝与尉迟敬德（民间版画）

侵扰，不得安枕，秦琼、尉迟恭二将军自告奋勇在皇帝睡觉时守卫门外，驱阻鬼魅，太宗入寝遂不复恶梦；为体贴二将军侍守之劳，太宗命画工绘秦琼、尉迟恭肖像，悬于宫掖之左右门，以为替代。这就是我们所习见的：白脸执锏的秦叔宝和黑脸执鞭的尉迟敬德，甲胄戎装，分立左右，普及民间，永为门神。

神的观念是虚妄的，但自古以来人们却乐于承受。这不单是出于愚昧无知，也基于精神自我调节的需要。当人们憧憬美好的生活目标而又力有未逮时，便幻想借助于超自然的力量去实现，以求心理态势的平衡，从困惑中解脱出来。这就是神得以存在的社会条件。人创造了神，并尽心地维护它的存在，但反过来却乞求于神的护佑，这是宇宙观的最大的颠倒。

事实上是人支配着神的命运。所以门神可以是神荼、郁垒，也可以是秦琼、尉迟恭。明清以后，各地的门神也不尽相同。如河南一带的门神多为赵云、马超，河北的门神是马超、马岱，陕西的门神是孙膑、庞涓，此外各地还桃期、马武、黄三太、杨香武、萧何、韩信等等。到了近代，杨柳青刻印的门神画，又有所嬗变，增加了《天官赐福》《三星高照》《麒麟送子》《五子夺魁》等画品，已失去了门卫的涵义，成为装饰性的吉祥物了。新中国成立后，政治进入了这一领域，出现了宣传工农联盟的题材：一边是雄姿焕发的炼钢工人，一边是丰收喜悦的农家妇女。形象生动，色调明快，寓意深刻，富有时代气息。门神的形式依旧，却发生了质的变化。

"千门万户曈曈日，总把新桃换旧符。"每逢春节，人们总希望在门上装饰些什么吉祥物，多么希望能有新颖、生动、充满欢悦之情的"新桃"上市！

（1988年1月）

灶王爷的人情味

　　人创造了神并赋予超自然的法力，而自身却怀着恐惧的心理甘愿充当神的奴婢，所以被精心塑造出来的神灵形象，大多是至高无上，冷峻森严，令人望而生畏。唯独灶王爷是个例外。这老头儿一不设坛立庙，二不哗众取宠，蜗居于寻常百姓家一隅，默默无闻地充任千家万户的守护神。

　　灶王，何许神也？据《淮南子》载称："炎帝作火官，死为灶神。"却原来是炎黄子孙的老祖宗。相传炎帝"作火"而得天下，被称为"火德之帝"，大概类似古希腊神话中的普罗米修斯吧！又传说炎帝曾尝百草以解病毒，被后人奉为"医药之祖"。这一火一药，造福人间，功莫大焉！至于炎帝如何转化为灶神的，虚无飘渺之事，谁也说不清楚了。或许是无改其"火德"之道吧！

　　灶王的职责主要掌管所在人家的祸福，被人们亲昵地称为"一家之主"。大概是与老百姓一起"生活"得久了，神的形象有些淡化。如一年一度的离任向玉皇大帝述职的举动，就不大合乎神界的工作机制。颇为风趣的

灶王（民间版画）

是，人们在为灶王爷饯行时，用糖瓜封住了他的嘴，人情难却，只能"上天言好事"了；更何况这人家果有什么恶行劣迹的话，灶王也难以推卸失察之责，乐得送个人情，报喜不报忧，"回宫降吉祥"吧。更有趣的是，过去京剧有一出名为《打灶王》的小戏，表的是田氏三兄弟为析家产发生纠葛，迁怒"户主"灶王，一气之下把灶王爷从神座上拉下来痛打了一顿。人听命于神，本是人神关系的颠倒，这出《打灶王》把颠倒了的人神关系再次颠倒过来，在神灵面前强化了人的主体意识，也可说是某种程度的思想解放吧。

神话是人类童年时代的幻觉，反映出人无力抗拒自然暴力威胁的一种原始心态。固然其中不乏如宿命论之类的精神麻醉剂，但毕竟倾注了人世间的爱与憎。就说灶王爷吧，作为迷信的偶像早已被打碎了，但作为反映古代社会的一种世态、民风与文化观念，似乎在民俗研究领域中并没有失去它的价值。

（1990 年 1 月）

庙会·赛会·花会

　　人类社会自古以来就有对文化生活的需求，也是区别于动物界的一大特征。远古时代的图腾崇拜且不去说它，进入农耕社会以后，农夫经过一年的辛勤劳作，无论是丰收还是歉收，到年终总要举行酬神祭祀，祈福禳灾，并伴以群众性的载歌载舞，名曰"社火"。社者寓意集体，火者象征文化，社火就是民间的集体文娱活动，正如《辞源》所诠释的："民间鼓乐，谓之社火。"由于社火活动具有文化交流性质，后来也称"赛社"，《辞源》的解释是："一年农事既毕，陈酒食以报田神，聚众作乐。"应该说，这两个词汇所表达的意思都非常形象而准确。

　　在漫长的历史岁月里，人们不能摆脱神灵观念的束缚，因此民间习俗几乎都有神话背景，带有某些迷信色彩，又多以寺庙节日为契机，乃有"庙会"之称。就天津而言，寺庙节日有：二月十九（阴历，下同）观音菩萨诞辰、三月二十四天后娘娘诞辰、四月初八城隍出巡、四月二十八药王诞辰、七月十五盂兰盆会、十二月初八佛祖释迦牟尼成道日等等，会期多者十来天，少者二三日。此外，一些时令节日如正月十五灯节、五月初五端午节、八月十五中秋节，甚至每月的初一、十五，往往也有规模不大的庙会。庙会活动内容：一是商贩云集，售卖日用百货、儿童玩具、花鸟鱼虫以及风味小吃；一是群众性赛会（也称耍会），有基层（村庄、里巷）社团表演各种自娱自乐节目，也有艺人说唱与医卜星相之类的活动。总之，在旧时代"逛庙会去"成为老少咸宜的欢乐节日，尤其是妇女有了外出游逛的口实。

　　说到赛会，天津最为火爆，出会的节目不下二三十种。主要有：高跷、秧歌、法鼓、跨鼓、耍镲、捷兽会（耍狮子）、舞龙、五虎杠箱、中幡、重阁（节节高）、宝辇、抬阁、鹤龄会、花瓶会、跑旱船、小车会、跑驴、猴爬杆、霸王鞭、拾不闲，莲花落、太平花鼓、清音大乐等等。有的村庄、里巷以擅长演出某一节目而闻名，如姜井的耍狮子、乡祠的法鼓、邵公庄的吹会、挂甲寺的法鼓銮驾老会、陈塘庄的高跷、南头窑的同和大乐、独流的中幡。上述这些娱乐节目，有的延续至今，不断演出，大部分则后继无人，濒临失传。应该说，民间游艺节目具有文化原生态与浓郁的乡土气息，有必要原汁原味地传承下去，也算是"非物质遗产"吧！

　　庙会、赛会之名，沿用了几百年，深入人心，但近年来却不再被提起，而以"花会"一词代之，令人不解其意。一则花会的"出身"不好，因为早在清代中期就是一种赌博的名称，相传始创于浙江黄岩，盛行于上海、广东，在 20 世纪 30 年代一度传入天津，坑害群众，危害社会，名声极坏；再者花会的"定性"不准，与花卉展销会同一含义，混淆不清。以"花会"一词表达群众性的文化娱乐活动，恐怕经不住认真推敲。依我看来，还是"民间赛会"的提法比较妥帖，一个"赛"字既有动感又含比试，何其形象而准确！

（2006 年 3 月）

钱本无辜

人与金钱有不解之缘，唯其名声向来不佳，如什么"人为财死""见利忘义""为富不仁""图财害命"等等。总而言之，"金钱是万恶之源"。真可说是"恶居下流，天下之恶皆归焉"！

由是自古以来，钱被视为污浊俗物，文人雅士以不言钱为清高。最典型的莫过于西晋的王衍了。据《晋书·王衍传》载："衍口未尝言钱，妇令婢以钱绕床下，衍晨起，不得出，呼婢曰：'举却阿堵物。'"阿堵，古方言"这个"之意。王衍为了避开"钱"字而呼之曰"阿堵物"（即"这个东西"），可谓之清高矣！后世有称钱为"阿堵物"者，其典故盖出于此。王衍系西晋大臣，后为汉国石勒俘去，为了苟且偷生，怂恿石勒称帝，为石所杀。由此看来也并非什么清高之辈！

金钱活跃了人类的经济生活。历史上货币的出现，对商品生产和商品交换起到了促进作用；时至今日，它依然是社会财富的体现物，可以直接为现代化建设服务。富国裕民，岂能无钱乎？诚然，社会上的许多罪恶现象，确实与钱有牵连，如贪赃枉法、盘剥暴利、贿通收买、花天酒地等等。但究其实，皆因取之不法，用之不当，其罪在人而不在钱。钱是商品流通的媒介，有功于社会；只有落在贪婪者的罪恶黑手中，才对社会起破坏作用。钱本无辜，代人受过而已。

近读清人袁枚的一首《咏钱》的诗，大有为金钱"正名"的味道。诗曰："人生薪水寻常事，动辄烦君我亦愁。解用何尝非俊物，不谈未必定清流。空劳姹女千回数，屡见铜山一夕休。拟把婆心向天奏，九州添设富民侯。"诗中赞扬了金钱之可贵，又讥讽了守财奴之可憎，结尾热忱地期望有人能让老百姓的生活都富裕起来。此诗写于二百多年前，今天读来，颇有点时代感哩！

现在，举国上下大谈富国之道，市场内外广开消费之门。青蚨翩翩，家业必兴；财帛累累，国威必振。那"越穷越光荣"的年代，毕竟是一去不复返了。

（署名辛吉，1984 年 12 月）

有钱有闲之后

今年夏天，有机会去北戴河、承德住了几天，溽暑季节，游客云集。游览天下第一关和孟姜女庙时，人流如电影散场一般，鱼贯而行；登临磬锤峰时，一路上摩肩接踵，如蜂拥蚁聚。这旅游热的势头，反映出群众经济生活的变化：一曰有钱，二曰有闲。否则不会有这般雅兴。当然，以开会为名的公费旅游，则另当别论。

游览名胜古迹，是高尚娱乐，也是审美观念的追求。"仁者乐山，智者乐水。"置身于大自然，寄意于山水间，情操升华，心灵净化，何等快慰！但有时也不免使旅游者扫兴，如吃、住、乘车之难，服务态度之差，卫生状况之糟等等。在承德我曾遇到这样两件事：避暑山庄的内午门有康熙皇帝的题额，游客多在此摄影留念，有两个青年为抢占场地发生争执，始而口出不逊，继而大打出手，直至鼻青脸肿，两败俱伤，真是何苦来！山庄的沧浪屿，是个幽雅的去处，叠石环水，老藤虬结，曲廊画栋，如诗一般的意境，据说影片《知音》中小凤仙茶楼抚琴的场面，就是在这里拍摄的。偏偏有一伙青年人，烧鸡老酒大啖豪饮，且满口污言秽语，丑态毕现，听口音还是咱天津哥儿们。景色再佳，我也不想在此久留了。古人曾以清泉濯足、花上晒裈、背山起楼、烧琴煮鹤、对花啜茶、松下喝道六事为煞风景，我之所见，更为杀风景矣！

由是我思索一个问题：物质生活提高之后，精神世界如何？

古有明训："仓廪实而知礼节，衣食足而知荣辱。"是说人的道德情操受物质条件的制约。常见报载，农民成了万元户以后，慨然资助于修桥、补路、兴学、办科研或俱乐部之类的公益事业，这大概就是孟子所说的"穷则独善其身　达则兼善天下"的美德吧！但还有另一种情况，为富不仁、见利忘义之类的丑行劣迹，也是屡见不鲜的。现在有些人，身着西服，足踏摩托，手拎录音机，自身的装备日趋现代化了，但言语举止却粗俗鄙陋得很。钱袋充裕，而精神贫匮，也就难怪去追求低级趣味和官能刺激了。看来，物质生活提高以后，或道德水准提高，或市侩恶习加重，两种前途都是存在的。

金钱不产生道德。"衣食足"未必就"知荣辱"，起着支配作用的毕竟还是人的世界观。对物质生活的追求，时刻面临着"人为什么活着"和"怎样活着"的考试；它关系着一个人品德的高下，志愿的坚脆和事业的成败。正确的世界观，是思想阵地的防波堤，没有这道堤防，腥风恶浪的冲击是可怕的。

（署名辛吉，1985 年 9 月）

"愈老愈知生有涯"

岁月悄悄地流逝。三年五载，十冬六夏，如白驹过隙，瞬息间踪影无寻。只留下些朦胧的、断续的、愈来愈淡漠的记忆。老年人喜欢在回忆往事中排遣时光，又常不免坠入失落感的困惑中。青春、爱情、友谊、事业等等，"逝者如斯夫"，不胜惘然！

曾几何时，我已进入老年。依照孔子的说法，应该是"五十而知天命，六十而耳顺，七十而从心所欲，不逾矩"。这是圣贤修身立德之道，我等凡夫俗子，七情六欲，柴米油盐，达不到这般境界。回想起自己的大半生：少年早熟，青年骄矜，中年碰壁，老来懵懂，一事无成两鬓斑。自然，也难以摆脱失落感的袭扰。

我初入社会时，以编辑为业，遂与文字结下孽缘。四十多年过去了，风风雨雨，潮起潮落，因文罹祸，因文得福，很难说是幸与不幸了，到老来，依旧"爬格子"成癖，神摇意夺，乐在其中。自然也多有烦恼时候。好高骛远，力不从心，事事未必尽如人意。近读当代诗人、学者聂绀弩《八十虚度》的诗句："平生自省无他短，短在庸凡老始知。"颇有些大彻大悟的味道，如聆箴言，顿开茅塞。人之所以患得患失，怨天尤人，盖多由于缺乏自知之明。失落感又何尝不如此。

惜时如金，古有明训，但人们往往掉以轻心。少壮时随意挥霍，到老来感伤"岁月不待人"，岂不是咎由自取吗？陆游有诗曰"愈老愈知生有涯"，不失为经验之谈。唯这个"知"字，包含着辩证法的内核，有涯也可以裂变出无涯的能量。就说陆游，在中国文学史上是以丰产诗人而著称的，留传下来的诗篇有九千余首；其中四十二岁以前的作品不过百余首，而百分之九十几的诗篇写于"不惑"之年以后，直到八十四岁时还是"无诗三日却堪忧"。勤奋结硕果，抓紧在今朝。凡是不失落今天的人，到明天就不会叹息昨天的失落。

时间最公允而又无情，对任何人都是一天二十四小时，谁也不多，谁也不少，但受用者却以勤奋与怠惰而大相径庭。时光老人奖勤罚懒，铁面无私，从不讲"下不为例"。所以，凡是随意抛弃时间的人，最终必将受到时间的报复，只能"老大徒伤悲"了。已逾"耳顺"之年的我，十分赞赏作家、翻译家草婴讲过的这样一段话："我已不那么年轻，可以随便浪费时光；我也还没有那么老，可以平静地等待死亡。"如果把它作为一个"偏方"，大可用来医治"老年失落症"。

（1989 年 8 月）

佛魔不两立

前不久游历了安徽九华山，风光秀丽自不待言，重要的它是佛教圣地，与山西五台山、四川峨眉山、浙江普陀山并称为中国四大佛山。这样，游山的情趣便蒙上了一层神秘的色彩。

九华山上大小庙宇甚多，最著名的首推肉身宝殿。该殿始建于唐代贞元年间，系新罗国（今朝鲜）僧人金乔觉坐化安葬之处，因人们传说他是地藏菩萨转世，故有"金地藏"之称。在肉身宝殿正门上悬有民国总统黎元洪的题字，文曰："众生度尽，方证善提；地狱未空，誓不成佛。"按照佛教的说法，地藏菩萨系幽明教主，其职责是超度在地狱里受苦的众生，上述十六字据说就是金地藏的誓言。同行者有人打趣说："看来金地藏还有点'只有解放全人类才能解放自己'的意思呢！"众人称是，莞尔一笑。

黎元洪为地藏菩萨题字，似乎可以说明这位总统的思想境界与人生追求吧！由此我联想到二十年代军阀混战时期的一种社会现象，即不少的军阀、政客在倒台下野之后，避居天津租界做"寓公"，韬光养晦，礼佛诵经，俨然虔诚的佛门弟子。比较知名的大人物，如段祺瑞、王揖唐、曹汝霖、章宗祥、陆宗舆、高凌霨、朱深、孙传芳、靳云鹏、倪嗣冲、齐燮元等等，多不胜举。辛亥革命以后，佛教在天津本已衰落，这时忽然涌入一大批权势显赫的大居士，佛门似乎回光返照了。靳云鹏与孙传芳还接办一座禅院，改名"居士林"，两人分任正副林长，经常聚众讲经。

何尝料到 1935 年 11 月，曾经叱咤风云的五省联军总司令孙传芳，就在居士林佛堂被刺丧命了。

　　这些军政要人下野之后皈依佛陀，大概是信服于"放下屠刀，立地成佛"的说教吧！这句话本是佛家话，意在宣扬改恶从善之道。但是否人人都能"立地成佛"？历史上佛教内部也有争论。一派主张"无情有性"，就连没有生命的东西如草木砖石都具有佛性，当然人人皆可成佛了；另有一派主张：一阐提人（梵语，善根丧尽之人）是不能成佛的。其实说到底，一切宗教的信条都是彰善瘅恶，佛教就有"佛魔不两立"的说法。所以，进入真如世界的门票原本不是那么容易拿到手的。

　　鲁迅在《准风月谈·归厚》一文中有一段话很精辟，他说："古时候虽有'放下屠刀，立地成佛'的人，但因为也有'放下官印，立地念经'而终于又'放下念珠，立地做官'的人，这一种玩意儿，实在已不足以昭大信于天下……"应当承认，有些人脱离政界之后，拜佛修禅，绝恶从善，寻求思想上的解脱与精神上的归宿，是可以理解的，信仰自由嘛，理应受到尊重。当然，也有些人并非什么大彻大悟，不过是填补一时的心灵空虚，自欺欺人而已。

　　至于鲁迅说的"放下念珠，立地做官"，也是大有人在的。如王揖唐、齐燮元、高凌霨之流，政坛失势，转而热衷于佛教，但在日本帝国主义发动侵华战争之后，便迫不及待地沐猴而冠，心安理得地当上了大汉奸。什么成佛不成佛的，早已抛到九霄云外去了。噫嘻！

（1991 年 7 月）

"欲强国家，先善社会"

严修（范孙）是开创我国近代教育事业的一位先行者，其教育思想至今犹有可资借鉴之处。比如，严修非常重视社会教育，主张学校教育与优化社会环境相结合，这种见解就具有现实意义。

1913年严修赴欧洲考察教育，在国外致书其好友陈宝泉，叙述他出访异邦的感受，在信中提出了这样一个论点："欲强国家，先善社会。"他这句话主要指的是移风易俗，创造良好的社会风尚，以利青年的成长。因此，严修特别注重师资，"道德堕落，何以表率生徒？精神疲蔽，何以勤思职务？"他强调师表作用，强调对学生进行德智体美的全面教育，以期培育学生具有"爱国爱群之公德与服务社会之能力"。这样的办学方针，无疑是十分正确的。

严修不讲空话，一生坚持革除颓风陋俗，特别是封建礼教对妇女的歧视与压迫。他反对妇女缠足，早自1900年起严家就不再为出生的女孩子缠足，并亲自编写《放足歌》，教女子学唱，在社会上广为传播。他反对纳妾、嫖妓，在二十年代曾支持妇女界发起废娼运动。他把打麻雀牌、买彩票与吸纸烟，列为"可惊可惧"之三大陋习，抨击赌博为"恶道""下流"，彩票为"罔民""殃民"，吸烟为"无形之害"。他反对封建迷信，不敬僧人道士。他提倡新剧运动，认为"剧本加以改良，其功不下教育"。他主张婚丧寿庆礼俗从简从俭，在家庭中废除跪拜礼；他娶儿媳妇改坐轿为乘马车，开津门婚嫁新风；他不庆寿辰，不收寿礼。1927年当他病笃之际，亲手拟定丧礼八则，包括不发讣闻、不作哀启、不受仪物、不唪经、不树幡、不糊冥器、不焚纸钱等。严修本是沿着科举取士的途径而跻身官场的，属于士大夫型的知识分子，他处于历史激烈动荡的巨大变革时代，勇于接受新思潮，敢于向封建礼俗挑战，诚难能可贵，令人钦佩！严修执掌学部侍郎四年，其所以锐意改革持续千余年的封建学制，积极推行西方新式学校教育，绝非偶然，而是有着先进的思想基础的。

今天，优越的社会制度，良好的社会风气，大有利于青年一代的健康成长，已不是七八十年前严修所处的那个险恶的时代了。但也无可讳言，社会上还有一些伤风败俗的丑陋现象，还潜伏着引诱犯罪的各种因素，因而单纯无知、涉世不深的青年常不免坠入彀中，触目惊心之事多有所闻。重温严修当年的箴言，能无所启迪乎！

（1991年9月）

我字三题

人是伟大的，也是渺小的；人是成功者，也是失败者；人共处于群体之中，又孤独于群体之外；人有欢欣，也有哀怨；既受外来冲击，又有自寻烦恼；既有所得，又有所失。总之，人的一生充满了矛盾，"剪不断，理还乱"，总在自我斗争中起起伏伏，直至最后生命终结，可能仍带着说不尽的遗憾而去。无憾而终，当是人生的最佳境界。

做人，难矣哉！难在何处？一曰管住自我；二曰超越自我；三曰淡化自我。

管住自我

人的一生从小到老，总是管不住自己。孩提时代的淘气，少年时代的顽皮，天真稚态，且不去说它。及至步入社会，香风臭气四面袭来，近朱者赤，近墨者黑。人或胸怀大志，或随波逐流，或混沌沉沦，关键在于能否管住自己。饱食终日，好逸恶劳，玩物丧志，玩世不恭，明知不对犹自我宽容，很难有所作为。

嗜饮者贪杯，嗜赌者手痒，吸烟成癖者戒掉也难。好吹牛的瞎话连篇，好拍马的巧言媚色；好饶舌的拨弄是非，好谗谄者颠倒黑白；好拈花惹草的自作多情，好占小便宜的顺手牵羊。积习难改，本性难移，都可归之为管不住自己之列。

天才出自勤奋，要有一股韧性排除各种干扰与诱惑。如果想成就一番事业，先从管住自我做起。

超越自我

人生在世，免不了背上点思想包袱。门第高贵的盛气凌人，出身微寒的自惭形秽；一帆风顺的趾高气扬，领导青睐的得意忘形；有了成绩狂傲自负，受了挫折意冷心灰，跌了跟头自暴自弃，受了处分破罐破摔。形形色色，因人而异。人是有思维能力的，但往往却作茧自缚，缺乏自知之明。

人生如赛场，竞技强手辈出，纪录不断刷新。要在事业上搞出点名堂，就必须甩掉包袱，勇于超越自我。

超越自我的对立物是安于现状。历史是奔流不息的长河，现状不过是一刹那，何以"安"哉！语云："学如逆水行舟，不进则退。"

淡化自我

人是入世的，难以摆脱名利观念的困扰。名与利是一种社会现象，追求也罢，不追求也罢，终究是客观存在。无心插柳柳成荫，有意栽花花不活，在名利场上蝇营狗苟者大有人在，被名利扭曲了灵魂的也不乏其人，个中甘苦，只有自己知道了。

人贵在自尊、自爱、自强、自重，不做名利的奴隶。搞学问的人，不学无术固然可悲，不学有"术"更不可取。沽名钓誉，哗众取宠，贪位慕禄，玩弄权术，都是名利观念的膨化物；丑态陋行，低级趣味，正直人所不屑为。邹韬奋说过："一个人光溜溜的到这个世界来，最后光溜溜地离开这个世界。彻底想起来，名利都是身外物，只有尽一人的心力，使社会上的人多得他工作的裨益，是人生最愉快的事情。"

淡化自我，一心为公，做一个高尚的人。

按：以"我"为题，絮絮叨叨，只缘近年来个人主义、利己主义、风头主义、拜金主义、享乐主义、纵欲主义盛行，并美其名曰"人生价值"。假冒伪善，误人匪浅，故老调重弹之。

（1991 年 12 月）

寒酸者言

　　漫长的人生旅程，说不清会遇到多少十字路口，需要及时做出抉择，甚至还要冒一点风险。碰壁之后或许变得聪明些，但也可能一错再错，糊涂一辈子。当然，一帆风顺的大有人在，误入歧途的也不乏其人。人生遭际，就是那么不可捉摸。

　　早年我高中毕业后步入社会，选择了当编辑的职业，断断续续地已经干了半个世纪。长年累月地与文稿、校样打交道，"为他人做嫁衣裳"，苦在其中，乐在其中。旧时，当编辑被称为自由职业者，属于长衫阶层，身份高雅，而生活却是清苦的。我读中学时，学校还设有国学课，读四书五经，老师是一位前清秀才，笃信孔孟之道，有一次读到《论语》的《雍也》篇："子曰：贤哉！回也。一箪食，一瓢饮，在陋巷，人不堪其忧，回也不改其乐。"老先生摇头晃脑，击节赞叹，满腔热情地颂扬读书人安贫乐道之传统美德。老师的情思感染了我，庶几成为我一生的行为规范。所以，我情愿把自己的生命一滴一滴地融入编辑出版事业中去，如今虽已从岗位上退了下来，依然编编写写，乐此不疲。据说，现在时兴什么"不枉人生潇洒一回"，思来想去，似乎我从来也未曾进入过这种意境，只晓得"俯首甘为孺子牛"。或许这就是所谓的安贫乐道吧！其实，安贫也者，尚不至于家徒四壁，等米下锅，只不过不为花花世界所惑，自甘澹泊而已。

　　然而，近来忽然有些悲哀起来。因为据说所谓安贫乐道、知足常乐、安分守己、乐天知命之类的人生格言，都属于小生产者的狭隘胸襟，安于现状的封闭意识，不求进取的保守观念，说白了，窝囊废的人生观。相对说来，只有能挣大钱，方显出英雄本色与人生价值。于是乎人们争着下海经商，都以追逐钞票为乐，而且不择手段，不讲道德，不要脑袋。古训有云："人为财死，鸟为食亡"，又有什么可大惊小怪的呢！

果然，社会上的阔人多了起来。最明显的征候就是高消费的浪潮冲击着社会各个角落，大款们挥金似土，有些人吃喝嫖赌的生活方式，委实令人咋舌。什么豪华、贵族、大亨、强人、大王、皇后之类的高贵尊号满天飞，炙手可热。有一次去北京，蒙友人指点，逛了一次某购物中心开开眼界，面对那些标价几百元、几千元乃至上万元一件的名牌日用品（准确地说是奢侈品），真真感到了自身的寒酸——一个十足的穷措大！我在想，对于月薪二三百元的普通职工说来，贫富的反差如此强烈，怎不产生严重的心理障碍呢！这似乎已经形成一种流行的社会病了。

我曾在街头遇见过这样一件事：有一位暴发的贵妇人牵着她的宠物招摇过市，这条"得天独厚"的狗崽子忽然去舔一位路人的脚跟而吓了对方一跳，于是发生了口角。只见那位贵妇人勃然变色，口吐狂言："你有什么了不起的，它比你要值钱得多！"噫嘻！常言道"狗仗人势"，不对了，应该说是"人仗狗势"。但仔细一想倒也不足为怪，人家美国不就是保护狗权而践踏人权的吗！外国有的我们也要有，而不问其善与恶、优与劣。我的悲哀心情越发地沉重了。

人生价值，不能赤裸裸地表现在对金钱的追逐与物欲的贪婪，还是要讲求人格尊严与道德素养。现在时兴什么"推销自己"，就是说可以把自己当作商品待价而沽，说不定或许是伪劣商品哩！人总要有一点精神，有一点骨气，有一点自尊，有一点廉耻心。依我看来，当前需要批判的，远远不是什么安贫乐道、知足常乐之类，而是享乐至上，拜金主义。

　　要形成这样一种社会风气：人各有志，奋发有为，鼓励人人树立崇高的人生目标，在各自的工作岗位上兢兢业业地做出贡献。对儒家学说有所批判是必要的，但孟子说的"富贵不能淫，贫贱不能移，威武不能屈"的精神，却是中华民族的高尚气节与优秀品质的最精确的表述。历史上，那些道德败坏的富有者大多不曾留下好名声，倒是孜孜不倦的安贫乐道者以其事业上的成就而赢得后人的钦仰与敬重。

　　以上都是些寒酸话，正如伊索寓言所讥讽的："吃不着葡萄，就说葡萄是酸的。"或许是如此。记得报刊上曾描述过暴发者说过的一句话："如今除了钱以外，我穷得一无所有了。"可见吃到葡萄的人也并不觉得甜。人们多么希望，在加强物质文明建设、深化改革开放的同时，经常不懈地打扫那些资本主义与剥削阶级的思想垃圾，让社会主义思想道德蔚然成风！

（1993 年 8 月）

官场·商海·文苑

　　人生最大的快乐，依我看来，莫过于全心投入自己所向往的事业，干出点名堂来，不枉在人世间奔波劳顿几十年。但世界上的事，不如人意常八九，总不免陷入职业选择的困惑中。或怀才不遇，或遇人不淑，或阴错阳差，或苟安一时，任凭一只无形的、超自然的巨掌所摆布，这就是通常所说的命运。

　　在当前商品经济大潮的迅猛冲击下，许多读书人的心理天平失去了平衡。做官？经商？还是困守在寂静的书斋？要说风光，自然还是官场。果有治国安邦的韬略与为民造福的胸襟，诚乃国家之栋梁才，可靠的接班人，当有"舍我其谁"的气概。但既入官场，必有角逐，乌纱帽就那么几顶，你争我夺，善钻营者夺标也是常有的事，做官自有做官的诀窍。再说，年龄不饶人，论资排辈的老皇历早已看不得了，如今是三十而处（长），四十而局（长），五十岁开外还没有混上个巡视员什么的，也就难怪情绪低落发牢骚了，甚至感叹悔不当初，倘不为官早就拿下高级职称。已届"知天命"之年，犹未能摆脱名利缰索的羁绊，其情可悯，其状也可悲！

　　社会上阔人越发地多了起来，特别是大款们的那种穷奢极侈、挥金似土的消费方式，直逼得读书人坐卧不宁。凭自己寒窗苦读二十载的智商，就不信与青蚨无缘，何不"下海"一试！但既入商海，必有沉浮，君不见已不断有呛水者爬上岸来。再说，从来生意场，皆起非分心，要经商就免不了跌入唯利是图的大染缸，经得起见利忘义、为富不仁的污浊否？又不免踌躇起来。

瞻前顾后，还是困守文苑的好！但既入文苑，不可荒笔，着力耕耘才结硕果。而今挣大钱、高消费的社会风气扰得人心浮躁，文化滑坡，读书无用，道德观念不值钱。挥汗走笔，劳而无功，又能苦撑到几时？

其实，士农工商，五行八作，都有自身存在的价值，或可说是一种社会的生态平衡吧。职业的选择不同于服装流行色，一窝蜂地赶时髦，更不能"傻子过年看街坊"。干什么不干什么，主要取决于个人的志向、才能、兴趣与毅力。人各有志，孜孜不倦地追求，澹泊自甘，其乐无穷。宋代名臣范仲淹，就是那位以"先天下之忧而忧，后天下之乐而乐"为胸怀的大贤人，欧阳修曾称赞他："少有大节，于富贵贫贱、毁誉欢戚，无一动心，而慨然有志天下。"我们多么希望这样高尚情操的人多一些。

说来道去，还是那个老掉了牙的问题——人活着为什么？眼下虽然不时兴什么改造人生观了，但改造的潜流却无时无地不在冲刷着人们的灵魂。譬如什么追星、选美、早恋、殉情、纵欲、格斗等等，通过传媒的鼓噪，不正在浸染着年轻一代的人生观吗？反之，谁要是讲一点人生抱负、远大理想、无私奉献、助人为乐、见义勇为、艰苦奋斗之类的箴言，恒被嗤之以鼻，不识时务。人心之叵测若此，怪哉！

如果人人都能恪守做人的道德准则与行为规范，不断地净化自己的心灵世界，说句老话，讲一点礼义廉耻，我想无论从事什么工作都是高尚的。否则，有钱买得鬼推磨，为官必贪，为商必奸，摇笔杆子也免不了堕落为文痞。这样的话，我们这个民族的前景就真真不堪设想了。

（1993 年 12 月）

且说儒商

新岁伊始，想起旧时人家贴门对的习俗，最多见的莫过于"诗书继世，忠厚传家"了。区区八个字，道出了治家之本，做人之道，是中华民族传统美德的体现。固然也可以说，这是儒文化体系的箴言，但作为社会行为规范，总还有其合理的精神内核，又何尝不可以赋予新的涵义呢！当今在商品经济大潮的冲击下，许多人财迷心窍，见利忘义，胆大妄为，国民道德素质滑坡，若是人人做到忠厚些、斯文些，我想社会风气必将净化得多！

最近接连读到几篇谈论"儒商"的文章，这似乎是某种社会心态的反映。儒家思想经过"五四"运动的强烈扫荡，早已送进了历史博物馆，但在人们的头脑里依旧是"剪不断，理还乱"，仍是一股潜在的思潮。近来又有所谓新儒学主义之创议，被说成是富国安邦的良策，是耶非耶，说不清楚。但有一点恐怕是无可置疑的，就是屡遭批判的儒文化，在人们心目中似乎还不那么面目可憎，所以如今又冒出个儒商来。常见的说法还有什么儒将、儒医、儒士等等，都属于褒义词。儒，形同高文化品位的象征。当然，也有庸俗丑陋的另一面，如什么酸儒、腐儒之流，不识时务，令人讨嫌。

且说儒商，大体上包括两类人：一是文人下海，仍不失书生本色；一是经营致富，为塑造自身形象而向文化靠拢。商与儒搭界，也可以说是现代市场经济与传统的人文精神的结合。说到儒商，不禁想起《镜花缘》小说里描写的君子国，那里的市场交易一反常态，消费者购物出高价，而商人则非低价不卖，为此买卖双方争执不休。这未免把儒商理想化了，实际上也是对商业欺诈行为的一种讥讽。既然经商，当然不做蚀本生意，但求"君子爱财，取之有道"而已。这就涉及道德素质，不义之财不可取，更不必说坑蒙拐骗、假冒伪劣了。如此说来，这项儒商的桂冠，与其说是文化品位的标志，莫如说是商业行为的制约。

报纸上经常报道，商界人士热心赞助文教公益事业，以经营所得回报社会，造福桑梓。依我看来，这倒显出几分儒商本色。历来被商界奉为祖师爷的陶朱公——春秋越国大夫范蠡，在帮助越王勾践打败了吴王成就霸业之后，急流勇退，下海经商，做珠宝生意致富，然后把钱财通通周济了亲朋好友。"泛爱众而亲仁"，这是儒文化价值观。

社会呼唤儒商，说白了，就是呼唤良知，呼唤商德，呼唤精神文明；或者说，是无商不奸、为富不仁的反弹。如此而已。

（1996 年 1 月）

漫话财神

报载：某酒楼供奉财神，因香火不慎，引燃了易燃物，招致一场火灾云云。

近年来商家供奉财神之风甚盛，尤以餐饮业为最。商人以牟利为本，供财神似乎也合乎逻辑，但究竟能带来几许灵光，大概谁也说不清楚。与其说人因神而富，莫若说神因人而红。有大款们发善心，财神也交起好运来。至于财神的神威如何，似乎也很有限，这一次就没有抵挡住火神的袭扰，辜负了崇拜者的一片诚心。

财神在我国拥有广泛的群众基础。旧时过春节，在除夕夜有一项民俗活动曰"迎财神"，到了正月初二还要"祭财神"，财神爷俨然成为全民性的崇拜偶像。至于财神为何人化身，又有文财神与武财神之说。文财神为比干或范蠡，武财神为赵公明（赵公元帅），也有供奉关羽（关圣帝君）为武财神的。由此可见，神界也是政出多门，搞不清楚究竟谁是正宗财神。因为神界不重视知识产权，也不打假，所以吾辈凡夫俗子不好认定，只有多多益善了。

信神意识早在人类处于原始社会阶段就开始形成了。基于人类对自然力无法抗拒的恐惧心理，便以虚幻的思维方式想了许许多多的自然神、灵物神、保护神。那些被精心编造出来的人类童年时代的神话，具有奇幻、陆离、诗意朦胧的魅力，是一笔丰富的历史文化遗产。但人们如果把功利观念寄托于神灵身上，就必然陷入自欺欺人的幻觉中，用马克思的话说，就是"人的自我掏空行为"。试想，人们把自己的欲望和野心，化为权力赋予并不存在的神，然后再煞有介事地祈求神的恩赐，以保持心理的平衡，这不正是"自我掏空"吗？

财神属于民间俗神，不在正规宗教范围之内。如今，财神到处招摇，不过是市井心态的写照，或者说是旧习惯势力的回潮。作为一个现代企业，不论规模大小，追求什么精神，营造什么气氛，展示什么风采，关系着经营者的文化素质与思想境界，大可不必在财神爷身上打主意。

（1996 年 2 月）

滨海新区的历史文化思考

蓬勃发展的滨海新区，集中体现在一个"新"字：新的高科技、新的工业园、新的运行机制、新的城区面貌……总之一句话：全新的理念。就哲学观点而言，新与旧是相对的，有新就有旧，新事物是从旧根基衍变而来，可以发生量的变化，也可以发生质的飞跃，而生命活力就在于不断的变革与创新。就史学观点而言，一切事物都经历发生、发展与消亡的过程，溯根考古，为了感受历史的魅力。为此我做点历史的思考。

思考之一：滨海平原在远古时期原是汪洋大海，大致在距今5000多年以前成陆，即所谓"海滨弃壤"。经过多次陆地与海洋的往复变迁，海岸线陆续由西向东推移，遗存三道贝壳堤，即贝壳堆积的丘岗，沿渤海岸走向，呈弧形延伸，标志三次海水大退却的痕迹。据地质工作者勘察，第一道北起东丽区张贵庄，经巨葛庄、沙井子到津南区窦庄子；第二道北起东丽区白沙岭，经军粮城、泥沽、上古林到马棚口；第三道北起汉沽，经塘沽到大港区马棚口入黄骅县。经有关部门对贝壳样品年代的科学测定，得知这三道贝壳堤形成的年代大致是：第一道在西周以前，第二道在战国以前，第三道在明朝以前。这种陆海变迁的地形地貌，印证了"沧海桑田"的古代传说，为我国其他沿海地区所罕见。

从海滨弃壤到滨海新区，可以说是滨海平原质的飞跃。时间跨越5000年，经历了地质构造的变动、陆海往复的变迁、古海岸线的推进、古生物的生存与灭绝、先民的聚落与迁徙、世世代代的拓荒与开发……积累了大量的历史信息，称得上是一部"滨海平原自然地理百科全书"，揭示了海洋文化的丰富内涵，不应该从我们的记忆中消失。

思考之二：滨海平原的佛教文化源远流长。据史书记载，佛教在西汉哀帝元寿元年（公元前 2 年）自天竺（印度）传入中国，至魏晋南北朝时期凭借朝廷的扶植而昌盛。佛教何时传入滨海平原，未见文献资料记载，但 1974 年在天津南郊窦庄子出土了镌有北魏年号的 10 尊铜质佛像，可证在北魏佛教昌盛时就已经辐射到滨海平原，应该说历史甚为久远。至于当时是否建有佛寺，文字记载阙如，说不清楚了。

就目前所知，最早的佛寺是潮音寺，初名南海大寺，位于海河西岸的西大沽，始建于明永乐二年（1404 年），嘉靖年间重修，并由嘉靖皇帝御笔更名"潮音寺"。寺内供奉南海观音菩萨。旧时作为出海渔民及南方船夫朝拜进香之所，香火极盛，见证了历史上塘沽地区海运、渔业、商贸、文化的繁荣景象。潮音寺于 1992 年经区政府拨款重修，对外开放，列为塘沽区重点文物保护单位。位于西沽海河入海口附近，原来还有一座海神庙，系康熙皇帝在康熙三十四年（1695 年）视察大沽要塞时敕建的，并亲自题写了匾额。此后，雍正、乾隆皇帝视察大沽时均曾驾临此庙，应该说是一座具有历史价值的古刹，可惜在 1922 年失火被毁。此外，在塘沽地区还曾建有大佛寺、观音寺、通惠佛堂等若干庙宇，均已不存。由此可见，历史上佛教文化比较广泛地覆盖了这片土地。

特别值得提出的是，在北塘出现了一位佛门高僧——倓虚法师（1875—1963）。倓虚原名王福廷，中年出家，荣膺佛教天台宗第四十四位嗣位，毕生以"讲经弘法、建寺安僧"为职志，四出奔波，先后在各地建庙 9 处、佛学院 13 处，在佛教界享有盛誉。晚年流寓香港，创办华南学佛院、佛教印经处、佛学图书馆，著书弘法，弟子盈门，深受海内外佛教界人士的敬重。倓虚不仅为继承与弘扬中国佛教文化做出贡献，也为家乡北塘增辉。我们不应该忘记这位高僧大德。

思考之三：滨海平原曾经是抵御敌寇入侵的鏖战沙场，在大沽与北塘建有炮台阵地。据史书记载：大沽炮台始建于清嘉庆年间，到咸丰年间在海河入海口两岸形成"威""镇""海""门""高"5座炮台的格局，另有25座小炮台，共配置铁炮64门；北塘炮台建有炮台5座，配置铁炮30余门。在抗击英法联军、八国联军入侵的战役中，炮台发挥了巨大的威慑力量，也记录下中国军民以血肉之躯与侵略者殊死战斗的壮烈事迹。1901年依据《辛丑条约》，所有炮台均被拆毁，相应的设施也已荡然无存。

1997年在仅存的"威"字炮台的圆形基座上，将炮台修复，虽然再展雄姿，但茕然孤立，不免使人有苍凉之感。在"威"字炮台北侧还残存"镇""海"两炮台的遗址，倘能继续修复，三座炮台连成一线，态势立即改观，也使作为全国重点文物保护单位的大沽炮台的含金量厚重了。此外，炮台周边地域开阔，可考虑开辟一国防教育基地，以期青年一代牢记"落后就要挨打"的历史教训。

思考之四：滨海平原是我国近代盐碱化学工业的发源地。1914年化学家范旭东率先在塘沽盐滩创建了中国第一家制盐工厂——久大精盐公司，生产出以"海王星"为商标的洁白精盐；1918年又创建了中国第一家制碱工厂——永利制碱公司，经过几年的艰苦奋斗，生产出碳酸钠含量在99%的洁白纯碱，以"红三角"为商标打入国际市场；1922年又创建了中国第一家私营科研机构——黄海化学工业社，以科学研究引领生产，不断在技术上突破与创新。"永（利）久（大）黄（海）实业集团"开创了我国盐碱化学工业，以致有"中国化学工业耶路撒冷"之誉。天津碱厂现已决定迁出城区重建新厂，是否可考虑在原址选择适当房舍建一个海洋化学工业展览馆，展示"永久黄"的创业精神以及对中国工业化所做出的卓越贡献，借以倡导工业生产与科学研究的"自主创新"精神。

我之所思，无非是为了加深历史记忆，温故而知新，为欣欣向荣的滨海新区增添一些历史文化的光环。

（2006 年 4 月）

夕阳篇 (1995—2015)

"从心所欲"析

年届古稀的我，应该说是饱经风霜、世事洞明了，依然时而明白，时而懵懂。孔夫子说："七十而从心所欲，不逾矩。"大概已达到大彻大悟的思想境了吧！吾辈凡夫，为柴米油盐所累，酒色财气所惑，又何以成"正果"？

生存在功利社会，奔波劳顿，勾心斗角，若想做到从心所欲，难矣哉！人自孩提时代起，求学、谋职、恋爱、成家、立业、功名、财富……几乎无时不在追求，而且总也不能满足。当然，事业上的进取与物欲上的贪婪，是两种截然不同的人生现，或可说是两种内涵迥异的苦乐观。但有一点是共同的，即人生的道路并非平坦的康庄大道，事物的发展往往不以人的意志为转移。与其陶醉在"梦想成真"的幻觉中，莫若在实践中多多磨砺自己，有道是"苍天不负有心人"嘛！即或如此，也未必事事天遂人愿。总之，有追求必有烦恼，这就是生活实际。

从岗位上退了下来，生活环境与心理状态都发生了变化，老实说，最快慰的事莫过于不再纠缠在人际关系中。可以无须乎观察上峰的脸色行事，再也用不着在同僚的摩擦中周旋，更不必防范别人的暗算，从名缰利索中挣脱开来，精神顿时宽松了。

是否就不再烦恼了呢？也很难说。问题在于寻求新的生活坐标，也就是通常说的老有所为，老有所乐，在另一种空间中让生活充实起来。

从心所欲，不是说可以倚老卖老，我行我素，予取予求，惹人生厌。老年人的从心所欲，主要指的是心态，而不是行为；不在于做什么，而在于想什么。或钟情于琴棋书画，或醉心于花草鱼虫，或埋首于读书写作，或流连了名山大川，一切顺乎自然，力所能及，随遇而安，怡然自得。陶渊明的《归去来兮辞》，从少年时代起就读过多少遍，虽然很欣羡五柳先生辞官归田的生活情趣，但又觉得那种听天安命的消极思想不可取。到老来再读，味道就不大相同了。"园日涉以成趣，门虽设而常关，策扶老以流憩，时矫首而遐观""既窈窕以寻壑，亦崎岖而经丘，木欣欣以向荣，泉涓涓而始流""登东皋以舒啸，临清流而赋诗，聊乘化以归尽，乐夫天命复奚疑"。这是何等飘逸、洒脱、达观！可以说是回归自然，物我两忘，臻于"天人合一"的境界了。深层次的从心所欲，是生命的极境，道德的顶峰，艺术的炉火纯青。

由此我想起一件往事。50 年代初，我的一位上级，本是学者，后来从政，在一次闲谈中，提到杜牧的诗句"闲爱孤云静爱僧"，他深情地说那真是一种超然物外的空灵境界。当时我二十几岁，听了有些愕然，这位身为共产党的领导干部思想竟如此浪漫，很不理解。后来，在一场政治运动中，他经受不了组织上对他的怀疑与审查，愤而跳楼自杀了。我再一次感到愕然，曾联想，他所向往的生活情趣可能反映出人生观的缺陷，使他不能正确地面对现实。几十年来，这"闲爱孤云静爱僧"的意念一直萦绕在我心头，直到老来才有了新的领悟（何况我也结交过几位僧人），感到那真是一种闲逸、恬淡、自在、无我的意境。当然，这种静谧空灵的心态，应归属于老龄人所有，若超前形成，必然与现实生活格格不入，肯定会更增添烦恼。

为什么"静爱僧"呢？因为皈依佛门历来被认为是断除苦因、解脱生死的途径，与僧人结缘也被看成是入禅顿悟的象征。基于佛教与儒家有着多方面的传承关系，故古代文人多从佛教中寻求精神寄托，当然也是人生观的一脉相承。其实，在商品经济社会，佛门也并非净无纤尘之地，"诸法由因缘而起"，令人烦恼的事多着哩！当代天台宗高僧倓虚大师（他是天津人），在临终前谆谆告诫其门人："看破，放下，自在。"这六字遗言可以说是达到了"涅槃寂静"的境界了。但就其针对性而言，不正好说明遁入空门之后还有放不下、看不破、不自在的世俗观念吗？倒是律宗高僧弘一大师（也是天津人）在弥留之际写下的"悲欣交集"四个字，更带有感情色彩，令人回味不尽。

从心所欲，说白了，就是要有自己的活法，在心灵深处构筑独自的"自由王国"。海阔凭鱼跃，天高任鸟飞，悠悠然自得其乐！这种自由，既是无限的，又是有限的；无限的从心所欲寓于有限的生活空间。我想，这大概就是孔夫子所说的"不逾矩"吧！

（1995 年 5 月）

活得坦然

眼下时兴"活得潇洒"，衣必名牌，食必美味，住必装修，行必卧车，若是经济条件允许且不属非法所得，却也无可厚非。据考，"潇洒"一词源于李白诗句"右军本清真，潇洒在风尘"，意为洒脱自在，无拘无束，是雅致脱俗的体现，故潇洒重在精神风貌而非物欲享受。

本人生性狷介，不解风情，如今老来懵懂，更与潇洒无缘矣。虽如此，精神倒也愉悦，我的人生哲学是"活得坦然"。坦然者，无悔、无怨、无愧也。

先说无悔。回忆青年时代自视甚高，不知天高地厚，一心想做文学家，也曾舞文弄墨数载，但心长力短，此路不通。继而经营书店，以传播文化使者自居，曾经红红火火一时，但眼高手低，底气不足。后来工作调动，弃文从政，虽非所愿，但身不由己，勤勉奉公，混得一官半职。"文化大革命"一来，被打翻在地，下放"五七"干校劳动改造，烈日寒风，汗流浃背，却充分享受了大自然风光。劳动四年有余，盼来"毕业"分配，没有想到成为"食之无味，弃之可惜"的多余冗员，大庙不收，小庙难留，不知路在何方。所幸拨乱反正，落实政策，组织上安排做文史研究工作，虽非所长，却很开心，孜孜以求，事业有成，方知苍天不负苦心人。

回顾一生历尽沧桑，因自信"天生我材必有用"，所以无论顺境逆境，都能在工作中排遣烦恼，自得其乐，故曰无悔。

再说无怨。生在功利社会，人与人之间免不了磕磕碰碰、恩恩怨怨，小到流言蜚语，大到冤假错案，人心叵测，且夕祸福，也是无可奈何的事。"文化大革命"中，我因为说了一句调侃的闲话，被打成"现行反革命"，关进"牛棚"，在那失去理智的疯狂年代，若说不紧张那是假话，但看透了这不过是一场拙劣的政治闹剧。人言可畏，由它去吧！后来专案人员给做结论，说是属于"说了错话，不构成攻击性言论"，我当即反对这种似是而非的提法，但毕竟胳膊扭不过大腿，还是由它去吧！没有想到在拨乱反正以后，组织上郑重地再做结论，明确属于"诬陷不实之词"，彻底还我以清白。英明若此，夫复何言！回想这一生屡屡遭人暗算，每每逢凶化吉，"功罪有时曾倒置，是非终究在人间"，何怨之有？

至于无愧，实际上是为人处世之道，也就是不做亏心事。在那"念念不忘阶级斗争"年代，政治运动频频，有时也不免说些违心的话，但从来不干挟嫌诬告、落井下石、卖友求荣的勾当。每当政治运动到来，必然划分为两类人：一是整人者，一是挨整者，非锤即砧，概莫能免；或者一身二任，今日整人，明日挨整，轮流坐庄，苦乐共享。在夹缝中做人确实很难，但求问心无愧而已。著名文艺评论家钟惦棐，是一位才华卓具的大手笔，不幸 1957 年罹难，蒙冤二十余载，平反后说过这样一句话："我被整得痛苦，整我的人也不轻松；我的痛苦随着落实政策而结束，而整我的人的痛苦却将折磨他们终生。"这话说得真是入木三分！

人生不如意事常八九，每有所失，亦必有所得，"祸兮福之所倚，福兮祸之所伏"。风物长宜，要善自解脱，胸襟旷达，方可活得坦然。近日闲居无聊，赋得七律一首，抒发情怀，照录如下，以为结语：

一世蹉跎两鬓斑，悠悠往事淡如烟；

多愁多怨人情冷，无愧无私心地宽；

俊杰岂因识时务，松柏挺立耐岁寒；

莫叹日落天色晚，挑灯夜读亦陶然。

（2001 年 11 月）

老来话人生

人到老年，常不免在回忆中消磨时光。回首陈年往事，有苦有乐，有得有失，有机遇也有遗憾，思绪万千，不胜感慨系之。人生犹如一部书，可以有各种不同的版本，诸如：快乐人生、苦难人生、坎坷人生、悲愤人生、执着人生、淡泊人生、豁达人生、浪漫人生、颓废人生、堕落人生……究根溯源，无一不是人生观、价值观的折射。

一个人的历史是凭借着生命之笔写就的。既有奋斗成功的喜悦，也有挫折失败的烦恼，而成功与失败之间并没有不可逾越的鸿沟，甚至可以说成功中潜伏着失败的危机，失败中蕴藏着成功的兆头。君不见，高官厚禄转化为身败名裂，飞黄腾达转化为声名狼藉，昔日座上客今日阶下囚。当然，成败是在一定条件下转化的，但主观因素上最初或许出于"一念之差"。人生道路上有许多沟沟坎坎，为人处世谨慎为重，任何时候都要有点忧患意识，这样到老来才不会因"悔不当初"而叹息。《礼记·曲礼篇》有云："敖（傲）不可长，欲不可从（纵），志不可满，乐不可极。"相传《礼记》采编于两千多年以前，至今依然闪烁着人生哲理的亮点。

人生追求完美，但总会留下这样那样的遗憾。打个比方，人生如田径赛场，最初大家处于同一起跑线上，跑到最后排出冠、亚、季军，虽有名次之分，并无优劣可言，不能说只有拿了冠军才算是画上"圆满的句号"；就是对跑在后面的也应该报以掌声，当年鲁迅先生就曾经赞赏过"那些虽然落后而仍非跑至终点不止的竞技者",并把这种精神喻之为"中国将来的脊梁"。人类社会固然由于优胜劣汰的竞争而不断演进,但"各得其所"却是人类生存的普遍原则,因此大可不必忧伤于什么怀才不遇或命运不济,乃至抱憾终生。人生不存在十全十美,有遗憾才显出生活本色。不如意事常八九,想得开便自我解脱,想不开必然自寻烦恼,甚至到老仍耿耿于怀,真是何苦来!

还有生与死问题,也需要正确对待。庄子说过"死生为昼夜",不过是自然规律的一个程序而已。生固可欣,死亦坦然,"云散水流去,寂然天地空",没有什么可悲观的。当然,若是干了许多坑人害人的勾当,身后留下骂名,就自当别论了。所以核心问题不在死得怎样,而在生得如何。

老舍的夫人胡絜青,是一位德高望重的慈祥老人,她经历了"文化大革命"的劫难与老舍自沉的悲痛,坚强地抚育子女成才,晚年寄情丹青,热心公益,展示了高尚的人生境界。当老人告别这个世界时,留下的遗言是:"心平气和,随遇而安。"区区八个字蕴涵了深邃的人生真谛,使人受益不尽,回味无穷,多么可钦可敬的老人!

(2001 年 12 月)

痛苦也是一种美

著名音乐家王洛宾，从事于采集与创作青海、新疆民歌多年，所谱写的歌曲委婉动听，脍炙人口，久唱不衰，故有"西部歌王"之美称。他的人生经历坎坷多难，苦不堪言，身处逆境却始终对音乐艺术忠贞不二，执着探索。王洛宾曾说过这样一句话："年轻的时候，总觉得只有在幸福中才有美；然而，在生活中，我发现，痛苦当中也有美，而且更真实，更深刻。"

人生在世，免不了经受某些痛苦的磨难。自出生之日，就呱呱啼哭宣告自己来到这个世界，尔后在成长过程中的求学、就业、恋爱、结婚、生儿育女，都会遇到一些麻烦或挫折，更不用说天灾人祸、生离死别、明枪暗箭、冤假错案等等不幸遭遇的折磨。如此跄跄踉踉地度过了数十个春秋，年老力竭，甚至诸病缠身，最终在痛苦中告别这个世界。正如古代一位诗人所说的："人生不满百，常怀千岁忧。"人的一生就是在幸福与痛苦的不断撞击中漂来泊去。那么，"如何看待痛苦？"就成为人生试卷的一道必答题，可以有各种不同的答案，王洛宾的回答却是"痛苦当中也有美"。一语惊人，匪夷所思！

且说快乐与痛苦，是对立的，又在一定条件下相互转化。或以苦为乐，或乐极生悲，或痛不欲生，或逆来顺受，反映出不同的人生苦乐观。至于"变痛为美"之说，则是审美意识的升华，迈入了另一层次的思想境界。

试问：美的境界从何而来？美究竟是客观属性，还是主观感觉？换言之，美是唯物的，还是唯心的？在美学理论探讨中不乏分歧的论点。我国著名的美学理论家朱光潜的观点是：美是人们对客观自然物加以改造的实践活动的产物，它既要有自然物的客观存在为条件，又要有审美主体及其意识活动的存在为条件，二者缺一不可。也就是说，由于人的主观能动作用才赋予客观对象以美的品格，所以王洛宾能在痛苦现实中找到美的感觉，或者说美的悟性。这使我想起俗话所说的"情人眼里出西施"，因为审美主体是"情人"，于是乎丑小鸭也可以变成白天鹅。

既然可以变痛为美，当然也就可以变美为痛。有些人手头的钱多了，原本生活过得比较幸福美满，却偏偏自甘堕落，沉湎于花天酒地、声色犬马，甚至狂嫖滥赌，吸毒成瘾。快乐过了头，就走向它的反面，变美为痛，跌入深渊。耳闻目睹，此类自毁前程、戕害生命的悲剧，可以说举不胜举。惜哉！

"严霜烈日皆经过，次第春风到草庐。"这是元代诗人吕思诚解读人生甘苦的诗句，寓意人生历尽风霜之苦，迎来春风骀荡，草庐生辉，从而享受快乐。就此寄语世人：好事尽从难处得，痛苦当中也有美，但愿好自为之。

（2002 年 2 月）

八十初度有感

（题记）蹉跎岁月，八十春秋，感叹人生多难，福倚祸伏。窃思为人处世，贵在自强自尊，襟怀坦荡，随遇而安，吉人自有天相。吟得闲诗三首，聊以自慰耳！

其一

碌碌波波八十春，不曾富贵不曾贫。

恶语流言堪可畏，苍天无负老实人。

其二

风风雨雨八十秋，多少悲辛付东流。

是非迷离常倒置，心无愧怍复何求。

其三

白发苍苍八旬翁，丹心依旧不老松。

烈日寒霜皆经过，春风骀荡夕阳红。

（注）"不曾富贵不曾贫"句，袭用南宋陆游"看尽人间兴废事，不曾富贵不曾穷"；"烈日寒霜皆经过"句，袭用元代吕思诚诗"严霜烈日皆经过，次第春风到草庐"；"碌碌波波"一语，源自唐太宗李世民《百字箴言》："耕夫碌碌，多无隔夜之粮；织女波波，少有御寒之衣。"未敢掠古人之美，专此说明。

（2005 年 1 月）

寿者劫之余

　　我有幸活到八十岁，最怵头人们问我"长寿之道"。原因是：我从来不参与任何项目的体育活动，此其一；也不大理会各种养生健身之术，此其二；饮食起居一如常态，琴棋书画无一所长，此其三。思来想去，实在"无可奉告"。某日静坐沉思，忽然记起我国艺术大师齐白石老人讲过一句话："寿者，劫之余也。"顿开茅塞，似有所悟，就以此题做点文章。

　　劫者，劫难也。一个人的寿命几何，大概都与能否解脱某些劫难有关。白居易有诗曰："人生莫羡苦长命，命长感旧多悲辛。"就是说，在长寿背后有说不尽的悲辛之事。所谓劫难，不外乎天灾与人祸，即自然的与社会的两大因素。回顾我这一生，论自然灾害，1939 年的洪水没有被淹，1976 年的地震没有被砸，2003 年的 SARS 没有感染，对比那些遭难之人，我应该算是幸运者。论社会灾难，1937 年没有被日军炮弹击中（一颗炮弹击中高楼房檐被掉下来的瓦砾砸伤头部），1948 年被国民党反动派"抓壮丁"没有成为"炮灰"（押送兵营以后因近视眼又被遣回），应该说我的"命大"。新中国成立以后的历次政治运动——"漏网"而遁，"文化大革命"中被打成"现行反革命"最终还我以清白，可以说是"有惊无险"。再说疾病，摘了胆囊，换了晶体，得了半身不遂，差点一命呜呼……屈指算来，我这八十年经历了七灾八难，至今顽体尚在，岂不就是白石老人所说的"劫之余"吗！

　　历经沧桑，几多磨难，似乎对人生也有所顿悟。记得几年前一家杂志主编就"人生感悟"问题要我谈谈感想，当时顺口讲了16个字："乐天知命，随遇而安，无愧无悔，坦然自若。"现在想来，可能正是由于保持这种心态，才活得有滋有味吧！古代贤哲对于长寿有过许多经验之谈，如"大德必得其寿""美意延年，衰者不寿""不以物喜，不以己悲""自静其心延寿命，无求于物长精神"等等，孔夫子概括的更为简练："仁者寿"。这些真知灼见，归根结底不就是保持一种自尊、自信、坦荡、宽容的心态吗？

　　人生不如意事常八九，关键在于如何对待。记得年少时读《论语》，有"仁者不忧，知者不惑，勇者不惧"之说，始终铭记在心，作为处世的准则。我这一生确实有过几次遭遇令人刻骨铭心，最大的一次冲击波就是 1997 年 7 月突患脑梗塞导致偏瘫，当时我已年逾古稀，心想这次大概到达人生的终点站了，但又不那么心甘情愿，于是下定决心争取重新站起来。过去从不重视养生健身之道，病倒之后赶紧补课，读了一些有关医疗知识的书刊，逐渐懂得了病之症结与康复之法；除了遵照医生叮嘱按时服药而外，更重要的是克服困难坚持恢复瘫肢机能的锻炼。开始时在室内持杖踟行，然后练习上下楼梯，直至出门散步，大致用了两年时间不仅基本上可以生活自理，而且还可以外出参加社会活动。最让我高兴的是瘫痪的右臂逐渐康复，又能握起笔来给报刊写稿，向关心我的朋友传递"我尚健在"的信息，也借此促进脑细胞的代谢。特别是在 2004 年纪念天津设卫筑城 600 年，我不仅写了四十多篇有关天津地方史的文稿，参加纪念 600 年的各种活动，而且还编写了《天津的九国租界》一书。就是在我患病之前的若干年间，也不曾如此风光过，因此我总在叨念："夕阳无限好"！

我患病至今已经八年，大难不死，激情依旧，得益于不忧、不惑、不惧的心态，也正好印证"寿者，劫之余也。"

（2005 年 5 月）

九秩感怀

蹉跎岁月度残年，
福祸交集徒自怜。
诽语流言伤心泪，
左呼右唤举步艰。
锄恶反腐剑出鞘，
强国裕民勇向前。
九旭老翁意气爽，
且盼几载艳阳天。

乙未早春

附录　早年短篇小说

我在 1942 年至 1944 年的三年间，发表短篇小说 12 篇，中、长篇小说各一篇。写作大多取材于社会底层劳苦大众的生活境遇，文笔简约，形成个人的创作风格，在当时文坛薄有虚名。1945 年中止写作，三年的文学生涯宛如流星一闪而逝。

20 世纪 80 年代，北京有多位文学评论家在解放思想、实事求是的精神指引下，对沦陷时期华北文坛的状况开展深入研讨，认为当时许多作家坚持文学现实主义，提出"乡土文学"口号，敢于揭示社会矛盾，诉说民众苦难，在相对封闭的环境里延续了"五四"新文学运动道路，因此主张沦陷区文学应属于中国抗战文学的组成部分。在这场研讨中，也涉及了我的作品，曾应邀去北京参加华北沦陷区文学座谈会。对沦陷区文学还历史本来面目，我深感欣慰，不过我早已是文学陌路人，往事如烟，遂淡然处之。

2015 年纪念抗日战争胜利 70 周年，又涉及对沦陷区文学活动的回顾，曾接受来访，提供沦陷时期天津文坛与作家的情况，勾起我对往事的回忆，遂对当年发表的作品重新审阅。印象是：文学品位一般，史料价值犹存，于是遴选短篇小说数篇，作为本书附录，供治史参考。需要说明的是：对个别篇章，在文字与结构上作了适当的删改，以期故事情节紧凑。至于长篇小说《生之回归线》（10 万字，北京《国民杂志》1943 年 1—4 期连载）、中篇小说《生活在底层里》（4 万字，北京《民众报》1943 年 4 至 6 月连载），鉴于当时我的文学修养尚不具备掌控长篇小说的文字功底，因此作品结构松散，叙事拖沓，情节零碎，虽是"成名之作"，实属"失败之笔"，故舍而未录，特此说明。

火灶上

在一条不十分繁华的商业街上有个太平饭庄，名为饭庄实际上是一个二荤馆。在饭庄门口旁边，挂着木头牌子，上写着：

家常便饭
美味适口
特聘名厨精作
欢迎尝试
宴会预先订座
招待周到

厨房的主管姓朱，官称"朱头儿"。矮胖的身材，乌黑的面庞，嘴里黄澄澄的两颗金牙。每天一早他都照例到厨房巡视一番。

热气，如同白色的帐幔围绕在火灶上；熊熊烈火在几个炉口伸出红舌头，就如同深谷中的巨蛇伸出毒舌恫吓行人。

徒弟三儿，揉了揉惺忪睡眼，放出一盆清水擦桌子。擦过来，擦过去，油黑的桌面擦得光亮，拧一拧揠布，换一盆清水，继续干活。

张老头，五十开外的年纪，头发灰白，双颊面皮裹着颧骨，颚下有几丛黑硬的胡碴。他伸出无血色的手，把半生不熟的稻米饭从锅里捞出来，再放到笼屉里去蒸，然后铲了一铲湿煤末填进灶口，火苗突突地奔向烟囱。张老头放下煤铲朝面案喊：

"李师傅，花卷摆好了吗？"

"摆好了，上屉吗？"李师傅从白色门帘里探出头来。

"该上了。"

"上！"随着声音李师傅端出一屉生面的花卷。端到大灶前，张老头掀起笼帽，李师傅把花卷填进去，冒出的热气让人睁不开眼。

这时，徒弟三儿已经擦干净三张桌子，又去擦灶台。

朱头在厨房转了一圈，抽出一支烟，点着了，闲情地走出厨房，正赶上李麻子买菜回来，迎头问道：

"都买齐了吗？"

"差不离了，青辣子没敢多买，其余的都全了。"

朱头朝屋里喊："刘大，捡菜来！"

随着应诺的声音，走出来一个十七八岁的徒弟，手里拿着蓝布围裙正往腰间系。然后把菠菜、白菜、冬瓜、笋、土豆、青豆、芥蓝菜、油菜、萝卜……一篓一篓地抱进厨房里。

这时徒弟三儿正在扫地，把尘土扫到屋角，用簸箕收起来，就听见刘大招呼："小三儿，摘菜来！"

两个徒弟围着案板子开始摘菜，把菜的烂叶子、黄叶子都摘到一堆，再去削冬瓜皮，土豆皮……

这时李麻子提着菜篮子进来，把猪肉、牛肉、火腿、虾仁、海参、干贝、鸡、鸭、鱼……码到冰柜里。管冰柜的王大提着冰川子走出去川来两条冰，凿碎了掷进柜里。

刘大把冬瓜、笋、香菜等洗干净了放到几个小瓷盆里，又把青豆、海参、干贝等泡上，都放进冰柜里。

墩上的陈师傅开始收拾鸡、鸭、鱼，然后递给灶上的吴师傅，该煎的煎、该炸的炸、该煮的煮。

张老头这时候倒也闲在，坐在一旁吸着旱烟。俄尔，从怀里掏出一小包九毛六的茶叶末，经意地捏出一小撮投进那把挂满茶垢的瓷壶里，自言自语地说："沏壶好茶！"

这时朱头进得屋来，靠在大椅子上，盘起一条腿，悠闲地抽着烟，一眼看见张老头在喝茶，便喊着："三儿，沏壶茶，妈的，天天怎么总是等人支使才动呢？"

三儿慌慌张张地从外屋跑进来，赶紧端起朱头的私用茶壶。朱头问他：

"三儿，干嘛去啦？"

"我，解手去啦！"

"混蛋孩子，洗手了吗？妈啦的！"

三儿战怯地走到水池子旁边去洗手，这时刘大正在刷家伙，三儿苦丧着脸小声嘟囔着："他妈的你也讲卫生了，瞧你那茶壶，真不如夜壶干净。"

"别叫头儿听见，三儿。"

张老头这时站起身来，伏在锅沿旁听了听，又算了算时间，说："差不离了，李师傅来揭锅。"

李师傅跑过来，与张老头一起，一笼屉、一笼屉从锅上抬到案板子上，登时，屋里雾气腾腾。张老头招呼小三儿"来下饭"，两人就把笼屉里的米饭倒在饭桶里盖起来，小三儿一边干着一边往嘴里塞饭粒子。

到这时，各项该准备的活儿，算是告一段落了，接下来开早饭。

早饭，经常是昨天没有卖完的饭和菜。有米饭、花卷、炒的豆芽菜，还有荤油渣（炼猪油剩下来的渣滓，撒上点盐）、咸菜条，吃着倒也顺口。朱头摆谱，叫三儿从外面买来两根油条和一碗锅巴菜。

大伙吃饭时总免不了闲聊几句。差不离饭馆里的大师傅晚上"封火"后便去南市"打茶围"（逛妓院），于是便有了谈话的资料：

"三喜班的老二死了，梅毒。"

"早就该死，妹妹的，小翠香也跟人从良了。"

"同乐班又来了个新人，说是什么洋学生哩！别他妈的糟改了。"

"昨天我看见电车撞汽车，真玄！"

"死人了吗？"

"还好，挤伤了一个卖票的。"

"近来马路上的汽车见少。"

"汽油贵了，还不好买，有钱人家又都坐上包月啦！"

"开明电影院的三号女招待真不赖，比小翠香不在话下，昨天我喝了她一杯茶，搂了搂，够意思！"

"昨天我上日租界去，正赶上警察骂野鸡。"

"怎么回事？"

"有个野鸡坐着胶皮（人力车），也不知有什么急事，一劲儿催拉胶皮的快点，险些跟汽车'喝雷子'（相撞），让警察赶上了，大骂'拉着你妈了是怎么着？我×你妈的！'多恨！"

"这警察说话也真够损的。"

"拉胶皮的够倒霉，落了个野鸡妈妈。"

"野鸡比窑姐儿的能耐大，净找外国人，她们还会几句外国话呢！我总看见外国兵搂着野鸡遛马路，满嘴叽里咕噜的。"

大师傅们边吃边说，肚子填饱了，站起来又各自分工去干自己的活了。

吴师傅站在灶前炼荤油，煮白肉……

陈师傅去做"八宝饭"，搭配豆馅、青丝、玫瑰、葡萄干、核桃仁、瓜子仁……

徒弟刘大去剥莲子、削荸荠、剥栗子……

饭馆子里"看大锅的"（即蒸米饭、花卷），工作忙闲跟别人正相反，别人闲时独有他忙，到了别人忙时独有他闲在，所以这时张老头到小院抽旱烟去了。管采购的李麻子过来招呼他下盘棋，两人是老对手，谁也不服谁，张老头奚落李麻子是"臭棋老道"，李麻子嘲笑张老头是"臭棋篓子"。两个人半斤八两，臭味相投。

大堂开始有顾客上门了。

"白大挂"（跑堂的伙计）到厨房递来一纸菜单，招呼："陈师傅，配菜啦！"

徒弟刘大把菜单接过来，念着："木樨肉、栗子白菜、干烧鲫鱼、辣子鸡、还有酸辣汤。"

冰柜的王大扔过来鱼、肉、鸡……刘大帮着陈师傅掇弄与配料。这时朱头从刘大的身边走过去，似乎看见了什么，又转过身来，冲着刘大说：

"配菜吧，总搁这么多肉，你知道不知道眼下肉多贵啊，告诉你你就是不上心。"

说着伸手抓出了一半肉，说道："你看，这些不也就足够了吧！要是说你总不听，离挨揍不远了。"

刘大不敢言语，把配的菜端到灶旁边，低头嘟囔着："连二两肉都不到，还嫌多，再少就没人来吃了。"

吴师傅操起铁勺，非常麻利的，就把几个菜炒好，当当地敲了几下铁勺，三儿立刻把炒好的菜放到桌子上，冲着大堂喊着："走菜，八号的！"

显然到了饭口客人逐渐多了起来。厨房的大师傅、小徒弟、白大挂如穿梭般地走来走去，还不停地喊着：

"少回身！"

"借光，小心烫着！"

白大挂又递过一个菜单，刘大接过来一看，又是肉菜，寻思着：这六寸碟的鱼香肉丝得配几两肉？想起刚才受到朱头的申斥，不经意地把菜刀狠狠地往木墩上一敲，出口恶气。

朱头还在厨房里，吓了一跳："怎么的了？"

"不，不怎么……"刘大突然意识到要惹麻烦，说话有点颤抖。

"菜刀招你惹你了？他妈的你摔打给谁看，刚才说你两句就给我来个样看看，是不？"

"不，不是……"

"不是，他妈的你这是摔打给我看哪！告诉你我看不下去。跟我玩轮子？再摔打给我看看！"朱头说着走过去操起菜刀用更大的劲头往墩子上一敲。

"师傅，我没敢跟您……"

"你不敢？当徒弟跟师傅耍脾气，我要管管你！"说着，朱头伸手打了刘大一个耳光，刘大战战兢兢地往后缩。

这时王掌柜的从大堂跑了过来，忙问朱头：

"怎么回事？"

"我说了刘大几句，他居然敢摔打我！"

"得啦！朱头，看我的面子，别跟徒弟呕气。刘大，尊敬师傅，听见没有？喂，走菜没有？客人还等着呢！生意要紧，快炒菜吧！……我说朱头，揭过去，看我的面子，别往心里去，这点小事不值当的。"一边说着一边想把朱头拉出厨房。

朱头边走边骂着："妈啦的，反了你啦！敢摔打我就给我滚！……"

几位大师傅也你一言我一语地劝解着：

"得了，刘大还小不懂事，算了吧！"

"看在大伙面上，朱头消消气！"

朱头本来也是个敞快人，见大伙给足了面子，也就见好就收了。他没有跟随王掌柜的到大堂去，依旧留在厨房，坐在大椅子上，燃起一支烟，眯着眼注视着大伙的操作。职责所在，不能擅离职守呢！

朱头坐在椅子上吸烟，心里还在寻思着刚才发生的事。忽然抬头看见窗户外面出现一个蹑手蹑脚的人，感到有些诧异。于是低下身子从热气底下望出去，确实有个人正俯着身子在干什么，原来是每天上午来拾煤捡儿的胡二。心想：不对啊！拾煤捡儿怎么还偷偷摸摸的？

朱头下意识地向窗外仔细地注视了老半天，才悟出来：他哪是拾煤捡儿，明摆着是在偷东西啊！

胡二正在神不知鬼不觉地干着一件"好事"，他把煤块先放到口袋下层，最后在上面再盖上一层煤捡儿。这种事他干了不止一次了，没有人察觉。他左右看了看，没有人，然后撣了撣身上的土，准备走人了。

朱头心头怒火起，三步两步跑了出去，指着胡二呼叫着：

"胡二，干得好事啊，你！"

"怎么了？朱头。"胡二装着镇静。

"口袋里装的什么？"

"拾点煤捡儿呀！"

"煤捡儿？倒出来我看看。"

"您看，这不是煤捡儿吗，我还能哄弄您吗？"胡二居然竭力装着心里没病，可是表情已经有些不自在了。

"我叫你倒出来，是不是煤捡儿让我看看!"

"我拾煤捡儿可是有你们掌柜的话呀!"

"我不管，我也是掌柜的。"

猛可间，朱头伸脚踢倒了口袋，许多煤块显露出来，朱头的脸都涨红了。

"这是煤捡儿吗? 你们家有这样的煤捡儿?"

"……"胡二低下头，无言答对。

"妈啦的，简直疯了你，胆子够可以的。"

"……"胡二找不出可以回答的话。

"让你拾煤捡儿是老大面子的事，你倒好，拾来拾去连煤块都一块拾走了啊! 要是把你送警察局，那是给你难堪，他妈的这么大的人也不知难看不难看。从今往后，告诉你胡二，再不许你进太平饭庄的门。把煤都给我倒出来!"

"姓朱的，有你的!"胡二不是个能忍气吞声的人，他立刻变了脸:"没关系，这算个什么，你等着，今天我叫你出不去太平饭庄的门! 告诉你说，我不治残了你，算我不是人养的。是我偷了煤，好汉做事好汉当，蹲几年大牢算不了什么。姓朱的，只要你不栽，你就等着我!"

胡二倒出了煤，提起口袋，三步两步迈出了饭庄大门。

登时，朱头有点精神恍惚。胡二是个"无赖游"(地痞)，这种人什么事都干得出来，朱头似乎看见血泊里有把明亮的匕首。

(写于 1941 年 11 月，署名杨鲍，刊载于北京《新民报半月刊》1942 年 4 卷 2 期)

跳　会

（一）

腊月，释迦牟尼成道日（初八）刚刚过去没有几天。

小刘庄的会所里，有几个人在议论着什么事，发言挺热烈。这时，小和子从外面跑进来，一挑起棉门帘，看见屋里这么多人，笑嘻嘻地说：

"嚇，今儿个真上客啊！"

"别闹，和子，坐下好好听着，正研究事呢！"

"甭研究，不娶媳妇揍不出儿子来。"

"别胡扯，坐下，好生听着！"小和子被一只强有力的手给摁在凳子上。这时他才发现屋里的气氛有些凝重，他不敢再嬉皮笑脸了。听了几个人的发言他才明白，原来是为春节赛会的事。

"办倒是好办，就是罗锅裁袍子，前（钱）短啊！"说话的是杨玉贵，绰号"杨六郎"。

"谁说不是，就是钱短。"接话茬的是刘金龙，因为瞎了一只眼，人称"独眼龙"。

"这不要紧，"刘老七说："咱先写会头，写上十个二十个会头，找财主们担当点，没个不成的。"

"要是铁公鸡一毛不拔呢？"

"不至于吧！今年收成不坏，都够富裕的，叫谁掏我看谁也不好意思驳面儿啊！也就是掏多掏少的事。"

"找谁教呢？"坐在墙角的周二黑问着。

"彭有啊！"

"益顺也行！"

"彭有当年真不赖，有真功夫，益顺也凑合，前几年他还在镇上跳过呢！"说话的是刘十爷，拈着胡须回忆着，屋里人属他辈分大了。

"回头我就找吴师傅去！"刘老七说："告诉他准备打腿子，通知大伙，谁爱跳谁就跳，不过说清楚，谁跳都得自己打腿子。"

"跳会呀！我跳，有我有我。"小和子憋了半天了，这时高兴得都要蹦起来。

"今天是十二了，离年……还有十六七天，总能练出来。"周二黑说。

"练的出来，大伙心气盛。"

"可是……"李文祥说话了，酸溜溜的，他是读过几年书的人，人称"秀才"，他一向考虑问题都比较深沉。

"可是甚么？"全屋的人都等着他发言。

"凡事就怕心不齐，这档子事不能一哄而起，要考虑得周全些……"

"还没干了你就说丧气话。"

"不，要知道咱中国人不是被人称为一盘散沙吗？"

"算了吧，收起你那一套，甚么沙不沙的，沙他妈的狗臭屁！谁敢捣乱，我×他祖宗！"小和子一说话就带脏字，有人常说他是"狗嘴里吐不出象牙来"。

李文祥很不高兴，没有再言语，心里却嘟囔着：我是对牛弹琴啊！

"好吧！咱就这么定了。"刘老七说："走吧！家里恒是熟饭了。"

"走，有家的归家，有庙的归庙。"

"要是没家没庙的呢？"小和子又要胡扯："就归他妈的落马湖！"

人们哄然大笑，周二黑逗着小和子：

"落马湖在哪儿？别是你姥姥家吧！"

人们又是一阵哄笑。小和子真不知道落马湖在哪儿，他也没有去过，仅听人说是天津卫的下等妓院，周二黑逗他有点挂不住了，就反咬一口：

"那不是你老姨家吗！"

大伙在笑声中分散了。小和子走在回家的路上，想着赛会的事，特别兴奋。自己扮谁呢？要不扮个傻儿子吧，挺逗的！他三步两步跑回家，刚迈过篱笆门，就喊着：

"妈，告诉您，咱村里要跳高跷了。"说着跨进屋门槛："还有我也跳哩！"

（二）

南场锣鼓喧天，响得全村的人心惊肉跳，这个寂静的村子，好久没有这么热闹了。

小和子一听见锣鼓声，三步两步就从家里跑出来，奔向南场。这时南场已经站了许多来看热闹的村民。

刘文秀抹了黑脸膛，砍了两根树干，刮去青皮，翻打起来，他扮的是那个打头棒的。他妈妈跑来南场，看见儿子模样吓了一跳，说了句："瞧你那德行！"

刘家福的妈妈也来了，追着儿子喊道："家福，瞧你的耳朵都冻红了，要作死呀！给我回家戴上耳套再玩。"

"今儿个不冷，明天再戴。"

"你这个活猴！"

"杨六郎"浑身上下是一通白，左手托着个纸盘子，右手抖落着白手绢，在大场上扭来扭去，女了女气的，惹来一片叫好声："小寡妇好俊啊！"

小和子也跑过来了，抹了一脸花花绿绿的，手里摇着小驴鞭，蹦蹦跳跳地跑到南场中央，吐了吐舌头，做出个鬼脸。

傻妈妈随着鼓点也跳出来，是周二黑扮演的，头上梳了个假髻，身上穿了件大紫缎子袄，蓝缎子裤，手拿蒲扇，乍一看还真像个老婆子。

彭有在一旁不辞辛苦在教导着，耐心地嘱咐着：

"记着，打头棒的不要快，跑场也是……"

"走外圈，走里圈，变换时不能乱。记着，责任都在你头棒身上，穿龙尾时得找准了档子……"

南场上这十几个人跳来跳去，虽然是新学乍练，但还是有模有样的。

"走，上街里跳去！"不知是谁喊了这么一声。

"走哇！咱先上会头们的门口去！"

"对，上刘寿安家去！"

这群人如一窝蜂似的，跳跳蹦蹦来到刘寿安的大院。彭有吩咐着："跑场，然后下对。"

打头棒的一对下去了，樵夫一对也跟着下去了，接着该是花蝴蝶戏公子，老渔翁也跟上了；刘二姐扇着扇子扭上来了，小列子（坏小子）围着调戏，"刷"的一声，刘二姐故意把手里的花手绢抛在地上，观看的人们兴奋地喊着：

"小列子，给刘二姐拾起来吧！"

小列子愣住了，这怎能拾起来？这一手没有练过啊！这时扮演公子的刘益顺过来了，一个大劈叉从地上拾起花手绢，就听见一片叫好声：

"还是人家益顺。"

"敢情，这是真功夫。"

小列子冒了一头汗，直向刘二姐叫苦："好狠的娘们，没想到你给我来了这一手。"

小寡妇扭着去上坟，衙役色迷迷地戏耍着。

傻妈妈、傻儿子这一对上来了。傻妈妈拍手三下，锣鼓点停了，接着喊了一声：

"妈妈的傻儿子呢?"

"我在这啦!"

"你干嘛去啦?"

"我听王八叫去啦!"

"王八怎么叫?"

"好，您听着——崩豆萝卜!"

所有的人都笑了。卖崩豆萝卜的刘二正在院门口站着，也跟着笑了，他岂肯饶扮傻儿子的小和子，便回应了一句：

"损吧你，小和子，你这个小王八羔子!"

人们欢快地议论着：

"这伙年青人，还真有点意思。"

"没有行头呢! 跳个嘛劲?"

"买啊! 敛钱，找会头。"

"买? 当时下的行头可不便宜。敛钱，说说容易，谁有这么多的闲钱。"

"我看这个赛会办不成，年青人瞎哄哄呗!"

大伙聊的正热闹，忽然看见"杨六郎"他妈杨二奶奶跑来，冲着"杨六郎"喊着：

"小六子，你给我下来，你个小活猴，不嫌个寒碜，男不男女不女的，死不要脸，你给我下来……"

"得了杨二奶奶，小孩子谁不爱玩啊！"

"不行，说甚么也不行，大年底下，摔个好歹的怎么办？这不是找不顺序吗？"

"小六子，别跳了，别让你妈妈着急。二奶奶，您说的也是，大年底下的……您看，小六子多听话，他那不正解绑腿了吗！您消消气……"

杨二奶奶这一闹，这场演习也就散了。

（三）

腊月二十三，糖瓜祭灶的日子。

杨二奶奶对"杨六郎"管教严，高跷是跳不成了，但他心里还是惦着这件事。这一天他不言不语地从家蹓出来，想去会所看个究竟，嘴里哼着小曲：

> 小燕子往南飞，
> 尾巴冲着东……
> 老天爷刮的是，
> 西北大风……

"杨六郎"走进会所，撩起棉门帘，正听见小和子在发牢骚："妈啦的，小刘庄要是能办成高跷会，我是大伙揍的。"

"杨六郎"听了莫名其妙，忙问："怎么的了？"

没有人回答，停了一会，小和子说："揍了！"

"怎么，跳不了啦！"

"跳个屁！"小和子张嘴就是脏话，然后说：

"刘文起他媳妇把锣和鼓拿走了，愣说是他们家的，她说要使唤呀，可以卖给咱。妈啦的这不成心搅和吗！"

"到底锣和鼓是谁的？"

"从前咱村跳过会，是大伙凑钱买的。""独眼龙"刘金龙说："那时候刘文起是会头，就一直由他家保管着，要是刘文起还活着，这事好说，如今文起不在了，人家寡妇失业的，咱好意思跟她争这个吗？"

"老娘们就是小气。"

"要不给她几个钱买过来。"

"买过来？爱她！有钱咱买新的，气死她！"

"买新的？钱打哪来？"

一提到"钱"字，人人就闭口无言。沉默片刻，周二黑说："那天去刘寿安家演练，事后刘寿安跟人说，这群浑小子乐和，要我掏钱，乡里乡亲的，我不驳他们的面子，就给个三元五元，顶多十块八块，就够意思了，再多掏，没门！"

"有的会头也表示了，来敛钱，给他个块八毛的，不驳面子，这些会头像是都串通好了。"

"块八毛的，他妈的，这不是打发要饭的吗！"

"看来这赛会是办不起来了。"积极挑头办会的刘老七也失去信心了："头一宗，会头们是抱着金元宝跳井——舍命不舍财。再说，跳会的人也是一群熊包，不他妈的好生练，嘻嘻哈哈，骂街抬杠，闹意见。刘文起媳妇吧，也趁火打劫，你他妈的五十多岁的人了，也不积点德！"

"他妈的，过年谁也不许给她拜年去。"

"依我看，不用跳啦！大年底下在家里忙活忙活，跳这行子干嘛！腰酸腿疼又挨骂，算了吧！"刘十爷发言了，他的话可有分量。

"总而言之吧，"李文祥似乎有几分得意："主要是大伙的心不齐，我早不就说了吗，中国人是一盘散沙。"

"得了，你别再添堵了。"

"不然，"李文祥想借此机会教训大伙："这次赛会虽然办不成了，但，失败是成功之母，我们可吸取经验教训，比方说，办会之前要先把刘寿安这些财主发动起来，让他们牵头……"

小和子听得不耐烦了，打断李文祥的话：

"甚么母不母的，母的早卖到落马湖了。"

"你是三句话不离本行，"李文祥认为小和子一再奚落自己，心中有气，他要反击："落马湖长，落马湖短，你妈妈下卫带你去了是怎么着？没教养，天生混蛋！"

"你骂谁?"

"我这是替你家大人训子!"

小和子哪里受过这种气，"拍""拍"就打了李文祥两记耳光，并狠狠地说："让老子先教训教训你!"

屋里一下就乱套了，人们赶紧劝架，刘老七立刻把李文祥拉扯到屋外，一直拉到对门的小杂货铺里，劝解着："别这么大的火，跟这种浑小子不值当的，真要是打起来不是让人笑话吗!"

"我不跟这种人打架，我不是没动手吗！君子动口不动手，我就当是被牛踹了我一脚，我能跟牛呕气吗？我不是打不过他，我要动手岂不失了身份……"

"实在，还是不动手的对，不然怎么称得起是君子呢!"刘老七顺着李文祥说好话。

这场高跷会，终于没有办成。

（写于 1942 年 1 月，署名杨鲍，刊载于北京艺术与生活杂志社出版的《同心集》，1942 年）

大　莲

　　我刚搬进这个大杂院的时候，就发现了一个叫大莲的女孩子，约摸有十七八岁的样子。

　　她住在我的隔壁，我们每天出来进去总有四五次晤面的机会。彼此总是缄默着，点点头，笑笑，顶多说上两句应酬话，不是"吃了吗"，就是"今儿个天气还不错"。

　　我爱看她那副忧郁的大眼睛，漆黑的头发梳成一条拖到屁股上的大辫子，以后我才听说是因为她母亲不允许她剪发。她走路总是低着头，极少笑，即或笑也蕴含着苦涩的滋味，正是青春发育的年龄，可是面孔却很苍白，胸前也是平平的。我的确为她那悒郁的神情有所感动了。

　　然而，让我最感动的还是在小巷里听到她那深沉的声音：

　　——看报！

　　总像是蕴含着一股说不出的凄凉。

　　她跟父亲总在一起——一个瞎了双眼的人，据说还能识别"三光"。他身上背着报口袋，一手扶在大莲的肩头，一手拿着竹竿，整天在摸索中过活。

　　他为人耿直，说话做事总爱把"公理"摆在前面，一遇到什么霸道不讲理的事就生气。他有个老毛病，一生气心口就像是有什么硬东西堵着，这毛病时常犯。

　　人们都称呼他"瞎二伯"。

　　最使我心怵的是大莲有个继母，一个既狠且毒的泼妇。矮矮的身材，裹着小脚，有时候站也站不稳似的；小小的眼睛，眼眉总像是拧在一起，爱从鼻孔里出气，一说话就像是晴天的一阵雷。看见她我就有点胆怯，心里叨念着"这个母老虎"，后来我才知道同院的人在背地里都是这么称呼她。

我搬进来的第一天晚上，便听见她在发作，真像是天翻地覆一般，我疑心出了什么人命案了吧，正想出去看个究竟，房东太太推门进来了。

"旁边出了什么事？"我迎头问一句。

"唉！别管那些个，太不新鲜了，您就往后瞧吧！每天至少得闹一通，芝麻大的事也闹个翻江倒海。往后瞧吧！尽是热闹，您看……"她附在我耳边低声说："她那个闺女多好啊！多俊，懂事！人也好针线活也好，就是整天折腾她，除了打就是骂……头发也不叫剪，现在哪还时兴大辫子啊！当初要不是她爸爸闹，脚也给裹上了。"

"是亲娘吗？"

"哪是，后娘。"

房东太太来，主要是问问住着有什么不合适的地方，有事尽管言语，然后就走了。隔壁的吵闹声仍没有息止，过了不大功夫，我才听出来吵闹的原由：原来晾在绳子上的袜子，大莲在拿毛巾时一不留神给带了下来，偏巧又掉在面盆里。

"这将来出门子哪行啊！婆婆那可是不饶的，这么大意，叫人家笑话咱家没教养……"

"她又不是故意的，你瞧你……"瞎二伯说话了。

"什么？不是故意的，哼！好哇！你总是护着你闺女，不让我管是怎么着。不是故意的，把屈屈、尿掉在面盆里才算是故意的怎么着？你就护着她吧！我看你把她宠到哪儿去。赶明儿出了门子这样子下去行吗？你护着她不让我管是吧！我就非管不可……"

瞎二伯很生气，大莲呜呜地哭起来。

"你还哭是吧！你委屈了是怎么着？"母老虎依旧不依不饶："你是哭给你爸爸看是吧，是我管不了你是吧？你瞧你那委屈劲，好让人家说我做后娘的欺负前妻的闺女是吧？好，我倒问问你有什么委屈？"

"不，妈妈，怨我，以后我改。"大莲哀告着。

同院的人大概看到事情闹到这时候也该劝劝了，房东太太、卖山芋老刘的媳妇、泥瓦匠张师傅的媳妇、烟卷公司工人宋三的老娘……先后都挤进屋子里，你一言我一语地说和着，母老虎琢磨着也闹的差不多了，又发挥了一通大道理，还谢谢大娘、大婶们的关照，纯粹是装模作样。

风平浪静之后，我躺在炕上却不能入梦。我搬进来第一天就遇见这等事。我反复寻思着，大莲那么一个淑雅的少女遇到这么一个泼悍的继母，"命运"终会断送她的终身幸福，造物者真是太无情了！

大莲每天跟着失明的父亲上街卖报，走上三五步便可以听见一声"看报"的喊声，有时是大莲的声音，有时是她父亲的嘶哑声音，两人迟缓地走着，像是江湖上卖唱的艺人。

我天天看他们的报，起初说什么也不肯要报钱，说看完了还可以再卖去。我跟他们说，我看完的报还有用，在上面练字、用来铺桌子、包东西等等，终于接受了我给的报钱，但有时花一份钱却让我多看几种报。

瞎二伯有时身体不舒服，就由大莲一个人上街取报、卖报，但这种时候不多，因为瞎二伯不放心。据说，一到她一个人卖报时，总会有不正经的坏小子跟着她说些下流的话。

比方说："今儿个有大闺女生孩子的新闻吗？"

要不有人打开报纸，喊着："瞧瞧，旅馆中春光泄露，野鸳鸯双宿双飞，嘿，光着屁股就给逮着了。"

甚至还有人在她身后唱"窑调"，什么《妓女悲秋》《叉杆打王八》之类的。

这些事都是宋三告诉我的，不晓得他是怎么知道的。宋三在一家烟卷公司当工人，与母亲二人住在一起，快三十岁了，还没有结婚。宋三是个颇为潇洒的小伙，爱打扮，居然还有一套西服，有时穿在身上像个什么银行、洋行的职员，除了一说话就听出粗鲁而外，看上去似乎是个文明人物。一到休息的日子，他总要穿上漂亮衣裳泡电影院去了。有一次我在南市开明电影院看见他坐在后排搂着女招待嘻嘻哈哈。

宋三对大莲像是有点钟情，每当走到大莲的身边时就喜欢吹着动听并富有挑拨性的口哨，要不就哼着流行小曲。大莲仿佛对他也有一些好感，但害怕她继母的淫威，连看他一眼都不敢。可是，我曾在马路上碰见过他俩在一起说话，有两三次哩！

在这个大杂院里，孤身一人的只有两个：一个是我，另一个是住在对面算卦的刘神仙。他年纪大约在三十四五的样子，两只眼睛很锐敏，像是鹰眼那么犀利，说话爱咬文嚼字。同院的人都爱到他屋里问个吉凶兆头，他也常到我屋里来聊天。

刘神仙跟大莲继母的关系似乎不错，常见她去刘神仙的屋里去，哪怕是芝麻大的事，也要找他占一卦，问个吉凶祸福。

有一天晌午刚过，大院里又忽然发生了一件事。这天宋三歇班，在家里吃过午饭准备出去，有声无调地哼着小曲：

我的妹子呀！
今年你才十八岁，
愣叫哥哥给你找女婿。

你想没想咱家如今穷到底，

谁肯要你这么个穷闺女呀，

我的好妹子……

这个小曲还没有唱完，就突然被一声尖锐的叫声给打断了，那声音惊动了全院的人。随着那声尖叫，又听见：

"你，这个该死的小臭×"，听出来了，这是大莲继母在吼叫："你是不愿意受我的支使怎么着？瞧你烧的熨铁（旧式烧木炭的熨斗），连热都不热就给我拿来了，你安的什么心？"似乎一边骂着一边打着，因为夹杂着啼哭声："小臭×，该死的，你向来不听我使唤，你安的什么心？今天就是今天，我要教训教训你，这回谁说也不行……"

大院的人都出来了，想去解劝解劝，我也尾随大伙向屋里探头看看，只见大莲正倚在墙角，浑身颤抖着，满脸泪痕。母老虎手里拿着熨斗，还要奔向大莲打去，被大伙拦住了。随后我便清楚了发生了什么事：原来母老虎责怪大莲烧的熨斗热度不够，操起熨斗就朝大莲的胳臂上烫去，所以大莲发出尖锐的呼叫声。

多么惨无人道的事！我回到屋里心情久久不能平静，整个下午心里一直堵得慌。黄昏时出去简单吃顿晚饭，回来躺在炕上，总在寻思：多么无辜的少女啊！我不经意地忽然想起小时候曾经学过一首民歌，竟情不自禁地哼了出来，因为当年对这首歌曲的感触很深，所以唱出来的声音有点凄凉：

小白菜呀！地里黄啊！

两三岁呀！没有娘啊！

跟着爹爹好好过呀！

又怕爹爹娶后娘啊！

娶了后娘，三年半呀！

生了个弟弟，比我强啊！

弟弟吃面，我喝汤呀！

端起碗来，泪汪汪啊……

我还没唱完，宋三推门进来，先向我摆摆手，坐到我跟前说：

"您别唱了，大莲在院里做饭，听您唱直掉眼泪，您这不是捅马蜂窝吗！"

我听到他的话，才意识到自己做错了一件事。果然，传来隔壁母老虎撒野的声音：

"妈啦个×的，哪来的野腔野调，牙疼了怎么着？管得着吗，狗拿耗子……"

这是在骂我，我立刻坐了起来，宋三又把我按下去，说："大哥忍忍，别跟这种人一般见识。"

我没有言语，母老虎也住了口，可能发生的一场风波就这样平息了。宋三坐下来，谈了许多关于大莲与母老虎的事，很愤愤不平。他同时向我吐露，他有点喜欢大莲。

从此以后，大莲每次遇见我时，总流露出一股亲切的眼光；我几次想跟她说几句安慰的话，又说不出口。有一次很巧在胡同口我碰见她，周围又没有人，她主动跟我说：若不是因为她那失明的父亲，早就想离开这个狠毒的继母了。我真没有想到她竟有这种想法，便问她：

"你要去别的地方，指望什么吃饭呢？"

"这我想过，可以给人家看孩子，当个下人总行吧，我还可以上我死去的那个妈妈的姥姥家去。就是死在外头，也总比……"底下的话没有说下去，我明白了她是个把痛苦埋在心底的可怜的姑娘。

有一天，大莲哭丧着脸从外面跑进来，手里拿着空面口袋。我见过她哭已不是一次了，但从未见她哭得这么委屈。她跑进屋里，一头偎在父亲怀里，竟嚎啕起来。她父亲问：

"怎么的了？大莲。"

她哭得越起劲了。

"到底怎么了？告诉爸爸。"

"米面铺的伙计调戏我，找便宜，呜呜！还动手动脚的。呜呜！"

"有这种事？反啦！走，是谁？你领我去，妈的，我拼了这条老命了，不行，还有王法吗！"

大莲抱住了父亲，死不放手："爸爸，咱忍忍，咱没势力，咱穷，受了人家欺负，也就……"

"不行，咱是穷，可咱理不穷，我非去问问他们干的是什么买卖。欺负我闺女，我打不烂他！我豁出这条老命，拼了！找个说理的地方……"

"爸爸，咱忍了吧，闹起来也没有咱们的好处，官面儿都护着他们，警察向着他们，谁叫咱是穷人就得吃亏……"

"不行，死了也得拼，这叫我怎么见人……"

大莲死抱着父亲不松手，母老虎也在一旁拦阻着。大莲哭劝着：

"您非要去，我也不活了，都是我惹下的祸啊！"

终于好说歹说地阻止了瞎二伯去拼命。但瞎二伯心里窝火，从此一病不起。二十多年的老毛病又犯了，没钱医治，躺下不到半个月，心脉就停止了跳动。

父亲之死，大莲哭得双眼红肿，三番五次要寻短见，被同院的大娘大婶们的反复劝导安慰，情绪才逐渐稳定下来，每天闷坐在屋里不出来。奇怪的是继母对大莲的态度变得和婉了，再也未发生母女冲突的事。

宋三基于义愤，到米面铺与调戏大莲的伙计厮打起来，脸上被打得红一块肿一块的；据他说，那伙计被他打得惨不忍睹。

刘神仙自从瞎二伯死后，再也没去母老虎屋里，避嫌，怕院里人说闲话。母老虎倒是找过刘神仙，不知是不是又去占卜吉凶。

就在母老虎去刘神仙屋里以后的第三天，她对大莲说："总这么下去也不是事，得想法找个吃饭的路子。我托刘神仙给你找了个差事，是家毛纺厂，月钱还不少，而且干活的都是女工。"大莲表示乐意去。

大莲在一天早晨穿了件干净衣裳，跟刘神仙走了，说是去上班。此后，便未曾看见她回来过。

就在大莲走后的第三天，母老虎要搬家，说是大莲的事由挺不错，要搬到工厂附近去住。

在母老虎搬走的第三天，刘神仙也走了，说是老家母亲病重，得赶紧回去。

这一来，大院里立刻显出格外清静。

院里的人们莫不怀疑他们为什么先后搬走，都深信宋三的话：

"想不到瞎二伯刚死就戴上了绿帽子。"

至于大莲，无从得知她的下落。

（写于1943年4月，署名杨鲍，刊载于大阪《华文每日》杂志1943年第11卷第1期）

她们三个人

天刚亮，我就醒了。

休想再睡一会儿，听着隔壁学唱大鼓的那个女孩子，扯着单调凄凉的嗓门，唱着：

> 三国纷纷乱兵交，
> 四外里狼烟滚滚动枪刀。
> 那周公瑜定下一条火攻计，
> 诸葛亮借东风，
> 把曹操的战船烧……

听着，我总觉得有一股苦涩滋味，尤其在静寂的晨曦里，那歌声越发令人怔忪、胆怵，我不愿想那个小姑娘的身世。我总觉得在她那喉咙里有说不出的忧郁哽塞。

我醒了以后，躺在床上不愿起来。房东养了两只鸡，天一破晓便扯着响亮的嗓子啼个不休。

我躺着，思绪杂沓零乱。屋子狭小，又不透风，所以氤氲着一股子袜子里的臭汗气味，这气味浮在我鼻子周围窒息得要作呕。房顶子上苍蝇也醒了，"嗡，嗡"地飞着，落在搭在绳子上的毛巾上、电线上，没有什么味道吧，又飞起来落在我的脑门上、鼻子尖上，舔着，真讨厌，用手轰了一下，又"嗡，嗡"地飞跑了。

对过的门响了，大云去上班。她弟弟二狗子也出来了，为的是她走后去把街门关好。她那五十多岁的老娘在屋里咳嗽着。

大云的弟弟不成器，游手好闲，什么事由也干不长。干过旅馆的茶房，没几天就跟账房先生吵架叫老板给辞退了，赋闲在家吃姐姐。一家三口就大云一个人挣钱养家，因此她的脾气暴躁，甚至常和她妈妈叫板：

"我爱怎么着就怎么着，不用管我。"

对弟弟更是经常申斥：

"不争气，就知道吃闲饭，还总挑剔，自己有能耐挣去，我挣钱多不容易！"

二狗子是个暴脾气，经常和大云吵架，有一次甚至朝大云掷过去一个茶碗，差一点就出了人命。大云岂能饶他：

"好，你嫌我不是，看我不顺眼哈，好啊！我不能受你的气，我走，离开这个家。"说着，呜呜地哭起来。

这姐俩一打架，可把老婆儿吓坏了。但没想到妈妈心疼儿子，反而数落起闺女了：

"我的好闺女，我把你养活大了，翅膀硬了哈！该你耍性子啦！你是我的妈妈行吧！哼！妈妈算是把你养活对了。要知道你耍性子，当初为嘛不一屁股坐死你……"

二狗了听妈妈偏袒自己，就来了劲，嘟囔着："这不是能挣钱了嘛！"老婆儿一听，又赶紧骂儿子：

"闭嘴！我的小爸爸，你还有脸说姐姐，这么大的个子，在家吃闲饭，窝囊废！"

三口之家就过的这么不和谐。

房东于二爷每天起得比较早，在院里蹓跶着，做做深呼吸，间或咳嗽一通。

接着，于二爷的儿媳妇出来了。倒尿盆，扫院子，把鸡从鸡笼里放出来。

于二爷有档子痛心事，就是儿子死了，是在我搬进来之前不多天死去的。人们说儿媳妇是个败家的，因为于二爷的儿子娶了她才半年就死了，听说是痨病。

于二爷今年差一岁就六十，一辈子钱也挣下了，房产也置下了，就这么一个儿子，这么年纪轻轻的就走了。儿子死了他好像丢了魂似的，因而他看儿媳妇处处不顺眼。

我搬进来的日子不多，可是据我观察这个儿媳妇还算贤惠，性情好，长的也标致，听说还认识不少字，原是个在农村长大的。就是不大爱说话，总是那么悒郁，脸色总像是放不晴的连阴天。

她才十九岁，就守寡了，人们都议论说恐怕她守不住。人们这么叨叨，于二爷也信。至于于二奶奶，更别提多是非了。

看样子儿媳妇很痛苦。清淡的脸儿，头发也不擦什么油，两条眉毛总像是拧在一起，仿佛装满了一肚子委屈和烦恼。也难说，她才十九岁就守寡了。

于二爷跟我还算说得来，不断的找我聊天，说来说去总也离不开他儿子的事：

"我那儿子，是真好呵！可是给妨死了。老爷庙旗杆，独一根。唉！老于家绝户了。"

"您要想开点。"我就安慰着。

"可不就得想开点，该吃的吃，该穿的穿，要不剩下都给谁，我还能活上几年……"

"您儿媳妇挺贤惠的。"

"唉！败家来的，妨了我们老于家。"

"您可别这么说。"

"错不了，从打她进门，人旺是绝了，还谈什么财旺呢！这不是明摆的事嘛，她守不住，不信您看，我们公母俩一闭眼，就剩下她，请问能呆得住吗？我们于家祖上没阴德啊！"

"要不几时领个小孩给儿媳妇当儿子。"

"那又算怎回事呢，又不是亲骨肉。"

这件事就难谈下去了。

于二爷最不高兴大云她们一家子，总跟我叨念着：

"这一家子真不是玩意，我要是早知道绝不会把房租给她们。瞧那个闺女还要的嘛！总跟一帮不三不四的小伙子在一起鬼混，能有个好？她妈也有点浑，怎么让闺女出去挣钱养活家，小子呢游手好闲，整天哼着淫腔浪调，成什么体统！真是的这一家子，他妈的，早晚我得让他们给我搬家。"

要说大云的行为也确实是不怎么检点，经常很晚才回家。可是妈妈不敢说她，若是一申斥，回答的就是那句话：

"你们嫌我是不？看我不顺眼是吧！……"

二狗子终于找了个小差事，是在一家洋行当"百役"（杂役），立刻腰杆子就硬了起来，也敢顶撞大云了：

"滚就滚，能挣几个臭×钱，还不把人降死。妈的，谁稀罕……"

大云却不跟弟弟吵嘴。可能手头比以前富裕了，经常买化妆品，添时尚衣服，赶上歇班时总是捯饬得像公馆小姐似的，一出去就整天不回来。有人跟二狗子反映：

"我昨天看见你姐姐跟派出所的那个小白龙一块去看电影哩！坐在后排，黑忽忽的。好啊！你这个舅爷算当上哩！"

二狗子听了心里别扭，想找机会要跟大云闹一通。但没过几天，让人们惊讶的事终于发生了：大云两天一宿没有回家，一打听才知道跟警察小白龙两人私奔了。

"跑就跑，他妈的。"二狗子对这种事满不在乎："反正是赔钱货，早晚不也得滚蛋吗！这倒好，省下嫁妆了。妈啦个巴子，跟个臭警察跑，看挨饿的吧！哼！早晚还得跑回来。"

大云她妈妈几乎晕了过去，哭泣地数落："真是闺女大了不可留，留来留去留成仇哇！"

在大院，大云出走当然是件爆炸性新闻，议论纷纷，而反应几乎是一致的："这女的真不要脸！"但对另外两个女人——于二爷的儿媳妇与学唱大鼓小姑娘，可能是"别是一般滋味在心头"。我猜想，她俩说不定羡慕大云"自由"了。

于二爷到我屋里，还没有坐稳就急着说：

"你看怎么着？我早就说下了，这种闺女就是败坏门风。这一家子，真是的，丢人啊！我要知道当初说什么也不租给他们住！"我点点头，没有言语。于二爷又扯到他儿媳妇。

"哼！她也一样，早晚，你看着，她也会跟大云一样……"

"不会的，她可守本分。"我拦住他不要继续说。

"守本分？守个屁！我跟您说，再折腾那么两年，准远走高飞……"

我不愿意和他谈这种事。这时他儿媳妇正在院里洗衣服，隔着窗户说不定听得见，我怕伤她的心。于二爷看我不言语，觉得无趣，没坐住就走了。

大云出去可能引起唱大鼓的姑娘思想波动，每天练唱总是有气无力的，有时还唱走了调，总挨师傅的呲责。一天早晨，她在唱《闹江州》，唱道：

老大回过头叫声老二，

老二回过头叫声老三，

我说哥哥兄弟呀！

打南边来了个充军汉，

那人长的是好五官……

　　就听她的师傅喊了声"停"，又喊着"你怎么总走神，心里想嘛啦"，跟着就是藤条的抽打声，小姑娘的啼哭、求饶、抽泣的声音。这一次师傅敲打得够狠的，小姑娘哭哑了嗓子，一连三四天唱不出声来。

　　听不到她的唱声，我有点伤感。

　　于二爷家里这几天不怎么消停，于二奶奶总是骂骂咧咧的。这一天早上她又在发脾气：

　　"你就扔吧！你就不会好好地把扫帚放在那儿，非得扔不可，简直拿东西不当东西，扔坏了就称心了是不？这叫过日子，懂吗？我的少奶奶……"

　　"管她呢！"于二爷接上话茬儿："你就装着看不见不行吗？她呀，就是败家来的。"

　　我猜不出此时的儿媳妇会是什么表情，我听着都受到极大的刺激。

　　中午，于二奶奶又咆哮了：

　　"我的少奶奶，你瞧你，饭粒子落了一锅台，你是什么居心？咱打开窗子说亮话，要是不愿意看我们，请你走好了。这是何必呢！在这整天添堵……"

　　"管她呢！"于二爷又搭茬了："让她折腾去吧！折腾它两年！"

　　于二爷的话真像一枚炸弹，儿媳妇这位未亡人怎能承受得了。她怎能忍得了公公婆婆这种毒辣的揶揄和责骂。

终于悲剧发生了。十九岁的未亡人就在当天夜里，神不知鬼不觉地把脖子伸进绳子套里，就那么脚不挨地地吊了一夜。

第二天于二爷起来惊怕得不得了，但稍一冷静又变得坦然。找人把死了的儿媳妇安葬完毕以后，逢人便说，他儿媳妇跟他儿子感情好极了，他儿子死后，她非殉葬不可，死说活说，拉着劝着，总算打消了寻死的念头。可谁想到她还是这么刚强。"唉！到底还是我们老于家的门风！"

于二爷和我商量，能不能找位文化名人为儿媳妇撰写一篇旌表节妇的文章，过去不是讲究立贞节牌坊吗？

我表示：爱莫能助。

于二爷的儿媳妇就这样告别了人间，甚至都不能倾述自己内心的苦痛。她的遭遇折磨着我的心，她的身影总是挥之不去，我一夜又一夜的失眠。

清晨醒来，隔壁的小姑娘又在唱：

> 二八的俏佳人，
>
> 懒梳妆啊！
>
> 崔莺莺得了这么点的病……

她的嗓子恢复的不错，洪亮多了。听说她有可能就要登台演唱了，我想不出等待她的是怎样的前途。我期望她在氍毹上红起来，最终成为一位名伶。

（写于 1943 年 6 月，署名杨鲍，刊载于
北京《万人文库》1943 年 9 月）

罪与罚

说不清这是哪年哪月的事了。

警察署，对老李说来这地方一点也不陌生，他怀着紧张的心情伫立着，却竭力装出镇静，他知道接着会发生什么事。当值的警官声色俱厉地对他说：

"又是你！"

"嗯……"

警官照例先询问带他来的警察：什么案子？

"偷钱夹。"警察回复着。他身旁站着那个被偷的人，向他使了个眼色，那人便把事实原委一五一十地说清楚：我在电车上，从腰里掏出钱夹取出几分钱买票，再把钱夹放回去，这时就感觉有人挤他，猛不丁一回头，发现小偷的手已经伸到自己的口袋里，一把抓住了小偷交给了警察。老李当场承认此人所说的都是事实，警官做了笔录，那人便走了。

警官拍着桌子，声色俱厉地问道：

"你怎么总是偷，一再地偷。"

"我饿呀！"

"胡说，饿就偷，干点什么不能吃饭。"

"唉！我有什么可干的呢，人家都不要我。"

"你他妈的总是偷，谁还敢要你。带下去，先打！"

老李被警察带走了，他知道接下来是多么恐怖的场面。一顿拷打，流出来的有泪也有血，他挣扎着，求饶，他已经说不出来他想要说的话了。

他被拷在院子里的木柱子上，这地方靠近厕所，过来过去上厕所的警察，顺手打他两耳光，或许唾他一口。

他没有反抗，也不能反抗。

（二）

老李非常熟悉这个没有光亮的屋子，一想到暂时自己的食宿没有问题了，心里就轻松了许多。

时光寂寥，无限遐想。回忆往事，自己曾经是倔强的小伙子，因为干腻了锄头镰刀的生活，不愿意淌大汗在黄土地上，羡慕骑马挎刀耀武扬威风光，于是在一个没有月亮的夜里，没有告诉家人就神不知鬼不觉地离开了家乡。

老李曾听说，几十里地外的某个镇上驻扎着一股军队，正在招兵，他就奔了去。小伙子身子骨壮实，很顺利地穿上军装。没有想到的是，过了没有十几天与别的军队打起来被歼灭了。他死里逃生，连夜偷偷地跑回家，比前些天出走时换了一身军装，多了一杆枪。

老李父亲是个老实巴交的农民，看到枪可吓坏了，连忙托人说合打算把枪上交衙门了事，谁想到衙门却不依不饶，非要连人一块逮捕。老李没等衙门的命令生效，立刻只身跑出来，来到了这个大城市。

他原本想来投奔一个本家叔叔的，再想办法找个小事由，没有想到来了以后才知道叔叔去了关外。偌大一个城市，竟没有一个熟人。

找个工作谈何容易。本来带来的钱就不多，没有几天连吃饭都有点困难了。想去拉洋车，租车却需要"铺保"，再说地理也不熟。饥饿折磨着他，逼迫他铤而走险。在一条胡同的拐角处，他见到一个行路的女人，手里有个皮包，他过去抢到手就奔跑着。那个女人虽然声嘶力竭喊着、追着，但终于没有被逮住……

从此他像是中了魔，看路上行人的手包都在向他招手。但当他再次抢包时，被警察抓住了。他战战兢兢地说："我饿呀！没有饭吃才去抢呢！"

他先被警察毒打了一顿，然后就蹲黑屋子，从此他就与黑屋子有了不解之缘。他说不清已经进来过多少次了，正如他记不清挨过多少次打一样。有些地方，警察都认识他了，只好不断换地方去偷去抢，今天是在电车上被抓住的。以后怎么着？想不出个道道来。

——谁叫我饿呢？似乎他还没有什么悔悟。

（三）

老李从拘留所放出来，虽然有了自由，但依旧没有饭吃。曾去过几家工厂央求收留他，他说什么活都能干，不怕脏不怕累，但门卫一看他那邋遢样子，立刻就被骂了出来。

在街头向路人乞讨：

"老爷，可怜可怜我吧！"

"躲开躲开，讨厌！"

他也曾想过自杀，既然谋生无路，何必活着受罪呢！继而又想死又多么不值得，算什么男子汉！胡思乱想就想入非非，去抢金店吧！要是能得手摇身一变就成为富家翁了，再也不为吃饭发愁了。

事情哪能像他想的那么容易。金店是什么地方，店员们的戒备心强着呢！不容他动手，就被店员扭送警察署了。这次的罪名可不同于小偷小摸了，要判刑的。

一顿苦打！他怎么告饶也无用。他没有想到还有更难以忍受的刑罚。警察抬来一木桶的屎和尿，放在他面前，皮鞭如雨点般地抽打着他，大声命令着：

"舀一碗喝！妈啦个巴子，喝！"皮鞭又落在他身上。

他流下屈辱的泪，闭上眼睛，端起一碗屎汤"咕咚"一声灌到肚子里。说不出是什么滋味，五脏都翻了个似的，"哇"的一声又吐了出来，浑身上下都是屎汤。

"号坎"也写好了，他还得去游街。"号坎"上写着"我是不要脸的抢劫犯"，套在他身上，手里拿着铜锣，一边走着一边敲。街上的人们唾骂他，侮辱他。

这真是奇辱大耻啊！老李很后悔。他想今后一定要痛改前非，重新做人。

（四）

因为犯抢劫罪，老李被法院判了三年徒刑，送到"习艺所"关了起来。狱中生活他很快习惯了，这地方倒也不赖，除了不自由而外，食宿是不成问题的，虽然每天被迫劳动，从事各种生产活计，不算太累，还给为数不多的报酬。他曾想，就是老死在这里也是不错的呀！

他被刑满释放了，回到了自由的社会，但出路又在哪呢？在狱中劳动挣了些钱，暂时吃饭还不为难，但毕竟不能维持长久。

他走在街上，感觉到行人都躲着他。这也难怪，因为有一天他在街头看见一个衣服褴褛的人抢了一个女人手里的纸包，那是一包饼干，他掏出饼干就往嘴里填，那女人叫喊着，用脚踢他，他也不跑，吃着饼干钻进小胡同里去了。这种抢东西吃的事经常发生。

有一天，他看见一个人猝然倒在地上，脸色蜡黄，眼睛深陷，肚皮瘪瘪的，躺在那里动也不动。看热闹的围上来又走开了，警察过来了，用靴子踢了踢，骂道：

"是装蒜吧！起来，谁给他弄俩窝头来！"

躺倒的人依旧一动不动。老李不忍再看下去，他想到：自己的将来大概也会是这样吧！

他走在大街上，有时习惯地向路人伸手乞讨，但行善的人不多，总是受到责骂："滚开！"或者说声："讨厌！"有一天甚至说他："一定是个'抽白面'的。"

这话对他刺激很大，嘟囔着：我像是吸毒的人吗？我没有这嗜好，我的嗜好是吃饭，饿才是我的瘾！

人们都不怜悯他、帮助他，行乞也不能换来饱饭，工作又找不到，生活之门被关闭了。怎么打开这扇呀！他已经决心不再干犯罪的事了，但是肚子饿啊！

他看见饭铺门前的大饼摊，新烙出来的大饼似乎冲他招手，好香呀！虽然寻思着自己不能再犯罪了，但是饿呀！他下意识地跑了过去，抢了大饼，往嘴里填。烙饼的伙计跑出来打他，他还手用力把伙计推倒了，然后他就奔跑，结果被路人抓到，摔倒在地，人们打他、踢他，他昏了过去。

苏醒时，他已经在警察署了，这时他才知道自己刚才闯了大祸：那个烙饼的伙计被他推倒撞到炉子的棱角上，头部受到重创，血流不止，还未来得及送往医院抢救，就一命呜呼了。

他心里明白：这次又要判刑了，十年？八年？甚至无期？他后悔自己不应该伤害这个伙计，我不是故意的呀！继而又想到：

暂时吃饭问题可以解决了。

"看来这回我要在习艺所里养老了，但愿不要有大赦哪!"他默祷着。

（写于 1943 年 6 月，署名杨鲍，刊载于
北京《新进》杂志，1943 年 4 卷 3 期）

旅店见闻

某年，我因为一点私事去某城。某城原有个朋友，但到了地方找到他家，却没有见到，据说已经搬走了。某城没有别的朋友，只好去住旅馆了。

我带的钱不富裕，根本未曾考虑住旅馆。因此，大客栈是住不起的，只好找家简陋便宜的小客店。

小客店的名字我不记得了，所记得的是在一条不大宽阔的街上，客店的门面很旧，白粉墙都脱落了好多块，一进门便感到黑忽忽的，拐了个弯才看清楚是个院子。经过在账房办完手续之后，我就住在二楼一间把角的屋子里。

屋子比较狭小，只能放一张床，一个桌子，难得的是还有个小窗户。白垩粉刷的墙壁已经变成灰色，而且还有许多血红的手指印，墙角蜘蛛网上挂着些干瘪的臭虫皮，看来今夜里我是睡不舒坦了。

无意中我留心一下周围的客户，最使我注意的是两个女人，小客店住着单身女人分外是叫人注意的。

我的右邻住着是一位大约二十岁左右的孤身女青年，很朴素，不修饰，长得相当秀丽，一副忧郁的眼睛总像是在思索什么。她大概没有什么收入，伙食及房钱已经欠了一个多月了，这是因为茶房催她还账我才知道的。我住在八号房，她是九号，看到账房的客人住房牌子我知道她叫李侠英。

在我斜对过十五号也住着一位女人，经常穿着短裤出来进去，爱跟茶房说说笑笑，不大庄重。有时在走廊地方哼着流行歌曲，什么"咱们两人一条心……"之类的。

黄昏的时候她常打扮得很妖冶的出去，有时就陪着个陌生的男人回来，她从事的是什么营生，不言而喻了。

那天我在屋里呆着无聊，顺口哼着几句二簧，此道我原本不很在行，有腔无韵地唱着"杨延辉坐宫院……"那段，及至唱到最末一句"要相逢除非是梦里团圆"时，十五号屋里突然接了下去"丫头，带路哇"，把我吓了一跳，再不敢吱声了。我应付不了这种"愿荐枕席"的女人。偶而我在走廊里与她相遇时，特别怕她那令人作呕的媚笑。

这两个芳邻，使我的旅居生活感不到寂寞。

叫李侠英的那位九号客人，白天经常出去，黄昏时才回来，猜不出干什么去了。回来后就一个人关在屋里，除了上厕所，很少看她出来。

我与她有一墙之隔，她在屋里动静听的很清楚。她屋里有许多书，似乎经常在看书，偶而也低声哼着悲壮的歌曲。有时沙沙的纸响，肯定是写着什么。我曾听她反复吟一首诗，我猜想是在推敲自己的诗作：

> 让风沙迷住了我的眼睛，
> 可迷不住我的心窍。
> 我怀念迢遥的远方，
> 那地方燃烧着光明和欢笑。
> 好一幅锦绣山河的图画，
> 早就在我心胸织就……

还有许多诗句，我记不清了。她睡的很晚，仿佛总在写着什么。

我来到这个小客店的第三天，傍晚刚掌灯的时候，小眼睛大鼻头的那位客店账房先生到九号房间。我听出来是催要房钱的事，李侠英很和婉地表示：

"家里的钱汇不来，我有什么办法呢！您别着急，我已经托人找个事由，到月底肯定还你们，行不？"

账房先生还唠唠叨叨地催房钱，忽而又低声地说："来钱的道，对小姐还为难吗？您何必不想开一点，比方说……"声音突然变低，然后咯咯地笑了一阵："答应了我可以办，你也是个机灵人……"

"什么东西？你是，胡说八道！"李侠英喊了起来。

"别嚷，有话好说，我不也是为你着想嘛！"

"混蛋！什么东西，畜生，你给我滚出去！你敢侮辱我……"

"好了，好了，算我没说，我这不是为你着想嘛！何必发这么大脾气。哼！反正欠的房钱你得赶紧给。"说着账房先生从九号房出来了，嘴里还嘟囔着："还以为自己多体面呢！真他妈的。"

九号屋里有呜呜的哭声。

十五号那个女人陪着一个男人回来了，两人有说有笑。

那一夜我难以入睡，思绪很零乱。隔壁的女青年的身世与遭遇是怎么一回事，苦苦地折磨着我的心。我很担心她可能要遇到什么不幸的事。

又一天清早，人们还在梦乡，被嘈杂的声音吵醒了，原来是警察查店。

查店的人来到我屋，盘问了几个问题，没有什么可怀疑的，退出了。接着进了九号房，进行了搜查，主要是那些书，不问青红皂白，声称要把人和书都带走。李侠英大声抗议：

"你们为什么抓我？我犯了什么法？我抗议！……"

"小姐，您别闹。"警察说："我们是奉命行事，有话上局子跟我们头儿说去。"

查到十五号，两个狗男女还在床上躺着呢！那女人穿好衣服，走出屋门看见了李侠英：

"怎么？我的小姐，你也跟我一样吗？"

"呸！"李侠英啐了她一口："不要脸！"

她俩被带走了，其他住店的客人七嘴八舌地纷纷议论，账房先生脸上浮着笑容。我忽然意识到：这次查店说不定是他出的主意。

当天下午我离开小客店，也离开这个城市，以后的事情我就不清楚了。

（写于 1943 年 6 月，署名鲍犁，刊载于北京《吾友》杂志 1943 年某期）

乡下的故事

　　我从老家跑出来已经将近二十年了。虽然中间也曾返乡多次，但每次顶多也不过住上三两天，因而对家乡三十岁以下的人都不大认得了。

　　当初所以要离开家乡，只不过是因为跟叔叔大爷们一时呕气，发誓不再依靠他们。"流自己的汗，吃自己的饭"。便跑到天津卫来闯闯。如今，混了这么多年，开了个卖炒货、糖果的小铺，还组织了家庭。想当初出来时，不过是单身一人，铺盖一套。

　　叔叔大爷们也不再小看我了。偶而他们下卫来，总要来找我，在我家里吃，在我柜上睡。

　　还是去年的事，在五月节前七八天，二大爷从家乡来，领着一个少妇，三十多岁，看上去有点面熟，但毕竟多年不回家，一时想不起她是谁了。二大爷说：

　　"这是你广祥大嫂子。广祥，记得吗？南院大娘的那个儿子，你在家时不是常在一块玩吗？还跳过高跷来着。"

　　一提到广祥，我便想起来了。他们家除了种几亩地，还开个炸果子的小铺，生意不错。广祥的母亲我也想起来了，是个很精明的人，会过日子，家里挺富裕的。于是我就问：

　　"大娘好哇？"

　　"好！"她回答着："给您捎好了。"

　　"广祥哥好？"

"……"她没有言语，眉头一皱，眼里含着泪水，二大爷对我使了个眼色，把话头接过去：

"甭提了，广祥遭了点灾，这不广祥媳妇手腕子叫枪子给打穿了，我领她来天津治治，你路子广，有什么医院合适。"

于是我领着她去到一家市立医院，得动手术，办了住院手续，住下了，我与二大爷就回来了。途中，我问起广祥到底发生了什么事，他还未言语，便摇了摇头，嗷着牙花子，叹了一口气：

"就不过是为了一点钱的事，哼！把命搭上了，哪个上算？"

"怎么？人不在了？"

"叫他侄子给打死的。"

"他侄子，谁呀？"

"文起。"

"文起是谁？"

"就是小二黑。"

小二黑？我想起来了，我离开家时他才四五岁，小时我抱过他，有一次还尿了我一袄袖子。便问二大爷"怎么会弄死广祥了呢？"

"说来话长……"

说着已经走到我家。妻子已经把晚饭预备好了，孩子们围着二大爷喊："爷爷！"饭后，泡上一壶茶，二大爷坐在炕里头，抽着旱烟，呼嗒呼嗒的。

"到底二黑子是怎回事呢？"

二大爷抽了两口烟，喝一口茶，咳嗽两声，精神贯注地把这件事慢慢地道来：

"那是好几个月以前的事了，正月里，灯节还没过呢！二黑来找他叔叔广祥借钱，听说是借二百块钱。要说也是，广祥这些年也比较富裕，自家亲侄子借点钱又算个啥呢！就是他妈妈对钱把得紧，守财奴，广祥怕妈妈责怪，对二黑借钱感到有点为难……

"你知道二黑这些年可不一般，他练武，身子骨可棒呢！三句话不来就讲打架，谁也不愿意惹他。总泡在宝局（赌场），听说时不时地还跑到镇上玩什么姑娘去……

"广祥也是，不给钱也就罢了，但偏又申斥二黑一顿。那天我正好上他们家去，刚走到窗根底下，就听见屋里吵闹，广祥拍着桌子喊着：我们老王家没有你这个孽种，把你养活了这么大，废物点心，你他妈的有什么能耐。玩玩乐乐，跟你爸爸一样，你知道他是怎么死的？吃喝嫖赌，长脏病（花柳病）死的。你知道你妈妈怎么死的？生叫你爸爸给气死的。哼！你再这样混下去老王家不认有你这么个后代……

"二黑听了这话可忍不住了，怒吼着：你他妈的哪来的这些废话，混蛋！伸手就朝他叔叔打了个嘴巴子……

"这时我已经进了屋，就看见广祥操起棍子，照着二黑打了过去，嘴里骂骂咧咧的。我一看事情要闹大，赶紧把他们劝开，二黑趁机跑了出去，隔着窗户骂道：早晚叫你们知道我二黑子，咱走着瞧！"

二大爷说着，又装一袋烟。茶已经凉了，我倒进些热的兑上。这时窗外边起风了，窗户纸被吹得呼呼地响。二大爷呼嗒呼嗒地又狂吸了两三口烟，接着说：

"后来二黑跑了，听说跑到山后头去了。你知道，山后头可有个土匪窝。忽然有一天，大概是四月二十五六吧，晚上，也像今儿个似的，刮着这么点风，广祥他们正要睡觉，就听见外面有人走道的声音，好像还不是一个人，广祥就朝窗户外面喊了两声：谁呀？没有回音。接着听到外面有动静，广祥又喊了一声：

谁呀！……

"突然间屋门被踢开了。广祥又问了一声是谁？回答说二黑子！广祥顿时有些恐慌，一劲地哆嗦，他媳妇也躲到他身旁，两人挤到一块……"

二大爷说到这里停下来，像是说评书派头，端起茶碗喝了两口。这时窗外头忽然渐渐沥沥地下起雨来，还突然一道闪光跟着隆隆地响起一串雷声。这时屋里静了下来，只有马蹄表嘀嗒嘀嗒的声音，还有屋子顶棚上老鼠不安宁地跑来跑去。雨渐渐下大了，还夹着风声，妻子把窗帘放下来。忙活了一阵，二大爷又接着说：

"二黑这时发话了：咱们好来好往，谁也别找不顺序，说痛快话，钱在哪儿放着？广祥一听说是要钱，就吞吞吐吐地说：我没有钱。二黑在屋里对峙着，外面的人可火了，说：若是不说实话可就不留情了。广祥这时没主意了，看着他妈，他妈也不言语，却摇了摇头。于是广祥说了一句：二黑子，我没钱你还把我怎着……

"这话一出口，就听外面有人发话了：打死他！话还未说完，就听嘭的一声，广祥倒下了，接着又一声，打在广祥媳妇的手腕子上……

"二黑一看出了人命，立刻跑了出去，连同外面的人都跑得无影无踪。广祥血流不止，就这么死了……

"这事能怨谁呢？看来二黑就是吓唬吓唬，勒索点钱，谁想到来的人带着枪呢！也怨广祥他妈，守财奴，钱是什么好东西，害了儿子你说冤不冤呢！"

雨下大了一阵子，又逐渐渐沥沥了。趁着雨不大，我就送二爷去柜上睡觉。回来以后，妻子说：

"老家就是不消停，一家饱暖千家恨，稍微富裕点，说不定就让歹人盯上了，不尽是绑票的吗？咱在天津安全多了，你说是不？"

广祥媳妇治好出院回家了，医药费听说花了一百多块。

八月节前几天，二大爷又来了。这次他带来个消息：二黑他们一伙叫官面给逮着了，而且处理的挺快，都给枪毙了。

"广祥他妈，神经了，疯疯癫癫的，见人就叨念：报应，歹人没好报，老天爷有眼啊！二黑子挨枪子儿，报应！报应！你大娘真是怪可怜的。"

旧历年刚过，我抽空回家住了两天，才听说广祥他妈刚一进腊月就得什么伤寒病，没有多少天就糊里糊涂地死了。广祥媳妇没有生育，连个打幡的都没有。

广祥他妈死了没过多久，广祥媳妇就把房子、地都卖了，带着钱回娘家去了。人们说，她还年轻，守不住，早晚还得找个人家。

二大爷酸溜溜地说："再也听不着广祥他妈叨念什么循环报应了。"

（写于 1943 年 6 月，署名杨鲍，刊载于北京《华北作家月报》1943 年第 8 期）

潮湿的角落

　　我的职业是代写书信，为不识字的贫苦同胞们传递他们的心情和信息。

　　几天来有些炎热，真有点经不住太阳的暴晒，尤其是邮局门前是一点阴凉也没有的地方。从床底找出一把破旱伞，修理一下，撑起来多少总能遮点阴影的。

　　和我住在同屋的周墨林出去了。他最近刚刚找到职业，是在某慈善机关推施舍茶水的水车，每天一早去上班，转几个地方到下晚才收工。整天晒着干活，月挣七十元，还凑合吧！不过要有病告假的话，一天要扣二元三角三分钱——这个慈善机关这一点可不太"慈善"。

　　周墨林这个人性格上仿佛过于忧郁，遇见什么事都有些伤感，他不大满意自己的生活状况，虽然对自己的前途仍抱有希望。他总叨念："怎么，就这样活一辈子吗？""活得不能再有点起劲吗？还不如干脆死了算了。就这么吃一辈子窝窝头吗？就像是给阔人当牛当马似的混一辈子？父母生我养我就是为了这个？那还不如多养一个牲口呢！"

　　不仅对自己的生活，就是对国家他也有看法："中国就这样下去？也得改变！总会有那么一天吧，我们不再过这样的日子。妈的，这又腥又臭的窝头，把我的胃口都吃坏了。"

　　和周墨林整天愁眉苦脸的还有于瑞福，他住在我的隔壁的屋子的。他娶了一个从不出怨言的媳妇，虽然有时候也叹息几声。

她为他生下了五个孩子，活下来三个。五口之家对于瑞福来说负担不轻，但他很安贫，他老婆也很安贫，他从来不干坏事，也没有坏心。去年腊月初八，他二儿子闹着要喝腊八粥，他一时性急，打了孩子一巴掌，声色俱厉地申斥着：

"你不配！你没有那么好的爸爸！"

二儿子哇哇地哭起来，于瑞福忽然意识到孩子是无辜的，也情不自禁地掉了眼泪，搂着孩子抽搐着说：

"都怨爸爸穷，没钱，爸爸不该打你，你原谅爸爸吧！好孩子，你给爸爸争口气，长大了你挣钱给爸爸买腊八粥喝。"

在一旁的妈妈也难过地抹着眼泪。这个家庭的苦难气氛，真让人感到窒息。

于瑞福媳妇怀里抱着的孩子又哭起来，想是吮不出奶水来了。老于叨念着："这日子可怎么过？干了一个月还得给厂子里钱，这不是逼着穷人死吗？怎么活！"随着他的声音，跑到我屋子里来了，于是拿着小纸条，对我说：

"丁先生，我这月钱是怎么算的？您给看看，怎么干了一个月还欠人家的。"

我接过那纸条，原来是工资清单，上面印的表格，写着：

工资八十三元

公礼三元

浮借〇

储金一元八角

配给玉米面一袋六十二元

配给面粉四元二角

预支十五元

共计八十六元

净欠三元

"唔，是的，你听我说。"我把单子上支出项目一笔一笔的都给他解释清楚，然后说："扣除八十六块，你挣的是八十三块，不正欠人家三块钱吗!"

他接过那个单子，叨念着："您说，咱穷人还怎么活？要不是老婆孩子一大帮，我真想跳河去!"

他愤愤地走了，我望着他的背影也感到很无奈，心想："真是翻不了身的弱者啊!"

住对过的三等警士吴永兴好像还没起床。在这个大院里他的生活是最优越的，他利用自己的职权，能满足自己需要的一切，他一天的收入说不定可能超过瑞福或周墨林半个月的薪水。在这个破落的院子里，人们所吃的是豆腐渣、玉米面窝头、山芋面饽饽，吴永兴每天吃的都是白面馒头，稻米饭。

人们都不大敢惹他，就连他的老婆也不敢惹。他的行为不检点，什么调戏女工、玩弄女招待、逛妓院等，他老婆为这些事经常拌嘴吵架，最严重时把屋里的瓷器、镜子等摆设摔得粉碎，有一次甚至把茶壶从窗户掷了出来。

他喜欢听戏、看电影，当然从来不买票。听说有一次因为戏园子茶房对他有些怠慢，他拿起茶碗就向舞台砍过去。刚出场的关云长见势不妙赶紧跑进后台，原来关老爷也怕一个三等警士。

吴永兴对市场的小商小贩，概不客气。想拿点什么就拿什么，每天清早都提一大捆菜蔬回来。在豆腐房吃早点，两毛钱一个的烧饼、果子，吃了五个掷下三毛钱站起来走人，掌柜的还笑脸陪着："瞧您还给钱，甭给了。"

"什么东西!"周墨林最气不过："一个臭警察，觉着自己怪不错的，哼! 什么东西，给人家看马路的。"说着说着又发起牢骚：

"这个社会像是个长满了恶疮的脑袋，简直是没有一处不腐烂，就连一个警察，都使惯了种种压迫、榨取老百姓的手段，别说那些官老爷了。小民遭殃啊！连他妈的太阳都像变了色啦！"

吃过午饭，我去邮局出摊了，带着修理好的破旱伞，支起来正好遮挡阳光。我刚把"代写书信，翻译电报"的招牌摆好，就有人找我写信。我问："给谁写信。"

"家里。"来人说着掏出一封信："这是家里来的信，您看看。"

我抽出信纸，上面歪歪斜斜地写着：

> 夫君：前去一函，想已收到，家里实在住不下去了，地里庄稼都旱死了，粮食也很难买，时常还来收什么税，给不了，村子里好多人都去关外了。我们想去天津，不知行不行，母亲的咳嗽又犯了几次，务必汇钱来，欠永德堂的钱早该还人家了，前几天从大王村借来一斗棒子，才不致挨饿……

"您告诉她，"他说："千万别来，我现在的事由不好，拉了不少亏空，这次给她汇去四十五块钱，还是找朋友借的。"

我按他的意思写了回信，赚了他五角钱。

近来写这类信的最多，可以清楚民间的饥苦。我也曾在火车站看到一帮一帮怀着满腔希冀的离乡民众。我心悸了。我记得周墨林说过的话：

"不管怎样，总挨饿是不行的，我们要活着呀！为了活着，也顾不了许多了，我们总得喘出口气来呀！"他还说过：

"老天爷也像是对这个世界伤心了。你看，不是发大水，就是旱，地里收不出粮食来，这是怎么的一个年景啊！终会有一天吧，太阳把这个地球烧成灰……"

有时，他发过议论以后，默默地一个人走出去，去河边或是开洼野地，他说他厌恶这繁华的城市。有时拉着我的衣袖，说：

"走，老丁，咱喝一杯去，醉了时会忘掉好多痛苦，我们也不该太苦恼自己。国家的事由它去吧！"

粮食越发贵了，我们喝酒的日子也越来越少了。

于瑞福病倒了，原因是吃了掺豆饼的饽饽。豆饼这东西过去都是喂牲口的，人的胃哪受的了。当人们在早晨奔波了多家米面铺依旧提着空口袋时，从饥饿的眼睛冒出那种悲愤的眼光，真想毁灭这个社会。

三等警士吴永兴仍然吃着白面馒头。他不但不怜悯着饥饿的人群，有时甚至嘟囔着："简直是群猪！"

这话让周墨林听见了，很气愤："我们是猪？他忘了他是狗！"

周墨林说吴永兴像条狗，我想起"狗眼看人低"那句老话，因为吴永兴向来根据穿衣打扮来看人。有一次他在巡逻时错打了一个衣饰朴素的行人，没有想到那人是什么机关的一个科长，结果惹了大麻烦，险些被革职。周墨林曾气愤地说："就是有条狗坐在汽车里，吴永兴也毕恭毕敬地给打道。"

他的话使我想起来住在后院的那个人称"二奶奶"的胖女人，她男人是开妓院的。二奶奶胖得臃肿，穿戴讲究，吴永兴碰见她时总是二奶奶长、二奶奶短的，客客气气，让人肉麻。听说她本是妓女出身，没有生育过，十多年前以十块钱从一个穷人家买了一个男孩子。为这个孩子起了个贵族化的名字叫"金玉柱"，虽非亲生，极为溺爱。好像这孩子后来从别人的闲言碎语中听出来自己的身世，因此总是不服管教，讨厌二奶奶，经常拌嘴。

金玉柱高中已经毕业了，在家赋闲。二奶奶为他娶了媳妇，已经有孕就快分娩了，二奶奶特别高兴，她真的就要当奶奶了。

金玉柱有点叛逆，不满意这个家，更讨厌他的养父养母。周围的人对他的议论是：

"他是短挨饿呀！要是还在自己家里，说不定连豆饼窝头也未混得上呢！"

一天黄昏，周墨林领来一个身材魁梧的汉子。

"老丁，这是我老乡。"周墨林介绍说："李金标，在军队里混了有二十来年了。他住在一个小客栈里，开销不小，我想叫他搬到这来跟咱住一块，挤一挤，你看可以吗？"

我表示同意。经过谈话，我知道他俩原来是光屁股时代的伙伴儿。李金标挺健谈的：

"我们军队暂时散了，我来到天津，要不是现时粮食涨的这么凶，我手里的钱，什么不干也可以坐着吃上一两年，如今不成了。今天碰上周墨林，劝我来和你们一起住，我挺高兴。"

第二天他便搬进来了，没有多少行李。

很快我们就成了很好的朋友，我们三个人有说不完的话。李金标最爱和我们谈打仗的事：

"我上过五十七次前线。告诉你们，真托老天爷的福，我就没挨过一个子弹，只有一次有一个飞子从我耳朵边上飞了过去。你要知道，那真是在枪林弹雨中行走，竟连一个雨点也没有打在身上，五十七次呀，我记得没错，我要看看我这一辈子又能经历多少次战场。"停了一会儿他又说下去：

"看见自己周围的弟兄，好多都中弹了，有的死啦，脑浆子、肚肠子都流了出来，有的人还在忍痛挣扎着，喘着最后一口气，你说他这时心中该是什么滋味？就连我也忘了自己是活在阳间还是阴间呢！"

"我打过冲锋，"他越说越兴奋："挥动着大刀冲锋，后面喊着'杀呀！''冲呀！'你就甭打算再后退，后面的像潮水似的冲过来。真是红了眼了，像饿狼似的，全身的劲头都使腕子上，忘了东南西北了，脖子也好，脑袋也好，肩膀也好，砍下去就像切西瓜似的。一声声凄惨的声音，人倒了下去……"

听他述说着，我仿佛也置身于战场了，浑身有点战栗的感觉。我很伤感地说：

"人与人之间就这么残忍吗？哼！这难道就是科学的进步？我想不明白。科学家们黑下白天的研究杀人的武器，这岂不是在牺牲人类自己？倘若国与国之间需要争强制胜，比赛科学发明不就可以了吗？何必拿人来做赌注呢！既然战争是机械化的战争，就像每年开运动会似的，各国比赛谁的大炮射得远，谁的飞机飞得快，谁的炸弹掷的准，不已经能够表示出胜负了吗？何必非流血死人！若是为了扩大自己国家的领土，可以划出块土地做为比赛的锦标，谁赢了归谁，不行吗！"

"你说的多好听呀！"李金标接着说："比赛和斗争不是一码事。好强争斗是人的天性，豺狼虎豹都好斗，人也是动物，所以也好斗！自古以来就是如此。要知道，有时弱者也可以战胜强者。"

"要说人类是聪明的动物，其实也最傻。"周墨林说："聪明智慧都是有毒的，想的越多，就越傻，这世间就越不平静。"

我们三个人总是这么敞开议论，若是到了吃晚饭的时候，李金标就倡议：

"别瞎聊了，走，喝几盅去！"

我们出去，正看见吴永兴在岗上执勤。就见他拦住了坐在洋车带着个大包袱商人模样的人：

"站住，包袱里是什么?"

"毛线，您啦!"

"回去!"

"副爷，您这是……"

"少废话，不知道贩卖毛线是犯法的吗?"

被拦的人有点蒙了，毛线怎么也犯法? 洋车夫明白是怎么回事，跟坐在车上的人说："您得破财，掏两三块钱准行。"坐车的人才恍然大悟，结果顺利通过了。

吴永兴转过身看见了我们，似乎有点窘，笑着说："三位一体，又灌猫尿去!"

我们进了小饭馆，议论刚才发生的事。李金标愤愤地说：

"国家就让这帮人给弄坏了。一个警察都这样，就别提当大官的了。"

"终有一天，这样的社会会毁灭的，另一个时代会到来!"我说。周墨林瞪着我，冷笑地说：

"哼! 除非我们整个民族也毁灭!"

我们争论着，直到喝得烂醉的时候。

于瑞福的小儿子死了，他很伤心，找了几块木板钉了个匣子，悲痛地把他埋到开洼地了。

显然于瑞福更瘦了，两颊都瘪了进去。他老婆的肚子却又鼓了起来。吴永兴戏耍地说："别看顾不上吃的，这手活还忘不了。"说着伸出手指做了一个下流的动作。

后院的胖女人家又吵闹起来，这一次似乎越发的严重了，就听见二奶奶大声吼叫：

"你就好好混下去行吧！有你吃有你穿的，我的小爹，再过两月你就是当爸爸的人了。"

"我混不下去了，"金玉柱对着吼："这不是我的家！"

"胡说，你这是什么话，我把你养了这么大了。"

"你只不过养了我，可这不是我的家。"

"这叫什么话？好混蛋的儿子，你这是跟谁说话？你呀你呀的，我不配个'您'字是怎么着？我是你妈妈，叫我说你个什么好！"

"你不是我妈，你是花十块钱把我买来的。"金玉柱揭了老底，二奶奶气得都发颤了。

"胡说八道！这又是谁挑拨是非，你别信那些闲言淡话，我就是你妈，这些年妈是多疼你啊！"

"我有妈，我的亲妈，不过十块钱，我就见不着我那亲妈了。"金玉柱说着有些哽咽了。

"你胡说什么！"

"我一点也没有胡说，我都弄明白了。"

"哽！你都明白了？"二奶奶沉默了一会儿，好像不知说什么好了。她无可奈何地说："反正，我养活了你这二十多年，没有亏待你的地方。"

"这，我知足。"

"哼！知足就好。别吵了，这不让人笑话吗！"

"笑话？你寻思我不嚷你就好看了，你以为人们多恭维你呀？还不是有俩臭钱。你的钱都是怎么挣来的？不嫌难看！"

"胡说，胡说！"二奶奶气得有点发抖了："好你个混孩子，你给我滚！你不能给我卖现世报！"

"好，我走，我早就想走了，以后的现世报就你一个人卖好了。好，说走我就走。"

金玉柱的妻子在一边呜呜地哭，她伸手拉着丈夫的衣袖。

大院的邻居本来跟二奶奶没有什么往来，因为贫富悬殊，这次大伙看事情闹大了，纷纷出来劝解，把正要奔走的金玉柱给拦住了，他不得已回去钻进自己屋里，关上门。二奶奶忽然坐在地上，嚎啕着："我不活着啦，不活着啦！"

大伙你一句我一句地劝解着，这场闹剧终于结束了。一夜无事，二奶奶没有寻死，金玉柱也没有出走。

第二天突然发生的事，震惊了整个大院：二奶奶被警察带走了，据说是因为不久前拐卖了一个少女的事犯案了。大伙对此议论纷纷。就在当天黄昏，人们看见金玉柱出了大院，说是买什么东西去，可是两天、三天过去了，一直没有见他回来。

金玉柱的妻子哭得很伤心，抚摸着八个月胎儿的大肚子。

吴永兴屋两口子吵了起来，吵架的原因是他老婆在他的口袋里发现了一朵巴兰花。

"这是谁给你的？"

"相好的。"吴永兴嬉皮笑脸地答讪着。

"哼，好哇！"她手里手端着刚蒸好的热馒头，拿起来就朝吴永兴砍去，拔尖的嗓子喊着："是哪个臭娘们又把你给迷住了，死不要脸的，你还有个够吗？找你相好的去吧！找送你巴兰花的相好的去吧！呜呜……"

"你听我说，听我说……"

"我不听，不听，你就找别的臭娘们去吧！是哪个浪货又迷住了你。"

"你听我说，先别着急。咳咳！这是怎么说的，哪有什么娘们送我巴兰花来着，你真是，我是逗你玩呢！刚才在胡同口那儿碰见个卖巴兰花的，拿了一朵就装在口袋里了，为的是给你戴啊!”

　　"谁信你的,给臭×娘们戴去吧!”

　　"谁说瞎话来着,我要是说瞎话天打五雷劈!”

　　"那么方才为什么说是相好的送的?”

　　"不是逗你玩吗!”

　　"凭嘛要逗我?”

　　"这不是爱你嘛!”

　　"去你的,少跟我来这个。”

　　"值当的吗,把馒头都扔了,可惜了的,我上第一楼给你买饭去,是吃饺子还是吃捞面?”

　　"都不吃,我气饱了。”

　　"别介,别不吃,要不你就吃我这……”下面的话听不清楚了,大概吴永兴有什么动作了。

　　"呸!”他老婆一阵嬉笑:"挨千刀的!”

　　于瑞福被工厂解雇了,老婆就要生孩子,他愁眉苦脸,唉声叹气,不知道以后的日子怎么过。

　　李金标要走了。一天傍晚,他对我和周墨林说:

　　"我不能再这么混下去了,我还得扛枪杆子。今天我碰见原来我们部队的大队长了,他来天津办军装,原来的队伍又组织起来了,让我跟他回去。我想好了,准备走。”说完,沉默了一会儿,看了看周墨林:

　　"墨林,这地方你还没呆够吗?走吧,跟我们一块去吧!离开这鬼地方。怎么,你还犹豫不定?”

　　周墨林没有言语。

　　"别再思前想后了,这地方没有什么可留恋的。男子汉大丈夫就该出去闯闯,我十五岁就一个人跑出来当兵,在外面混了四年才头一次回老家看爸爸妈妈，你看我那种咬牙的狠劲。墨林，跟我走吧!"

"行，跟你出去跑跑也好。"周墨林终于被说动了："我在天津混了六七年了，真不愿再这样混下去了。金标，我跟你去，不知道拿起枪杆子，是不是就能打出个有盼头、有自由的日子!"

"别想那么多，"李金标转过头对我说："你怎么着? 老丁。"

我摇摇头，显出我的懦弱。

就在他俩准备动身时，又突然发生了一件事：吴永兴被歹人枪杀了。事情的经过是：吴永兴发现了一个秘密的贩毒团伙，按说他应该报告上司派人缉拿，可是吴永兴没有这么做，他想借此机会敲诈对方，觉得可以捞上一把，没有想到对方下手狠，把他给枪杀了。

"这就是这种人的下场!"周墨林感到痛快。

李金标临走前还是动员我："一块走多好呢!"我跟他说：

"不行呀! 你看我这胳臂还没有枪杆子粗呢! 若是让我掷手榴弹，恐怕我也跟手榴弹一块飞出去!"他们都笑了。

我们就这么分手了，我似乎感到一点离愁。我一个人留下，此后的生活越发的孤独了。我祝福他们，奔向那光明的、自由的、有希望的地方。

我依旧生活在这潮湿的角落，继续在邮局门前干着代写书信的活。

有一天，我刚刚摆好桌子，就来了一个山东老乡找我写了一封报平安的家信。忽然间，马路上乱哄哄地传来喊叫的声音：

"截住他，截住他!"

我见到有一个短打扮的人跑在前头，后面有两个学徒模样的人在追赶着、喊叫着。

跑在前面的人忽然摔倒了，被后面的人追上并按倒在地，交给跑过来的警察。围满了看热闹的路人。

　　"一进门，我们就盯上你了，看你就不像来买首饰的人。"两个学徒气喘喘地说："他说要买副镯子，刚给拿出来，他抢过去就往外跑……"

　　"唉！棒子面的问题呀！"观众中有人叹息地说了一句调侃的话。

　　警察紧紧抓住那个抢金首饰的人。这时就听见那个人告饶的声音："老爷，我这是头一次，您饶了我吧！我们一家子都没有饭吃啊！"

　　这声音我听着是那么熟悉，我奔到前面，那人就是于瑞福。

　　于瑞福是一个多么安分守己的老实人啊！生活把他逼到这种地步。我心中像是压着一块沉重的铅板。我得赶紧收摊回去给他媳妇送个信去。我一边收拾着一边在想：当她得知这件事时会怎么样，会不会发生什么意外的举动？

　　我踌躇了……

　　　　　（写于 1943 年 11 月，署名鲍犁，刊载于
　　　　上海《文友》杂志 1944 年第 1 期）

老爸爸的呼唤
——给流浪中的孩子

我亲爱的孩子：

亲爱的孩子呦！爸爸忍着痛苦向你诉诉呢！

孩子，爸爸老了，老了就要死了。你知道吗，在一个就要死去的老人心里是怎样思索的呢？

孩子，爸爸想你，你忘记了吗？爸爸今年是五十九岁的老人了，爸爸已经发脱、齿落、灰白了胡子。年龄欺骗不了我，镜子欺骗不了我。

孩子，爸爸想你，我叹息，我流泪。我抬头望天，求苍天怜悯我。现在窗外漆黑，任什么也看不见，就如同想看见太阳一样，你就是爸爸的太阳；可是，明天早晨爸爸就能看见太阳，可看不见你呢！

我总想，现在就正在想，说不定有一天，早晨我还没有醒，就被敲门的声音敲打醒了，一开门才知道我怀念的儿子回来了……只是上帝不肯给我这么个机会。夜里我睡不着，唯恐孩子来敲门我听不见。

你还记得吗？孩子，你抛下爸爸已经是四年零三个半月了。

你离开时，爸爸还硬朗着呢，现在可要拄拐杖了。你就是爸爸的拐杖啊！

一难过，我就寻思从前的事。人老了，只剩下骨头一把，回忆一大堆。一想往事，我就恨你妈妈，破坏了我们父子的幸福。就因为她，使孩子你流离奔波。你离开家以后，我就跟你妈吵，整天吵，整天打架，邻居都笑话我们，让他们笑话去！我不在乎，谁叫她把我的儿子给逼走了呢！

要说你妈也是为你好，才早早地为你订下亲事，说是什么娃娃亲，订下刘家这门亲事。后来你长大了，你懂事了，可以公开跟爸爸说：我不赞成这门亲事。只是你一声也不响，你可能因为疼你爹妈吧，怕我们生气吧，这就是你的不对了。

要结婚了，你也不言语。婚期临近，你走了，一声不响，留给爸爸的只是一封短信：

亲爱的父亲：

孩子今年才二十岁，前程正远，我要走的，为了我要有一番事业发展。爸爸妈妈别伤心，孩子终会回来。孩子一走，正好借口把刘家亲事退了。请放心我会幸福的。

儿启年叩

爸爸相信报应。我想起我年轻时离开家乡时，事先也没有和你爷爷奶奶说一声。咱家祖辈历代务农，到你爷这一辈不能守业，祖上留下的土地都一点一点当了出去，卖了出去，到我这一辈只能给人家扛长活，打短工。孩子，跟你说，农民受累最大，生活最苦，我不想困在农村，我要出去闯闯，我就走了，连一句话也没说，一个字也没留。我就没管你爷爷奶奶伤心不伤心。你也如此，岂不是报应吗？

走，到哪里去？我不如你，你高中毕业，有文化，爸爸不过上过两年私塾。没有文化，没有技术，我离开家只当兵去。军队生活吃穿不愁，耀武扬威，挺顺气的，但当兵要打仗，要杀人，杀的也是和我一样的穷人而不是杀土豪劣绅。爸爸还有血性，这事我不能干。我就不明白，人活在世上，不是消灭别人，就是被人消灭，这不是自相残杀吗？于是我脱离了军队，跑到这个大城市里来。

我去找一个同乡的本家叔父，他在这个城市做生意。去找他，他不高兴我，对我申斥着：

——怎么跑到这来了？不好好在家呆着。

——家里年景不好。

——这里是你吃饭的地方吗？

——叔叔既然能在这里谋生，我也不至于挨饿吧！

——好，你志气高！

他的话让我不高兴，我气愤了，我怎就叫人看不起，我一生气扭过身子就要走。我还没走出门，他就喊了：

——到哪去？你，回来！先在我这住下，不是还没有吃饭吗？

我感谢他终于收留了我。他给我四十块钱趸了一篮子糖果去做小生意，我卖了半个多月的糖果，整天在孩子堆里转悠，解他们的嘴馋，喂我的肚子。

叔叔给我找了个事由，在毛线工厂当工人，以后又去轮船码头擦地板，到旅馆当茶房，去学校当校役，在报馆送报……好多职业折腾了我十几年。孩子，什么苦我都吃过了，我想你离开家也会吃很多苦，在外面流浪不是有乐趣的事，不像有钱的人去旅游。

爸爸是个有心人，有余暇的时候就学文化，看书。挣来的钱我节省着花，存着。我娶了你妈，在城里就算立了一个家。我结婚时你祖父来了，那才亲热哩！你奶奶在我离开家不多日子死去了。

娶你母亲的第三年，生了你。生你的时候是一个夜里，冬天夜里，爸冒着风寒去找产婆。你妈呻吟着，痛苦着，却一时产不下来，又昏睡了过去，一直到天亮才生下你。为了你这小生命，险些搭上了你妈的性命。

我把所有的希望都放在你身上。孩子，爸爸没能耐，只有希望你。我赌下誓：无论穷到怎样，也要供你念书。我不是叫你升官发财才读书，是让你多读点书多长点见识，多明白些事，不至于办糊涂事。可好，你却做了离家抛下父母的糊涂事。

孩子，供你读书是不易的。你记得吗，有一次交不上学费了，你不肯去学校，我亲自去见校长，央告校长缓一两天，我几乎要给校长下跪。孩子，为了你，什么委屈我都可以忍受。

你懂得念书的好处，特别努力，怎不叫爸爸喜欢。有一年你考中第一，学校给了你一个铜墨盒的奖品，你跳着回到家，一进门便跌在门槛上，连哭都不哭一声，举起铜墨盒给我看，我是多高兴啊！摔的那一跤，在大腿上做了一个疤，你要是撩起裤子还能想起童年的事吧！

你妈跟我说过几次：咱家不富裕，别上学啦，送孩子去学徒吧！为此我和你妈吵过多少次。其实她也是疼你的，因为咱家穷才这么想的。你记得不，有一次下大雨，你阻在学校里，你妈冒着大雨去学校接你，中途跌了一跤，摔伤了腰，躺了四五天。

你小学毕业，又供你上中学。爸爸挣的钱不富裕，有困难，就跟朋友合伙做买卖。朋友看中爸爸老实，只让爸爸出人力，人家出钱，这么一来，咱家生活就富裕多了。

你读书多了，经常给爸爸解说国家大事，爸爸特别高兴，爸爸不如。好生读书吧，爸爸说等天下的人都不如你，咱家就露脸啦！

你爷爷老了，总盼着我们能回老家去，我跟爷爷说，等孙子做了大事才配回家。没有想到，爷爷病重，终于过世了。我们回家料理丧事，心里愧对爷爷，没有等到孙子出头露脸的日子到来。

你爷死后不久，就发大水了，整个城市几乎都被淹了。这场大水却给你爸爸的铺子做成了一笔好生意，赚了大钱，买下一所房子，除了自己住，还赁出两间，收租金，日子富裕多了。你高中毕业，我让你考大学，爸爸供得起，你却说什么不想上学了，想进入社会找机会干一番事业。我说不服你，于是就想给你把婚事办了。但没有想到你跑了。

你出走到现在四年多了，究竟去了哪里？干了什么？怎么一点消息也没有，连封信也没有，还是你遭遇了不测？孩子，不是我想入非非，因为长达四年了竟得不到你半点消息啊！

不知怎的，我浑身发抖，我有了死的预感，周围怎么这么恐怖？唔，我还活着。窗外黑呀！怎么这么黑，人间应该是光明的啊！对，快天亮啦！天一亮，说不定突然我盼等的孩子来叩打我的门呢！是的，一定会的，是孩子该回来的时候了。天就亮了，就亮了，让我擦干眼泪好不叫孩子看出我伤心。

孩子，回来吧！爸爸想你！

（写于 1944 年 4 月，署名姚宝，刊载于
大阪《华文每日》杂志 1944 年某期）

编后絮语

本文集收入文稿 112 篇，按执笔时序分列为五个单元。兹就编排之脉络，简略说明于下：

初萌篇——1937 年 7 月日本发动侵华战争，大好河山陆续失陷。敌寇施暴，奸宄助虐，扰得社会混乱嘈杂，民不聊生，文坛也乌烟瘴气，故此揭示丑恶，斥责怪论。年少涉足文坛，试笔习作，故曰："初萌"。其中有关文坛论战文章，载于大阪《华文每日》杂志。

狂潮篇——1945 年 8 月日本投降，八年抗战胜利结束，独裁的蒋介石蓄意消除异己启衅内战，从而民主运动风起云涌，解放战争势如破竹，国民党政权岌岌可危。革命巨浪汹涌，东方行将破晓，故曰"狂潮"。文章刊于《大公报》《益世报》与《新生晚报》。

春华篇——1949 年革命战争取得全面胜利，中华人民共和国诞生，惊天动地，革故鼎新，祖国欣欣向荣，故曰"春华"。本人服从组织调动，弃文从政，黾勉奉公，案牍劳顿之余，偶而写点闲文碎语，重点反对帝国主义。文章刊于《天津日报》《天津晚报》。

奋蹄篇——"文化大革命"结束，党安排我到市政协主持文史资料编辑工作，后又兼职编修地方志，重操早年初出茅庐时的编辑营生，也是我平生向往的事业，老来如愿，心情舒畅。在认真做好本职岗位工作之余，持续地写些杂文、随笔之类文章，涉及城市风貌、文物保护、社会风气以及意识修养诸多方面，有的放矢，坦陈直言。记得著名诗人臧克家在"干校"劳动时曾赋诗曰："块块荒田水和泥，深耕细作走东西，老牛亦解韶光贵，不待扬鞭自奋蹄。"此际我已是六七十岁的"老牛"，笔耕依旧，故曰"奋蹄"。文章刊于《天津日报》《今晚报》与《老年时报》。

夕阳篇——唐代诗人李商隐吟哦"夕阳无限好，只是近黄昏"，道出老年人既愉悦又困惑的心态，成为脍炙人口的佳句。现代学者朱自清曾就此诗引申为"但得夕阳无限好，何需惆怅近黄昏"，顿时心里亮堂多了。如果再跨步迈入新的境界："老夫喜作黄昏颂，满目青山夕照明。"这是叶剑英元帅晚年所吟，何其自信、坦荡与乐观！

感受夕阳无限好，且盼几载艳阳天！

（2016 年 9 月）